作　家　出　版　社　&　两　个　人　的　情　爱　小　说

情

作家出版社

朱燕 著

朱燕　　自由写作者
　　　　独立出版人
　　　　随心旅行者

新浪微博：@朱燕-独行客

这是我写给你的情书。

《情》序

洪晃 /文

2015年3月

N多年前，我咬牙看完余华的《兄弟》的第一章。不是写得不好，是写得太好，把男人想偷看一眼女人的大白屁股写绝了。但是作为女人，这段文字真的太难受了。

在中国，男作家是可以写性的，女作家是不能写性的。我在旅游卫视主持《亮话》的时候，曾经要求请棉棉来做访谈嘉宾，我的制片人（性别：男）马上反对，他说他不喜欢棉棉那样的女作家，因为好像"经历太丰富了"。为什么女作家写性就是风尘女子？如果有任何读者问余华，他是否因为偷窥女厕所掉茅坑里了？一定会被笑话的——怎么这么不懂文学。但是质疑一个女作家的性描述是很正常的，如果女作家敢于写性，那一定是干出来的。

男作家可以给小说起名为《丰乳肥臀》，女作家的小说可以叫《又大又硬》吗？

《情》的作者朱燕是我的编辑，她是一个细心的无微不至的女编辑，催稿子时候不忘给买零食，我有时候真觉得她把作者都当成孩子了——乖，好好写东西，给你买好吃的。但是朱燕又是名副其实的"女汉子"（我不喜欢这个词，但是现在时髦，而且比女强人好听多了），她一个人带着朱旺开车去西藏，这种事情我绝对不敢。她却很淡定，好像没什么了不起的，给自己和朱旺买了一堆好吃的就上路了。对了，朱旺不是她男朋友，是她的狗。

我曾经跟朱燕抱怨过中国文坛对女作家的约束和歧视，我当时有个想法，要当中国的安娜伊丝·宁（Anaïs Nin），写那种所谓的言情小说。从一个女人的角度去讨论性，但是又不要让大多数中国女性看了发怵。朱燕那时候就鼓励我写，但是我写不出来，反而改道写侦探小说去了。

朱燕也是刘索拉的编辑，我的小说才刚开始，刘索拉的《迷恋·咒》就出版了，我看完索拉的小说就把我的小说扔了。我告诉朱燕，我不写了，刘索拉的小说之好看，让我彻底失去信心。我坚信我是那种写不出第2001个字的专栏作家。

朱燕为了逗我接着写小说，说跟我一起写，结果她的《情》要问世了。我的小说还在慢慢来，但是至少我又开始写了。这必须归功于朱燕。

《情》让我出乎预料，我没想到朱燕会去写一部关于女同性恋的小说，这应该是中国第一部直面女同性恋的小说。朱燕是个很会讲故事的作家，两个女人从偶遇到缠绵到情都淋漓尽致。好看。她的一切都是女性角度，《情》是很合适的名称，因为对女人来说，没有"情"，就不太可能有"性"。就是没有"情"有了"性"，"情"也会突然降临的。

我很高兴朱燕的《情》得到出版，因为很不容易。朱燕给几个出版人看过《情》，结果回答是："你是拉拉吗？你跟女人睡过吗？如果不是、没睡过，你不可能写得出来。"有人问过姜戎他当过狼崽子吗？我想在iLook上面出版《情》，结果因与杂志不太搭，被终审给毙了。

我不懂文学，没资格为一本小说写序。在中国，估计最好找个男的，名气大的，甚至有官衔的，这种序才有分量。但是我还是写了，因为除了朱燕，没有人比我更高兴《情》终于要出版了。

目录

爱是态度，情是乐趣。

"情"是世间最毒的药……

1／"酷儿"专场

FOOL 酒吧位于鼓楼旁一个叫二货胡同的小巷子里。巷子不算深，从鼓楼斜街进来不过五六十米，右手边有一条不算显眼的小路，走到头有个双开的小红门，门上挂着一串红色的小灯笼，灯笼中间有个小小的绿色圆形小牌，牌子上刻着四个红色英文字母"FOOL"。这就是 FOOL 酒吧。

FOOL 酒吧老板钱惠是个可爱的胖女人。地道的北京人，36 岁，短发，永远的牛仔裤、衬衣、T 恤。

钱惠开 FOOL 酒吧 6 年了，FOOL 酒吧晃晃悠悠地在这条小胡同里支撑了 6 年时间。平日的 FOOL 酒吧生意一般，有时一晚上没人。但周五除外。周五 FOOL 酒吧有个"酷儿"专场，来的全是女人。周五的晚上这里异常火爆。

好吧，是的，钱惠是个拉拉。曾经是一家风投公司的项目主管，收入颇丰。6 年前出柜后在公司里待不下去了，于是辞职开了这家 FOOL 酒吧。（拉拉：女同志的代称，由 Lesbian 音译而来，也叫拉子）

钱惠将一杯血腥玛丽放在乐乐的面前，她知道喝完这杯酒后乐乐就要离开了，这是她多年来的习惯。

"没有找到心仪的？这才 10 点多。"钱惠问。

乐乐将酒杯拖到离自己更近的位置，然后将 50 元钱放在桌上，用手指将钱移给钱惠。

"你这里越来越没劲了……"乐乐说着拿起酒杯轻轻地抿了一小口。

钱惠收起钱："你太挑剔了，你看看那边桌子。"钱惠用眼睛示意着墙角处的一张桌子说，"那三个女人盯了你一晚上，只要你过去使个眼色，哪一个都会跟你回家。"钱惠说着用手由上而下比画了一下乐乐的身体，"你他妈的太迷人了，你做 T，P 们都疯掉了。"

乐乐挥了挥手，意思是让钱惠住嘴："什么 TPH，就你喜欢分。我只不过是个女人，喜欢女人而已。"（TPH 这三个字母都是女同性恋中的简称。"T"是女同性恋中打扮和性格较男性化的一方，"P"是女同性恋中打扮和性格较女性化的一方，"H"是女同性恋中较随意的一方，既可以接受 T，也可以接受 P）

钱惠看着乐乐娇美的容貌，摇着头："老天真不公平，把什么好东西都给你了，才华、容貌、智慧、事业……"

钱惠正说着，一个圆脸、皮肤白皙的女子过来，冲乐乐打着招呼："嗨，乐乐！"

乐乐也冲她叫着："嗨，薇薇美女。"然后，乐乐指着李薇薇对钱惠说，"我愿意拿我现在的一切换她。"

"啊呸！"钱惠将李薇薇拉进吧台里，"你找谁都行，别打我老婆主意。"

李薇薇亲热地在钱惠的脸上亲了一下，然后对乐乐媚笑着说："下辈子哈，下辈子你起早一点……"

乐乐饮尽酒杯里的酒，抿抿嘴，舔舔嘴唇："回家了，真没劲。"然后站了起来。

"就这么回家了，今晚一个人睡了？"钱惠故意调侃乐乐。乐乐看出来了，她回头蔑视地指了一下钱惠，冲李薇薇挥挥手，向酒吧外走去。她身后，墙边那张桌子旁的三个女人有些失落地对望着，也准备离开。

二货胡同往深里走去五六百米有条 300 米长的垂直的街，那是一条北京的老胡同叫"南锣鼓巷"。

夜晚的南锣鼓巷人声鼎沸，小店、咖啡厅、餐厅、酒吧、小吃……一拨一拨的人流来了去，去了来。进入小店淘工艺品，在咖啡厅里静坐或在酒吧里听着音乐发呆。每一家小吃店前都是排着长队的人群。这是一块宝地，大家来这里，说是消费，不如说是在静享中国这条保持得最完整的胡同的古老和唯美。

林青和男朋友艾虎坐在南锣鼓巷一家二层酒吧的楼上，两人都虎着脸，桌上的一瓶百利甜已喝了一大半。林青又给自己倒了一杯，加上冰块。

"你喝得太多了。"艾虎没好气地说，"这一瓶都让你喝完了。"

"怎么了？"林青说着一饮而尽，并又倒了一杯。

"没什么。"艾虎将酒瓶推向林青，"你都喝了吧。"

林青烦躁地瞥了艾虎一眼，赌气又一饮而尽，而后又倒了一杯。

艾虎忍忍没有阻止，但又似乎想缓解一下气氛。

"马上国庆节了，你有什么打算？"

林青没理他，依旧喝着酒。

"国庆和中秋一起有 8 天假，我打算回老家看我爸妈。"艾虎看着林青，"要不要和我一起回去？"

林青又倒了一杯酒。艾虎看了她一眼。

"我们认识快一年了，我妈想看看你。和我一起回去玩玩呗。"

"不去！"林青干脆地说。

于是，艾虎也生气了。

"都跟你说了，我和他没什么的。他妈妈刚刚去世，我只是去安慰他一下。"林青说。

"安慰需要一个晚上吗？"艾虎反问。

林青重重地出了口气："他喝醉了，我只是陪着他——"

"喝醉了？陪着他？这已不是第一次了。他总有事，你总去安慰他。你有没有想想我的感受。"艾虎越说越气愤，"上次是他发高烧了，上上次是他骑车撞伤了……"

"他在北京没有亲人嘛，他打电话给我，我能不理会吗？"林青有些理亏。

"那他如果永远这么没完没了，怎么办？"艾虎说，"你总是给他希望，他就总是来找你。——我受不了！"

"受不了？！"林青提高了嗓门，"受不了就分手！"

艾虎看着林青，委屈不甘，他咬咬嘴唇，也提高了嗓门："分手就分手！"

林青狠狠地看着艾虎，艾虎有些把持不住，但仍顽强地和林青对峙着。突然，林青拿起一旁的双肩包向楼下冲去。

艾虎愣住了，片刻，他跟下楼。

酒吧外，熙熙攘攘的人群，哪里还有林青的影子。艾虎一下子慌了，不知道从哪个方向去寻找林青，他盲目地在人流中急促地搜索着。

乐乐在 FOOL 酒吧外被一个长发女子拦住了："有火吗？"

"我不吸烟。"乐乐说着看了看长发女子，个子不高，皮肤很白，她正挑逗地看着乐乐，嘴里叼着一支香烟。

"是从不吸还是讨厌？"长发女子又问。

乐乐舔了舔嘴唇："偶尔也会来一根。"

"那——来一根？"长发女子将一盒绿盒 520 打开，弹出一根伸向乐乐。

"没有火噢？"乐乐说。

"我有。"

长发女子说着从口袋里掏出一个打火机，乐乐心领神会，她笑着将一根 520 用牙齿轻轻咬住，但当长发女子要帮她点燃时，她说："我来。"

　　长发女子顺从地将打火机递给乐乐，乐乐先替女子点燃香烟，正准备给自己点烟的时候，一个声音打断了她："请问这儿——哪儿有卫生间？"

　　乐乐回过头来，就看到一张清纯而靓丽的脸。她愣了愣，半张着嘴，不相信地又仔细地看了看眼前这位漂亮的女孩：长长的头发，白色的T恤，蓝色牛仔裤，匡威布鞋。路边的街灯照在她的脸上，她的眼睛黑而亮，她就像邻家女孩一样出现在乐乐的视野里。

　　"有什么我能帮你的吗？"乐乐问女孩。

　　"嗯……我找卫生间……"女孩说得犹犹豫豫而不确定。

　　乐乐闻到了女孩身上的酒精味，她笑了："我带你去。"乐乐说着将打火机和香烟还给了长发女子，然后领着女孩进了FOOL酒吧。

2/ 勾引与诱惑

　　林青一进卫生间就有想呕吐的感觉，想是刚才喝酒喝急了。她忙俯身在水池边，但什么也没有吐出来。她打开水龙头漱了漱口，又用水拍拍脸让自己清醒一些，这才去推厕所的门。第一个门反锁着，有人。林青又去推第二个厕所的门。第二个厕所的门倒是开了，里面也有人。两个正抱在一起接吻的女子突然见门开了，停住了动作，看着林青，其中一个女子很烦地关上了门，并随手将门锁上了。

　　林青明显受惊了，她呆站着，不相信自己看到的。这时，第一个厕所的门开了，走出一个女子，她奇怪地看了看林青，走到水池边，洗洗手，然后将自己的短裙向下拉了拉，整理好衬衣出了卫生间。

　　林青喘了口气，正准备进第一个厕所时，里面突然出来一个男人，几乎撞在林青的身上。"对不起，对不起……"男人开口说话时又吓了林青一跳，那分明是个女人的声音，她只是打扮得像个男人而已。林青再也忍不住地扑向水池边大口呕吐起来。

林青觉得鼻子、嘴里都是呕吐物，她很难受，眼泪也出来了。

林青在水池边吐了很久，吐得她眼冒金星，有些恍惚了。这时，有个人进来轻轻地拍着她的背："为什么要喝这么多的酒？"

林青摇头，她已没什么可以吐的了。回过头来，看到是刚才带她进酒吧的那个女子，她正微笑地看着林青，递给她一张纸巾："擦擦嘴。"她的声音听上去那么温柔，林青看了她一眼，觉得浑身无力。

FOOL 酒吧外，人已比刚才少了许多。乐乐扶着林青跨过酒吧外的台阶，林青还是被台阶绊了一下，她紧紧地抓住乐乐，乐乐顺势搂住了她的腰："你到底喝了多少酒？"

林青摇摇头，不想说话。

"你住哪里？我送你吧。"乐乐说着看了看手表，快 12 点了。

林青左右看看这个小小的胡同口："不、不用。我打车。"

"别逞能了，这里很难打到车的。我的车就停在路口。"乐乐说。

林青看着乐乐干净而美丽的脸，这是一张让人信任的脸："那真是麻烦你了。"

"没关系，我很乐意效劳。"乐乐扶着林青上了一辆白色的北京吉普，然后从车里拿出一瓶矿泉水打开递给林青，"漱漱口吧。"

"谢谢。"林青接过矿泉水，漱了漱口，又喝了几口，人一下子有了些精神。

乐乐始终保持着淡淡的微笑，她用纸巾替林青擦擦嘴边的水："去哪儿？"

"嗯……"林青想着。这段时间她一直住在艾虎那里，可刚和他吵了架。

"你有地方去吗？"乐乐试探着，"或者去我那里，我们可以喝一杯。噢，你可以喝饮料。"

林青有些犹豫，素不相识，初次见面。她侧头打量着乐乐，她看上去最多 30 岁，齐耳短发凌乱漂亮地悬浮在头上，黑衬衣的袖口卷到了胳膊处，白色的腰带，牛仔裤，黑色的耳钉和黑色的指环，右手腕戴着一块宽大的浪琴手表。她的眼睛很大，有一个很漂亮的鼻子，她细长的脖子上挂着一串白金项链。林青微微地吞了口唾液："你很特别。"

"是吗？"乐乐看了林青一眼，"怎么特别了？"

林青有些醉意地摇摇头："说不出来。不过，怎么看你都不像坏人。我刚和朋友吵架了，我也没地方去……去你家合适吗？我们刚认识。"

"没什么合不合适的，我家里就我一个人。"乐乐说，"我们都是成年人，有什么事情不能自己做主的。需要跟妈妈请假吗？还是怕我吃了你？"

"我才不怕——"林青的酒劲又上来了，"GO——"林青挥挥手，"就去你家。"

乐乐笑了，她自信地用左手拇指搓了搓左手中指的黑色指环，下意识地用舌尖舔舔嘴唇。这将是个美妙的夜晚。乐乐想。

乐乐打开房门，按亮客厅里的灯，将车钥匙扔在茶几上，然后回头看着林青："你喝橙汁？"

"好。"林青打量着客厅，"你家真大。"

乐乐关上大门，开始解衬衣纽扣，同时脱去脚上的鞋子，穿着袜子走到冰箱前。乐乐将一瓶都乐橙汁拧开盖子递给林青。林青接过，却没有马上喝，而是奇怪地看着乐乐敞开的胸部。

乐乐衬衣的纽扣已全部解开，露出里面的黑色内衣。她从冰箱里拿出一瓶青岛啤酒后撞上冰箱门，再用起子打开啤酒盖，仰头就喝了起来。

林青承认，她的这一系列动作很酷。

乐乐一口气喝了半瓶啤酒："真爽，一晚上就等着现在这个时刻。"乐乐说着用手背擦擦嘴，将啤酒放在茶几上，然后脱下衬衣扔在沙发上。

"你要先洗个澡吗？"乐乐问。

"嗯？嗯。"林青看着乐乐仅穿着内衣的上身，不知所措。

"你是做了再洗，还是洗了再做？"乐乐眯着眼睛张开双手调笑地看着林青问。

"啊？啊！"林青一下子傻了，她半张着嘴，看着正在解皮带脱牛仔裤的乐乐。

"你怎么了？不脱衣服吗？"乐乐脱去牛仔裤扔在沙发上，走近呆站着的林青，"想要我帮你脱？"

林青紧张地后退着："咱们——我不是——"林青的酒有些醒了，她一下子想起刚在酒吧卫生间里看到的那些女人。她想对方一定是误会了，"我，我不是……"

"你……"乐乐皱皱眉头，"你不是拉拉？"乐乐不相信地问，"那你去 FOOL 酒吧干什么？"

"上、上厕所。"

"噢，老天。"乐乐一下子好尴尬，她迅速地穿上牛仔裤，又套上一件 T 恤。

"你——"乐乐坐在沙发上，拿起啤酒。她觉得很无趣，又不好马上赶走林青。林青也不好意思马上说走，于是她拿着橙汁坐在了对面的沙发上。

"对不起啊。"林青说，"我刚和男朋友吵架了，又喝了好多的酒。"

"没什么。"乐乐问，"你和男朋友为什么吵架？"

"因为前男友的妈妈去世了，我去陪了他一晚上，我男朋友很生气，我们就吵架了……"林青说。

乐乐看着林青，想知道这个女孩是智商有问题还是缺心眼。

林青好紧张，她想最多再待十分钟，找个理由就离开。乐乐也不想说话，她想喝完这瓶啤酒就找个理由让林青走。

林青见乐乐不说话，她只好接着说："我和男友认识后就和前男友分手了，但前男友总是来找我帮忙，我因为内疚所以总是帮他。"

"你挺花心的。"乐乐随口说，她有些困了，干脆半躺在沙发上。

"没有了。我和男朋友感情很好的，我们认识快一年了，三个月前搬、搬到了一起。"

"噢。同居了。"

"也不全是了。"林青说，"我马上会搬走的。"

"搬走？是和男朋友分手了？"乐乐其实没兴趣听这些、聊这些，她一口口喝着啤酒，喝完了一瓶。她看了看林青，她好像没有要走的意思。怎么赶走她呢？这个周五的夜晚算是被她废了。

本来林青是要走了，但又想和乐乐说清楚她有男朋友这件事。

"搬走是、是因为需要，也不算是真正搬走，我偶尔还是会去男友那里住的。和男朋友分手是、是吵架时说的气话。"林青说得语无伦次，"我们很相爱的。"

乐乐叹了口气，站起身又去冰箱里拿了一瓶啤酒，在听到林青说和男友很相爱时，她决定立刻赶走她。

乐乐打开啤酒喝了一口，挨着林青坐了下来："你男朋友现在干什么呢？是在找你还是睡觉呢？"

"嗯……嗯。"林青不知道如何应对，她后悔刚才不该甩下艾虎。

"你的身材真棒，男人肯定扛不住的。"乐乐笑着眯着眼看着林青。

"你、你的身材也很棒，"林青说，"我要是个男人也会扛不住的。"

听着林青的话，乐乐突然心一动，问："女人呢？"

林青不说话。

"噢，你不是拉拉。"乐乐又喝了一口啤酒，"对了，想问问，你怎么看待拉拉，周围朋友有的吗？"

"嗯……没有。"林青也喝了口橙汁，"不过，我、我、我没有歧视同性恋的意思。"

乐乐看着她笑了，心想，我才不在乎你是否歧视，我在乎的是你毁了我一个美好的夜晚。

"不歧视就是赞同啦。"乐乐故意地说，"真没有跟女人做过吗？"

乐乐想，林青一定会被她吓跑的，她走了，她才能洗澡睡觉。

"嗯，嗯。"带着酒劲儿，林青有些好奇地问乐乐，"你们会怎么做？"

"做什么？"乐乐马上又明白了林青的意思，"你说做爱是吗？"

"嗯，嗯……"林青又紧张起来，乐乐就笑了。她凑近林青，灯光下，乐乐的脸闪烁着异常的光芒。

林青不理解，这么漂亮的女人会不喜欢男人。"你怎么会不喜欢男人？你这么漂亮，一定有不少男人喜欢你。"

乐乐不回答，她凑得更近了："你喜欢吗？"她挑逗着林青，"你想摸摸我吗？"

林青颤抖着，她轻轻地摸了下乐乐的脸，然后又害怕地拿开手。乐乐得意地笑了，突然间，她不想让这个夜晚浪费掉。

"你真美。你可以试试，了解一下……只是尝试没什么大不了。"乐乐凑近林青，在她的耳边轻轻地说，"这么美好的夜晚不要浪费掉，如果你不喜欢我们可以马上停止……"乐乐在林青的唇上轻轻地吻了一下，"你说停就停，我不会强迫你的。"乐乐看着林青，林青也看着她。乐乐又亲了一下林青的脸，林青向后半靠在沙发上。她没有说停，乐乐继续轻轻地吻着她。非常轻，非常轻……

林青感觉心在发抖，异样的感觉，那么温柔那么细腻。从没有过的感觉，林青的身体在发抖。她想推开乐乐，但似乎身体里有个声音在说，继续，继续……她渴望乐乐继续。

乐乐慢慢地吻着，她试探着，她用舌尖轻舔着林青的嘴唇，一点点湿润。然后小心地挑开林青的双唇，将舌尖慢慢伸进，在林青的齿间流连。林青已闭上了眼睛。乐乐知道时机到了，对方享受这个过程，她在渴望深入……乐乐略用力抱住了林青的头，将她的整个嘴含住，大胆地吸吮，同时，她的手伸到她的腰间，进入到她的衣内，抚摸着她柔软的肚子，她的胸，她的背……熟练地解开了她的内衣，很快她听到了林青急促地呼吸声，乐乐在心里笑了。

这个女子今晚是她的了……

3/ 一夜情后

天快亮的时候，林青醒了。那是因为听到门外的声音，她一下子惊醒，看着陌生的房间、陌生的床，她不确定自己在哪里。直到看到旁边裸着身子趴在床上的一个女人，她才突然想起自己在哪里，干了些什么。她一下子很羞愧，特别是发现自己也是全裸着身体时。

林青慌乱地找着自己的衣服，却又怕惊动了身边的女人。

她是谁？她叫什么？她多大？她什么身份？一概不知，可是自己却睡在她的身边。老天，昨晚是喝醉了吗？可是却很清醒，自己什么都记得。先是找卫生间，然后跟着这个女人回家，接着在沙发上做爱，洗澡，在卫生间里又做了一次，后来，上床……林青越想越羞愧，自己是怎么了？怎么会这样？竟然随这个女人摆弄自己，她们直到5点才迷迷糊糊地睡去。

林青还是惊动了旁边的女人。"你怎么不多睡会儿？"女人嘟囔着。

"嗯，我听到外面有动静。"林青说。

女人看了看床头柜上的闹钟："才7点，刚才一定是送牛奶的。"女人说着搂过林青的身体，从身后抱住她，"我抱着你，睡吧。"

女人的整个身体紧贴着林青的后背、腰和腿窝，她的一只手放在林青的脖子下，另一只手穿过林青的腋下放在了她的胸前，很轻柔地抚摸着，嘴在林青的背上吻了两下后不动。就这么细微的动作，林青突然有种异常的冲动，她竟然喜欢这种被拥抱的感觉，迷迷糊糊地她也睡了。

林青再次醒来是9点半，楼下不断地传来说话和人走动的声音。林青轻轻移开女人抱着她的手，正打算起身时，听到女人说："卫生间在出房间的左手边，还记得吧？"

"嗯，我的衣服在哪里？"林青忐忑地问。

"应该——在客厅沙发上吧。"女人说着又睡了。

林青飞快地跑出房间，衣服果然在沙发上，还有自己的双肩包。林青快速地穿好衣服后，发现那个女人穿着睡衣也来到了客厅。

"这就要走吗？不吃点东西？"女人问。

林青不说话，也不敢看女人，拿起双肩包向门边走去。快到门边时，女人又说："下了楼，出了院子，看到一个操场后，沿着操场向右笔直走就是马路了。"

"这是什么地方？"林青问。

女人没有回答林青，只是说："到了马路后，往南走200米就有地铁。"

林青打开门出去了，她听到大门在身后合上的声音，她像怕人追赶似的快速地逃离了这个地方。果然，出了院子看到了一个操场，操场上有人在跑步，有人在练气功。

林青直到坐上了地铁才如释重负。自己这是怎么了？疯成这样，和男朋友也没有过。这难道就是人们常说的一夜情吗？却是和一个不认识的女人。

林青想快点忘掉这些。

想到艾虎，林青这才发现手机有 40 多个未接电话和 60 多条短信，都是艾虎的，他向她道歉，求她快点回家。

林青的愧疚和悔恨如开闸般涌出，对不起，对不起，对不起……

林青在南锣鼓巷甩开艾虎后，艾虎几乎找遍了南锣鼓巷附近的巷子和酒吧，凌晨 3 点多才拖着疲惫的身子回到家里。

林青并不在家，艾虎后悔极了。他只能一个劲儿地打电话给林青，并且不停地发短信道歉。

后来，艾虎躺在沙发上睡着了。

朦胧中，艾虎感觉到有人进屋，他猛地睁开眼睛，就看到站在面前满头大汗的林青。艾虎一下子从沙发上跳起，上前抱住了林青："青青，去哪里了？我找了你一个晚上。"

"对不起……"林青说。

"不，不，"艾虎说，"是我不对，我不该那样责怪你。"

"艾虎——"林青看着艾虎，满脸是泪，"我爱你，我不要分手。"

"不分手，我混蛋，我瞎说的……是我的错。我爱你，青青——"艾虎话未说完，林青已吻住了他，"我爱你，我要你……"

林青脱去 T 恤，艾虎举起她，向卧室而去……

林青再次醒来时已是下午了，她吃惊地看着被单下裸着的自己，又疑惑地看着空荡荡的双人床，回忆着……也就想起这是艾虎租的公寓。她有些放松和放心地舒展着身体，这时裸着上身的艾虎进来了。

"宝贝儿，饿了吧，我给你做了早餐，"艾虎说，"是起来吃，还是我端进来？"

林青伸着懒腰，看看时间，和艾虎亲了一下："应该是午饭吧。"

"早午饭。"艾虎说。

林青坐了起来，用被单裹着身子，看着艾虎裸露的胸脯和肚子发起呆来。

"怎么了？"艾虎看看自己的胸又看看林青，"有些懈了哈，我会很快练出六块腹肌的。"

艾虎说着做了个扩胸的动作，林青笑了："这样挺好的，我喜欢。"林青在艾虎的胸前亲了一下。但不知为何，林青的脑海里竟然不自觉地出现了一个穿着黑色内衣的女人丰满的胸部，她有些害怕地晃晃脑袋，"我还真饿了，起床了。"

艾虎做的早午饭很简单，牛奶、果汁、苹果、面包、煎鸡蛋。

"都是甜的。"林青说。

"宝贝儿，没时间出去买，晚上我们去吃麻辣香锅。"艾虎说着帮林青在面包片上抹着黄油。

"这也挺好的。"林青接过面包片说，"周一就开学了，一会儿帮我把行李搬到宿舍去吧。"

"一定要搬到宿舍去住吗？很多研究生也住在校外的。"艾虎说，"我读研的时候我同屋就是在校外和女朋友租的房子。"

"住宿舍学习起来方便，我们周末都可以在一起的。"林青说，"这样你也可以安心工作了。"

"嗯，"艾虎笑了，"一定要告诉同学你有男朋友噢。"

林青看着艾虎也笑了起来，伸嘴过去吻了吻艾虎。

"十一，我陪你回家看爸爸妈妈。"林青说。

"真的？"艾虎咧嘴笑了，"我爸妈一定高兴坏了。"

4/ 开学典礼

初秋的燕北校园很美，树叶已开始变黄，微微的北风吹过，有些许的叶子落在地上，随着人们的脚步前行。

张素心开着一辆黑色的宝马 530 缓慢地驶进校园。校园里，路的两边竖着各种广告牌，有欢迎各地新生入学的，有庆祝国庆、中秋双节的……有卖手机的，有各种补习班招生的，还有各个学生组织的招生广告。一路下来，看到最多的是联通、电信、移动公司的手机入网优惠广告，大家都想趁着这个时候招揽新客户。

今天是开学的日子，校园里来来往往很多人，也有很多车辆。有父母开车送学生来的，有学生自己拖着行李来报到的，也有不少学生是自己开车来的……

张素心将车停在一座大楼前，大楼门前有一块标牌，上写着：**燕北大学人文学院研究院。**

张素心下了车，她整了整自己黑色的西装，将里面的白衬衣领也正了正，又对着后视镜把头发整理得更服帖些。"这才像个现代教授。"张素心很得意自己的职业女性装扮。她从车上拿出单肩公文包，锁上车，正准备向大楼走去时，一辆银色的雅阁开了过来，停在了她车的旁边。

"张教授，来得早啊。"从车上下来的是戴全刚教授，他打量了张素心一番后说，"您一看就年轻有为，人才啊——"

张素心都习惯了他的阴阳怪气，她知道自己以 36 岁的年龄荣升教授，全院有多少人嫉恨啊，特别是像戴全刚这样 45 岁才聘上教授的。

"戴教授早！"张素心微笑地打着招呼。妈妈一再提醒她，要低调，要谦虚，校长已有意培养她接任中文系主任的位置。所以，目前，一定要低调不张扬。

张素心和戴全刚往大楼里走着，迎面而来的是文学院办公室主任孙海媚，她一见张素心就惊叹地摇摇头："哇，张教授，你太漂亮了，这西装太配你了。"

孙海媚边说边用手比画着："这西装什么牌子的？"

"啊！我正要找你呢……"张素心趁机甩开戴全刚，和孙海媚一起向孙海媚的办公室走去。

礼堂里坐满了学生，林青拿着一袋肯德基进入到礼堂，在边角找了个位置坐定后，就将袋里的汉堡、可乐、薯条一一摆在桌上。旁边的一个男生侧头看了她几眼，实在忍不住说："你能不能出去吃？"

林青看了看那个男生，说："你要不要一起吃？"

男生想了想，就和林青一起吃着薯条。

"我叫付强，博士研究生。你呢？"男生问。

"林青，硕士研究生。"林青说。

讲台上，挂着研究生开学典礼的横幅，桌椅已经摆好，开学典礼即将开始。

主持人上台的时候，林青将没吃完的汉堡、薯条重新放入袋中。主持人开始介绍到会的领导，接着是燕北大学严校长讲话。

严校长说："亲爱的研究生新同学，大家好！首先，再次向你们表示热烈的祝贺和欢迎。今年我校招收硕士研究生1301名、博士研究生266名。其中，中文系硕士研究生316名、博士研究生98名，在此，我代表全校师生员工，对步入燕北大学的研究生同学们表示热烈的欢迎！……"

"哎，那个是谁，也是教授吗？"付强问。

主席台上坐着八个人，男男女女，老老少少。林青不知道付强说的是谁，但突然右边第三个穿黑色西装的女子引起了她的注意。她太引人注目，太靓丽，她很不协调地出现在一群老教授的中间。她很年轻，她很面熟，可是在哪里见过她呢？林青想不起来。

"看到了吗，右手第三个穿黑西装的，她会是教授吗？太漂亮了，艳光四射啊。"付强说着摆摆头，"燕北大学里竟然有如此标致的年轻女教授，她要是中文系的就好了。"付强看着林青强调说，"我是读文学专业的博士。"

林青很反感地看看付强，竟然有些莫名的嫉妒。

"你呢？什么专业的硕士？"付强虽然在问林青，但眼睛始终没有离开台上那位年轻的女教授。

"和你一样。"林青刚说完，付强侧头看了她一眼，然后向她伸出手来，"缘分啊——"

林青笑了，握握付强的手。

著名企业家沈繁林和太太姚小蔓步入礼堂时，校长和全体师生起身鼓掌欢迎。台上的张素心和同事们也站了起来，沈繁林和姚小蔓一一地和大家握手。姚小蔓在和张素心握手时，若有所思地看了看她。张素心躲开了她的目光。

严校长介绍，沈繁林和太太姚小蔓一如既往地赞助100万人民币给研究院做课题研究，但今年另外又赞助34万元人民币作为研究院硕士研究生和博士研究生的奖学金。硕士和博士研究生各设一等奖学金1名，奖金6万元；二等奖学金2名，奖金3万元；三等奖学金5名，奖金1万元。

学生们听了沸腾起来，礼堂里再次响起了掌声。

林青一直在注意着张素心，她注意到严校长在介绍研究院的教授，说到她时，她有个动作，左手拇指搓弄着左手中指的指环。这个动作让林青看到了张素心左手指上的黑指环，同时，林青猛然想起在哪里见过张素心了，她的心一下子跳到了嗓子眼，随即狂乱地蹦跳起来。

开学典礼散后，姚小蔓随着人群缓慢地走到张素心的身边："这套阿玛尼西装非常配你。"姚小蔓嘴里轻轻地说着，但眼睛却看着走在前面和严校长说话的沈繁林。

"啊——"张素心客气着。

"在台上，你就像道光一样。"姚小蔓说着吞了口唾液。

张素心依旧职业地笑着，她引着姚小蔓去严校长的办公室，严校长还有事和他们夫妻谈。

"老公，你和严校长聊吧，我有点头痛。"在校长办公室门口，姚小蔓冲沈繁林撒娇地说。

"要紧吗？"沈繁林关心地看着妻子。

"没事，我和素心到校园里走走。"姚小蔓说。

"对对，素心，陪沈夫人去荷花池走走，看看荷花。"严校长说。

张素心点点头。

张素心带着姚小蔓边走边聊："今年的荷花开得特别好。"张素心指着荷花池的方向说。

"和去年有什么不一样的？"姚小蔓说着，身体似乎很无意地碰了张素心一下。张素心向后略退了退，四周看看。周围不断地有学生走过，有的学生会停下来向张素心问候，也有老师远远地冲张素心打着招呼。

"看来张教授在这里很受欢迎。"姚小蔓说。

"我人好嘛。"张素心说。

姚小蔓停下来眯眼看着张素心："是吗，张教授？"姚小蔓轻扯了一下张素心的前襟，"燕北大学人文学院里最年轻的教授，还是位漂亮的女教授——能带我——欣赏一下你的新办公室吗？"

"嗯……荷花池就到了。"张素心说。

"带我去你的办公室！"姚小蔓不容置辩地说。

"OK。"

张素心转身带着姚小蔓往回走，进入办公楼，向自己的办公室走去。

远远地，林青一直在跟着张素心，她已经知道她叫张素心，是燕北大学中文系的教授。林青确定张素心就是那天晚上和自己发生一夜情的女人。林青没有心思再干别的事，她就是想跟着张素心，看她去哪里。

张素心打开办公室的门，请姚小蔓进去："看看我的新办公室——"张素心话音未落，姚小蔓已快速合上办公室的门，抓住了张素心的衣领："吻我！"张素心就吻住了姚小蔓的嘴。

"我想你，好想你……"姚小蔓急切地说着，她脱去了张素心的西装，将她的手放进自己的衣服内。张素心顺势将姚小蔓抵到了墙边，吻她……脱去她的外套，随即又将姚小蔓放倒在办公桌上。

"你确定要在这里做吗？"张素心喘着气问。

姚小蔓点头："少废话，我要你做……"然后，又和张素心吻在了一起。

张素心不再犹豫，她一只手抓住了姚小蔓的头发，在她的脖颈处吻着，一只手伸入到姚小蔓的裙子里……

5／百度张素心

林青无精打采地坐在荷花池边，她也不知道自己这是怎么了。其实她已经忘掉了那天晚上带她回家的女人。或者说，她一直在拼命让自己忘掉那个带她回家的女人。她和艾虎做爱，一次一次，她就是想忘掉她，忘掉那种感觉。

但是，今天，当看到张素心的时候，当知道她就是那天晚上带自己回家的女人时，所有的记忆、所有的感觉瞬间扑面而来。林青记得她轻柔而细腻的吻，她缓慢而持久的抚摸，她灵巧而执著的舌头，她一次一次地进入，自己一次次被推向风口浪尖……

或许不再见到她，一切就结束了。可是偏偏，自己坚持考了两年才考上的燕北大学人文学院的硕士研究生，竟然在开学典礼上看到了她。

林青七想八想着，接下来怎么办呢？就这么呆坐着，不行，不能这样。林青决定找个人聊聊。

张素心整理好衣服，校长已打来电话问她和姚小蔓在哪里，说是中午请沈繁林夫妻俩吃饭。

姚小蔓也整理好了衣服，在离开办公室前，她再次吻着张素心。

"明天去我那里好吗？"姚小蔓说。

"刚开学，特别忙。"张素心说。

"那下周呢？下周末就是国庆节，繁林要去加拿大，有一周时间我们可以在一起。"姚小蔓热情地说。

"国庆节，我得回家看我爸妈了，再不回去，我妈要来学校找我了……改天吧，我给你电话。"张素心哄着姚小蔓。

"你会吗？你会给我打电话吗？"姚小蔓不相信地说。

"会了，会了。"张素心说着看看姚小蔓的衣服，替她整理下裙子，然后放心地打开办公室的门。

"一定给我打电话。"姚小蔓轻轻地说。出了办公室的门，她恢复了矜持。

"嗯，嗯。"张素心应承着，和姚小蔓一起离开了办公室。

林青和大学同学、闺蜜方小园约在西直门地铁口旁的一家水果豆捞店里。艾虎租的公寓就在附近，林青打算和方小园聊完了就去艾虎那里。

林青到早了，要了杯鲜榨橙汁。拿笔记本上网，不由自主地去百度搜索"张素心"。发现了她的很多信息。

1973年6月8日出生于北京。中国著名文学评论家，燕北大学中文系教授，硕士研究生导师。

1991年考入燕北大学中文系，1995年大学毕业后保研。

1998年燕北大学硕士研究生毕业获中国教育部及英国牛津大学奖学金，同年公派英国牛津大学。

2001 年获牛津大学文学与艺术博士学位和心理学博士学位。

2001 年燕北大学中文系任教至今。2004 年被聘为副教授。2009 年被聘为教授。

"真够牛的，牛津大学双博士学位。"林青看着张素心的简历自言自语，"她一点也不像 36 岁的人。"

林青又去搜索张素心的照片和其他资料："噢，出版过作品《中国现当代女性文学研究》……她写过这么多的论文，得过这么多的奖……太牛了！"

"这是谁啊，挺漂亮的嘛。"方小园突然来到林青的身后，和她一起看电脑上的资料。

林青看看表："几点了，怎么才到？"

"我一下班就往这里赶了。"方小园说着坐到了林青的对面，"幸亏有地铁，不然现在也到不了。"方小园叫来服务员点了份芒果布丁。

"你又瘦了。"方小园打量着林青，"我怎么就瘦不下来呢。"

林青看着方小园圆圆的脸笑了："你都不知道你有多可爱。小圆圆……"林青揉着方小园的圆脸，"这才配你的名字。"

"别逗我了，胖有什么可爱的。"方小园说着想起了什么，"对了，你看！"方小园竖起左手无名指给林青看上面的戒指，"魏强向我求婚了！"

"真的！"林青也替方小园高兴，"耶——"俩人竟开心地尖叫起来。但看到周围人诧异的目光后，俩人又压低了声音。

"准备什么时候办啊？"林青低声问。

方小园也压低声音回答："魏强的父母想春节前办了，但我要先带他回家见见爸妈，然后再定。"

"噢，我要当伴娘啊。"林青说。

"当然，你跑不了的。"方小园说完又觉得这么低声说话好累，于是恢复了音调问林青，"你和艾虎呢？他有要结婚的意思吗？"

"嗯，我想等研究生毕业了再考虑这个问题。"林青正说着，两个女子走了进来，一个很中性，一个长发披肩，俩人走到林青和方小园身后的桌子坐下，很亲热地坐在了一边。

"哎——你觉得她们怎样？"林青又低声问方小园。

方小园回头看了一眼身后的两个女子，不解地问："什么怎样？"

"她们会是同性恋吗？"林青问。

方小园皱皱眉头，又要回头看，林青拉住她："别老回头看人家，你就说像吗？"

"那和我们有什么关系？"方小园说。

林青咬咬牙，想了想又说："有女人追求过你吗？"

"女人追我干什么？"方小园突然低下声音，"你要追我？"

林青就势踩了方小园一脚，方小园咧着嘴："那你到底什么意思？"方小园看着林青，好像明白了，问，"有女人追求你？"

瞬间，林青已没有和方小园诉说的欲望了。她想，这个小胖子，也可能这就是她胖的原因。

6/ 同性恋是没有未来的

夏末初秋，正是高温多雨强光照的季节。整整一个下午，73岁的张数将菜园里的地结结实实翻了一遍，并种上了茴香、油菜、苦瓜……然后他又摘了豆角、黄瓜、青椒回到别墅里。

张数进别墅时，他的妻子方心刚睡了个午觉，看见张数摘的菜便数落起来："你又去弄菜园子了，就不能休息一会儿吗？"

张数呵呵笑着："摘点菜，可以让素心带点回去。"

方心叹了口气："你看她像做饭的人吗？她要是勤快每天可以开车过来吃饭，多远？离她住的地方不过20公里。"

方心的身体明显不如张数硬朗，稍微说急了就会喘气。

"你歇会儿，别管我了。"张数说，"要不你去看看鸡汤煲得怎样。"

方心转身进厨房，又突然想起什么回头说："你要摘就把那刚熟的石榴和橘子摘些给她带回去。"

"我知道，我知道……"张数将豆角、黄瓜、青椒放在一个筐里，又拿起一个竹筐去摘石榴和橘子。

张素心的父母住在燕北大学西边 20 公里外，颐和园附近的一个叫昆湖的别墅区里。5 年前她的父亲张数从教育部副部长的位置退居二线后就贷款买了这套 350 多平米的别墅，这件事让她的父亲一直很得意，因为 5 年前这栋别墅每平米只需要 18000 元，而现在据说涨到了 8 万多元一平米。

张素心的妈妈方心今年 61 岁，身体一直不好，一年前从燕北大学副校长的位置上退下，并拒绝了返聘。

张素心的车刚在别墅前停下，张数就从后院经车库很快地绕过来："宝贝女儿，哈哈，大教授……来来来，看看我新种的银杏树。"

方心也听到了停车声，她在厨房里高兴地擦着手，从正厅到正门到门厅，找出了张素心的拖鞋，可打开大门时却没有看到张素心，正纳闷时，就听到后院里张数正大声地向张素心炫耀他种的菜和泡的酸黄瓜。

方心立刻有些生气和低落："就是个农民。"方心关上大门，将拖鞋扔在门厅里，赌气又回到了厨房。

许久，张素心才从院子里到厨房来找方心。"妈——"张素心上前抱住了方心。方心板着脸将锅里的烧排骨盛到一个大碗里。

"哇，好香，最喜欢吃妈妈烧的排骨了。"

张素心正准备用手去捻碗里的排骨，方心打开她的手："洗手了吗？换拖鞋了吗？"

张素心摸着被打疼的手，看着妈妈，忍了口气，大叫一声："爸——"

"哎，拖鞋来了——"张数已从门厅将张素心的拖鞋拿来，并放在了张素心的脚边，同时，弯腰脱去张素心的高跟鞋，帮她套上拖鞋，然后又将高跟鞋放回到门厅。

张数做这一切的时候，方心看着张素心，张素心看着妈妈，俩人对峙着，谁也不让谁。这时，张数又跑了回来，半搂着方心的肩："吃饭啰，吃饭啰——"然后又推了张素心一下，"来，帮老爸摆桌子。"

张素心跟着张数去摆桌子，方心开始盛鸡汤，但嘴里还在嘟囔着："惯、惯，都是被你惯的。这么大了，从不知道心疼父母。"

张素心听到了方心的话，看了张数一眼，叹了口气："她又这样。"张素心说着，甚至有想走的欲望。

这时，就听到张数低声说："你给我老老实实地把这顿饭吃完。你要是把你妈惹病了，我饶不了你！"

很明显，张素心和爸爸的关系很好。听了张数的话后，她笑了："我有什么好处？"

张数说："我给你准备了石榴、橘子和蔬菜，纯天然的噢。"

张素心摇摇头。

张数想了想："不逼你相亲。"

张素心一惊："还有这个？"

张数得意地说："你以为叫你回来就是喝鸡汤的？"

张素心说："那你得帮我。"

张数耸耸肩："看你表现了。"

张素心说："你帮我，我就老老实实地把这顿饭吃完。"

张数向张素心伸出手："成交。"

张素心伸手握住了张数的手。

吃饭的时候，方心果然拿出了两张照片给张素心看，她指着其中一张说："这个男的是外交部的，42岁，离异有一子。"方心说着又指着另一张照片说，"这个33岁，未婚，中组部的。"方心说，"这两个人各有长处，相比之下这个外交部的更配你，男人年龄大些会心疼你。你爸爸就比我大12岁，我嫁给他时他就带着一个儿子。"方心说着看了张数一眼，"另一个年轻些，目前虽然只是个处长，但毕竟是中组部的处长，会有很多提升的机会，而他又这么年轻。"

方心看着张素心："说实话，妈妈是个很开放的人，不介意你找个比自己小的。这两个人你都可以见见，比较一下。"

张素心在妈妈说话的时候，只是点头，不表示什么，也没说见还是不见。

方心接着说："下周国庆节你不去哪里吧？"

张素心脑子飞转："啊……可能有几个同学聚会……"张素心说着看看张数。

"先吃饭，先吃饭，边吃边说……"张数把一只鸡腿的皮用筷子撸下，然后将鸡腿放在张素心的碗里。接着又往方心的碗里夹了些胡萝卜丝。

"你要多吃蔬菜。"张数对方心说。

方心看了张数一眼，吃了几口饭，将排骨往张素心碗里夹了几块："自己做饭吗？"

张素心看了方心一眼："学校食堂里什么都有。"

"其实这么近，住家里就可以了，你也有车。"方心说。

"现在的年轻人，哪个愿意和老人一起住啊。"张数又要帮张素心盛鸡汤，张素心表示不喝了。

"过去是房子紧张，老人孩子住一起……其实在国外，孩子大了，父母都是建议孩子独立的。"张数给方心盛着鸡汤。

"那是国外，这是中国。中国讲究的是四世同堂。"方心说着瞪了张数一眼，然后问张素心，"1 号怎样？中午我让王阿姨先带外交部的那个过来。3 号中秋节，让中组部的那个晚上来。就在咱家里见面，这样我们也见见，替你把把关。"方心说着舒了口气，"当妈的什么都替你想到了，自己家里见面你会舒服一些。"

"妈——"张素心看着方心，"您身体不好，不用操这些心。"

"不操心？我能不操你的心吗？"方心突然放下筷子，"每天想到你我都难受。36 岁了，还没嫁出去。林教授的女儿和你一年的吧，都离了三次婚了。"

"行吧。让他们一起来，一次见了，还好比较。"张素心说。

"你是认真的吗？"方心看着张素心。

"是。"

"那怎么行。"方心说，"两个男人一起见多尴尬。都看上你怎么办？都没看上你怎么办？"

张素心笑了起来："都看上我就都嫁了。都没看上，您就再让王阿姨找嘛。"

方心又生气了："我是和你认真说的。"

张数忙起身安慰："不着急不着急，慢慢说慢慢说……"张数又对张素心说，"你妈说的有道理，一个一个地见你也不累。你妈安排这些也很辛苦。"

"我也是认真的，爸爸。"张素心说，"你们辛苦，我也很辛苦。"

"我是在替你操心，从小到大，你还要我怎样？"方心气得有些哆嗦，"你自己找不到，我帮你找。你都 36 岁了，你好意思吗？"

张素心也生气了："我怎么不好意思了？我偷了抢了？我不就是没嫁人吗？怎么丢您的脸了？……从来您都只考虑别人是否看上我，您怎么不问我是否看上他们？"

"你看上谁了？"方心气得有些喘了。张数急得拉张素心，让她不要说话了。同时，也阻止方心再说话。

张素心忍着，但实在忍不住了："您能不能让我自己做一次主？"

张素心说，"我 36 岁了，我成年了，我知道怎么对自己负责！"

"你成年了？你翅膀硬了？你哪一项不是我替你安排的？"方心拍着桌子说，"你以为以你的能力这么年轻就能评上教授吗？"

张素心再也忍不住了，她扔下筷子："您不用再安排我。您看我会成为什么样的人。"张素心起身，去拿包。

"素心！站住！"张数在后面叫住她。

张素心站住了："爸，让我走吧。"

"吃饱了吗？"张数问。

张素心点点头。

张数去院子里拿了一袋他种的石榴和橘子："下午给你摘的，带回去吃吧。"

张素心接过。

"跟你妈妈说再见。"张数说。

"妈，我回去了。"张素心说。

"记得 1 号 3 号啊，我替你安排了。"方心说。

张素心调头就走。

林青突然来到艾虎的公寓让他有些惊喜，他亲着林青："宝贝儿，不是说好了我后天去接你吗？"

"想你了。"林青随口说着，又问道，"火车票是几号的？"

"10 月 1 号晚上的。"艾虎说，"票很难买，30 号的根本抢不着，这个还是托朋友买的。"

"噢。"林青还想说什么，艾虎指着电脑说："我正在核一个财务报表，老板要的，马上完。完了就来陪你啊。"

"忙你的吧，不用管我。"林青说。

林青是刚和方小园聊完天后回到艾虎这里，她很烦，方小园没能解决她的问题，她仍然不知道自己接下来要干什么。她呆呆地站在艾虎的身后，看着这个正在敲电脑的男人。他们两都是外地人。艾虎很努力，一直想攒钱在北京买房子，一直在支持她考研。林青看着艾虎的背影，情不自禁地走过去抚摸着他的头，他的双肩。他瘦了。

"是不是我不在你就不好好吃饭？"林青轻轻地说。

艾虎任林青抚摸，然后回过头搂过她的腰："放心，为了你我会照顾好自己的。"艾虎说着在林青的肚子上使劲地亲了两下，"我已经核完了，我再看一遍，没问题就发给老板了。"

林青听了马上扳正他的身子："好，好。你忙你的，我洗澡去了。"

林青洗完澡躺在床上，电视里正在播韩剧《传说中的七公主》，看着德七、雪七、美七、终七这四个女人在银幕上争来斗去，林青就想到了张素心。想那天晚上，她们在一起的情景，想着想着不由得闭上了眼睛……突然，她的身体被人抱住，林青一惊，睁开眼，艾虎正冲她笑着。

"睡着了？"艾虎亲着林青。

"没，只是闭着眼睛。"林青说。

"想什么呢？"艾虎问，他的手伸进林青的 T 恤里。林青突然很不自在，她拿出艾虎的手，"今天很不在状态。"

"怎么了？大姨妈来了？"艾虎算了算，"应该还有几天吧？"

林青点头。

"那这几天是安全期。"艾虎说着跃到林青的身上，"想死我了——"

艾虎和林青做的时候，林青恍惚觉得趴在她身上的那个人是张素心，她一下子有些发呆，她抚摸着那张美丽的脸，她发现自己喜欢这个女人……

"怎么了……你想什么呢？"

艾虎突然的声音惊醒了林青，她回过神来，抱紧艾虎……

FOOL 酒吧里人不多，今天不是周五。院子里空空的，只有角落的位置上坐着几个客人。钱惠正在电脑前斗地主，猛然看见张素心进来吓了一跳。

"这是张教授还是乐乐？"钱惠调侃着张素心，突然发现她脸色不对，忙又说，"怎么了？"

"来杯威士忌。"张素心说着坐在了吧台旁。

钱惠就给她倒了一杯，张素心喝了一大口。

"到底怎么了？"钱惠问。

"有一天，你发现你所有的努力，其实都是别人安排好的。你会怎么想？"张素心喝干净杯里的酒，钱惠又给她倒了一杯。

"你永远是按照别人安排的生活，你没有机会做你自己。"

钱惠也不接话，听张素心说。

"他们认为生了你养了你，就可以对你指手画脚，安排你的生活。"张素心说着叹了口气，摇摇头，"他们觉得这一切都是为你好……因为他们循规蹈矩、安分守己了一辈子，他们就认为你也应该放弃选择自由和自主的权利。"张素心茫然地看着酒杯，"如果有一天，他们发现你没有墨守成规，没有按照他们安排的方式生活，就会视你为异类。"

"你真是个教授，说的话这么深刻。"钱惠也给自己倒了一杯酒，陪张素心喝。

张素心和钱惠碰着杯："你当年为什么出柜？"（出柜是英文"come out of the closet"的直译，是指同性性倾向、双性性倾向的人公开性倾向，以及跨性别者当众公开自己的性别认同）

钱惠想了想说："我想对一个女人负责。"

张素心听了笑了起来。

"当然，这对你来说很可笑。"钱惠说，"来FOOL酒吧的女人都知道乐乐是不会和任何女人谈恋爱的。她只和女人上床。"钱惠看着张素心，"可是，我想有一天，当你爱上一个女人的时候，你一定会想到责任。"

"好浪漫的爱情故事。"张素心看着钱惠很无所谓地笑笑,"曾经有一个女人告诉我,同性恋是没有未来的。"

钱惠不解地看着张素心:"到底是什么让你不相信爱情?我从不认为你所表现的行为就是真实的你。"

张素心又和钱惠碰了碰杯,一饮而尽:"这条路很难的。祝你好运。"

张素心放了 200 元钱在桌上就走了。

钱惠看着张素心的背影消失在门口,又看看桌上的钱,半晌,才将钱收了起来。

7/ 娱乐至死

Doctor Doctor what is wrong with me

This supermarket life is getting long

What is the heart life of a colour TV

What is the shelf life of a teenage queen

Ooh western woman

Ooh western girl

……

客厅里,CD 机里播放着 *Amused to Death*,巨大的声音在整个房间里回荡。浴室的门半掩着。浴室里,张素心边洗澡边随着音乐哼着,水龙头的"哗哗"声和 Roger Waters 的歌声及张素心的配唱声混合在一起。张素心慢慢地洗澡,然后仔细地修指甲,吹头发……

News hound sniffs the air

When Jessica Hahn goes down

He latches on to that symbol

Of detachment

Attracted by the peeling away of feeling

The celebrity of the abused shell the belle

Ooh western woman

Ooh western girl

……

张素心穿着内衣内裤在衣柜前就着歌声挑选着衬衣，拿起一件白衬衣在身上比画着，又放回衣柜里，接着又拿起一件蓝色衬衣在身上比画着，然后又放回到衣柜，最终她选定了一件亚麻白衬衣。

The little ones sit by their TV screens

No thoughts to think

No tears to cry

All sucked dry

Down to the very last breath

Bartender what is wrong with me

Why am I so out of breath

The captain said excuse me ma'am

This species has amused itself to death

Amused itself to death

Amused itself to death

……

张素心上下打量着镜子里穿着白衬衣、牛仔裤的自己："这么漂亮，我看着都动心！"

桌上两部手机，一黑一银，黑色的手机是张素心的，银色的手机是乐乐的。白天，工作时，她是张素心。夜里，在FOOL酒吧，她是乐乐。今天是9月30日，今晚FOOL酒吧有个大型"酷儿"派对。

穿鞋的时候，桌上的座机响了，张素心将CD的声音调小，然后拿起电话。电话是爸爸打来的。张数提醒张素心明天中午那个相亲对象会来家里吃饭，让她中午前赶回家。张素心"嗯嗯"地表示知道了。刚挂了爸爸的电话，正准备将CD声音调大时，黑色手机响了，来电显示是姚小蔓。张素心犹豫着，接还是不接？

姚小蔓比张素心大4岁。3年前，张素心在一个公益活动上认识了姚小蔓。

喝酒时姚小蔓突然问了一句："你是T吧？"

张素心当时就一惊。通常，有人即使觉得她中性也不会问得这么直接。即便觉得她像或是拉拉，也不会这样来问。姚小蔓敢这样问说明她根本就不顾忌什么。姚小蔓敢这样问也说明她很熟悉拉拉。姚小蔓敢这样问也说明她对张素心有意思。

公益活动完后第三天的下午，张素心接到姚小蔓的电话。姚小蔓说她就在燕北大学附近的一家酒店里，她很挑衅地问张素心敢不敢来酒店见她。张素心就去了。

3年来，姚小蔓和张素心断断续续地交往，两人都漫不经心，都很清楚彼此谁也不属于谁。但偶尔的，姚小蔓会有些不甘心，总想控制张素心。这是张素心最讨厌的，她不愿意被任何人控制。每当这时，张素心就会离开一阵子，直到姚小蔓明白她们都拥有各自的生活。

张素心没有接姚小蔓的电话，她把黑色手机扔抽屉里了，今晚她是乐乐。

张素心将 CD 的声音再次调到最大音量。

> We drove our racing cars
> We ate our last few jars of caviar
> ……
> But on eliminating every other reason
> For our sad demise
> They logged the only explanation left
> This species has amused itself to death
> ……

"娱乐至死……娱乐至死……"张素心拍拍手，关了 CD，出门前再次照了照镜子，从桌上拿起车钥匙，"让我们娱乐至死吧！"张素心说着出了家门。

乐乐从一辆很酷的白色北京吉普车上下来，看看自己停车的位置，挨近二货胡同口，紧贴着墙边，有半个车屁股甩在胡同口外。乐乐对自己停车的位置很满意，既不妨碍人流车行，也不至于占道贴条。乐乐将一卷零钱塞进牛仔裤前面的兜里，整了整白色衬衣，将衬衣纽扣又打开一颗，露出里面的白金项链和项坠。弄好这一切后，乐乐拿着手机，锁好车门，将车钥匙放进左边的黑色高帮皮靴里，用脚链扣住了钥匙环，然后站起对着后视镜照照，将自己的头发再弄乱了些，这才满意地向二货胡同里走去。

此时是晚上 9 点，二货胡同从外到里站着不少女人，三五成群的，短发、长发、黄发，高的、矮的、胖的、瘦的……乐乐将一块口香糖慢慢地剥去糖纸，一点一点咬进嘴里，她知道有人在看她，她也在观察着那些女人。

不可否认，乐乐是个迷人的女人，齐耳的短发，高挑的个子，娇美的容貌，丰满匀称的身材。她太明白自己的这些优势，她自信她能迷倒她想要的女人。

FOOL 酒吧门口聚集的女人最多，因为人太多，所以酒吧控制着进入的人数。但这些与乐乐无关，她是钱惠的 VIP 客人，任何时候 FOOL 酒吧她都可以随便出入。

FOOL 酒吧里音乐震耳，舞池里挤满了嘻哈乱跳的女人，台上4 个穿着三点式的领舞女孩正做着夸张的动作。乐乐站着看了一会儿，就去了院子。院子里也坐满了人，聊天、打牌、玩骰子……乐乐正准备离开院子，一个女子上来抱住了她的腰："乐乐，你这个坏家伙，打你电话总是打不进。你也不给我打电话。"

"我出差了，我刚回。"乐乐说着，回忆着这个女子是谁。

"是吗？"女子抓着乐乐的前襟，"一会儿陪我跳舞。"

"嗯嗯……"乐乐点头，"你等我，我去买点喝的。"

乐乐甩开女子回到吧台。李薇薇正撅着屁股在吧台下找着什么，乐乐走过去看着李薇薇漂亮的屁股坏坏地笑了，冷不防被人推了一下，回过头就看到钱惠愤怒的眼神。

"又色眯眯地看我老婆。"钱惠说着拉起李薇薇，"找什么呢？把色狼都招来了。"

李薇薇虽不算很漂亮，但永远一副笑眯眯的样子，很是讨人喜欢。

"是乐乐啊——"李薇薇吹着手中的一个红宝石耳坠，看来刚才是趴地上找耳环呢。

"放心吧，你老婆别人勾不去的。"李薇薇将耳坠递给钱惠，让她帮自己戴上。

"你们俩这么久了也不腻啊。"乐乐说，"什么时候腻了通知我一声。"

"下辈子哈，下辈子起早一点。"李薇薇还是那句话。

一位长卷发女子从舞池里跑了过来："老板，来瓶科罗娜。"

长卷发女子估计是跳热了，扯了扯身上仅穿着的吊带背心。她侧头看看乐乐，乐乐立刻笑着说："我请客。"

长卷发女子看着乐乐挑了下眉毛，眯眯眼睛。钱惠将一瓶科罗娜打开瓶盖，放了一片柠檬在瓶口后递给了长卷发女子。

乐乐立刻递给钱惠100元钱："再来一罐健怡可乐。"乐乐说。

钱惠心领神会，接过钱又打开一罐健怡可乐递给乐乐。乐乐拿着可乐和长卷发女子碰了碰："我叫乐乐。"

"谢谢。"长卷发女子拿着啤酒跑回舞池里。

"你不跟过去？"钱惠问乐乐。

乐乐笑着摇头，继续喝可乐，看着舞池里欢蹦乱跳的女人们。

舞池里，人越来越多，音乐越来越嗨。乐乐将最后一口可乐倒入嘴里后，放下空可乐罐，向舞池里走去。

乐乐走到长卷发女子身边："你跳得真好。"乐乐说。

"一起跳。"

"你还没有告诉我叫什么。"

长卷发女子用手指抓弄着自己的长卷发说："你就叫我卷毛好了。"

乐乐笑了，她喜欢这样，没有真实姓名和身份，彼此没有负担。大家到FOOL来，不就是为了找点乐子吗？

"我喜欢这个名字。"乐乐凑近"卷毛"的耳朵轻轻地说，"你教我跳舞吧。"

"卷毛"就开始教乐乐扭腰、提臀。乐乐虚心地跟着她的步伐学着。

吧台里，钱惠和李薇薇一直在看着舞池中的乐乐和长卷发女子，钱惠说："5分钟搞定。"

李薇薇说："3分钟。"

钱惠看着李薇薇："你对她这么有信心。"

"当然。"

钱惠有些吃醋："那你说我几分钟能搞定？"

"你找死啊。"

钱惠就不说话了。

舞池里，乐乐从后面搂着"卷毛"的腰，慢慢摆动着身子："你的头发真香。"乐乐说，"我都出汗了。"乐乐转到"卷毛"面前，抓起她的手摸自己的额头，"是出汗了吧。"乐乐又去摸"卷毛"的额头，"你也出汗了。"

"那我们休息一会儿吧。""卷毛"说。

"我的车在外面，要不要去我车里坐坐。"乐乐说着冲"卷毛"讨好地笑着。

"卷毛"立刻明白了乐乐的意思："你好坏。"

乐乐拿起"卷毛"的手亲了一下，然后牵着她出了酒吧。

吧台前，钱惠将 100 元钱递给李薇薇。

8/ 暴露

10 月 1 日是国庆节。

天气很好，天很蓝。早晨一起床，方心和张数就忙开了，中午，张素心的相亲对象要来吃饭。

厨房里，方心对着菜谱一样一样地准备着中午要做的菜，突然她想起什么，便到院子里找张数。

院子里，张数正心满意足地检查他种的菜，方心叫他："老张，能不能去老王那里换点西红柿？"

"好呀。你还要换什么？我一起换了。"

方心想了想："不用了，你打个电话给素心，让她早点来。"

"她你就交给我吧。"张数说着拿了个筐摘了些青椒出门换菜去了。

很快，张数回来，筐里的青椒换成了西红柿和茄子。方心一见张数就问："给素心打电话了吗？"

"嗯……"张数看了看表，刚过9点。

"你不打我打。"

方心说着要去打电话，张数拦住她："还早呢，让她再睡会儿。"

"还早？"

"你放心好了。昨天我都跟她说好了。"张数说。

"她得提前来。"方心着急地说，"你跟她说了吗？别赶着饭点来。"

"行，我马上说。"张数敷衍着。

张数终还是没给张素心打电话，他一是想让张素心多睡会儿，二是想从东园到昆湖别墅也就20公里，开车一会儿就来了。再说相亲，女方总要矜持一点，早早地来等着干吗呀？

11点的时候，王阿姨带着个男子来了，张素心却还没到。方心真急了，亲自打电话过去，座机是忙音，手机没人接。方心觉得张素心是故意的。张数却担心张素心有什么事，他决定亲自去东园找她。

张数骑着电瓶车来到东园，他先去院子，看到张素心的黑白两辆车好好地停在那里，他安心了些。也就认同了方心的想法，张素心是故意不接电话。

张数锁好电瓶车正准备上楼找张素心时，二楼的门开了，一个长卷发女子出现在门口，她急切地吻着张素心说："给我打电话，一定给我电话……"

张素心"嗯、嗯"应答着，目送女子下楼。张数吃了一惊，忙侧身躲到一边。待长卷发女子走了后，张数准备上楼，想了想，他退回到院子。坐到电瓶车的后座上，张数回忆和思索着很多事情。

张素心回屋后本想接着睡，她打开阳台的门，让房间通通气，这时，她看到了院子里，电瓶车后座上的张数。她一惊，停了片刻。穿好衣服，张素心拿了包烟下楼了。

张素心站在张数的对面，递给他一支烟，帮他点燃了。

一支烟快吸完了，张数才问："你博士毕业那年，我和你妈特地去英国参加你的毕业典礼，却怎么也找不到你。后来我和你的朋友 Alva 在艺术学院的地下杂物间里找到了你。你为什么躲在那里？"

"爸——"

"你当时害怕什么？"张数看着张素心，"我一直没有问你，其实我一直想问你。"

"爸……爸。"

"牛津大学双博士学位，毕业典礼是多么让人骄傲的事，你竟然不愿意去。我记得当我们找到你时，你缩在杂物间的角落，浑身发抖。为什么？"

张素心低下头，她不愿意回忆，不愿意再提起往事。

"后来你发现是我，你紧紧拉着我的手，你说的第一句话是'爸爸，带我回家，带我离开这里……'"张数看着张素心，"告诉爸爸，你在牛津大学到底发生了什么事？"

"爸爸，不要再问了！"张素心哀求着，"求您了——"

张数便不忍心再问了，他将燃尽的烟头扔在地上。张数看着地上的烟头，许久才又问了一句："有多久了？"

张素心深深地吸了口气："对不起，爸爸。"

张数便不再说什么，他从电瓶车的后座移到前座："我不会告诉你妈的。"张数说，"你大了，我们也老了。爸爸怕保护不了你……你要保护好自己……"

张素心的眼泪一下子涌了出来，她用手捂住了眼睛。

再看时，张数已离去。

林青在床上躺了很久，她浑身哆嗦，手脚冰凉，嘴唇发乌。

艾虎着急地跑前跑后，一会儿倒热水，一会儿过来问问林青怎样。

林青只是摇头，哼哼着，她例假来了，肚子痛。她也不知道这一次为什么会痛得这么厉害。艾虎皱着眉，摸摸林青的头，又摸摸林青的肚子。他担心又着急，他们晚上的火车，林青如果继续这样痛下去，他们就回不了老家。

"艾虎，别管我了，你自己回去吧。"林青虚弱地说，"你赶紧走，去火车站退一张票，免得晚了。"

"没事，要就一起走，要就都不回去。"艾虎说。

"别啊，火车票挺难买的，还那么贵。"林青说，"你回去吧，我一个人没事的。"

艾虎看看时间，又看看林青，他也没了主意。

"去吧，你都和父母说好了，你要回去过中秋。"林青说，"我这次去不了，跟你父母道个歉，春节我一定陪你回去看他们。"

艾虎还是犹豫。

"求你了。艾虎，你走吧。"林青说，"我吃了药，睡一会儿，明天就好了。"

艾虎想了想："那我真走了，你一个人没事吗？"

林青摇头。

艾虎亲亲林青："有什么事一定给我打电话。"

林青点头。

艾虎又说："我给方小园打电话，让她过来陪你？"

林青点头。

艾虎拿着行李走了。艾虎一走，林青的眼泪就"唰唰"地流了下来，她觉得自己对不起艾虎，可她就是想一个人静静。她要好好想想自己下一步该怎么做。她一下子又想到了张素心。可也巧，一想到张素心，林青的肚子就不怎么痛了。

张数走后，张素心在院子里吸完了那一包烟，她觉得嗓子痛，嘴也干，但她仍然坐在院子的石凳上发着呆。

张素心清楚地记得有个叫 Helen 的女人对她说："你真恶心，你是同性恋。你不可以追求我，我又不是同性恋，我有丈夫和孩子……我不喜欢女人。你心里有病，你应该去看心理医生……"

张素心仰头看着蓝蓝的天，多好的天气，她想：我是同性恋，我是喜欢女人。我不觉得恶心，我心里没病，我和所有的异性恋一样正常，我只是想找一份爱情，想爱一个人，想要个人爱我而已。

"同性恋和异性恋一样的正常，Helen。"张素心轻声说，"不正常的那个人是你。你心里有鬼，你才应该看心理医生。"

最终，张素心还是离开院子上楼去了，她准备洗澡换衣服。今天国庆节，她要回家看妈妈，她要去相亲，她要做个乖女儿，她要让父母满意。因为她是女儿，她就必须按父母要求的那样去做。

9/ 第一节课

十一长假后，回家探亲的学生们也陆陆续续地回到了学校。

张素心对待工作是个认真负责的人。只要有她的课，她都会提前来到学校。今天是张素心本学期的第一节大课，会有很多新生来听她的课。张素心早早地来到办公室，她打算提前去教室。

王力齐副校长 50 岁出头，年富力强，在燕北大学里，很得女教授、女职员的喜爱。

自从张素心搬进这间新办公室后，王副校长有事没事会过来看看。

"备课呢？"王副校长进来从不敲门。

上课前，张素心是不想接待任何人的，但来的是副校长，她还必须笑脸相迎。

"王副校长，您找我有事吗？"

"啊，有事。"王副校长打量着张素心的办公室，"还行吧，这间办公室？当初好多人向我要这间办公室，我都没给。就给你留着。"王副校长说着靠近张素心，"在弄什么？"

"一会儿讲课的内容。"张素心说着有意看看手表，"哟，还有不到 20 分钟就上课了。"

"不急，不急。"王副校长说，"让学生们等一会儿，没什么大不了的。"

张素心知道男人 50 多岁，且身体健康，又在这样一个权力位置，并身居花枝招展、桃李满天下的大学校园里，难免会动些心事。一、会有很多诱惑，二、也会觉得自己值得被诱惑。

"我从不让学生们等我，我希望他们每一次听我的课都有所收获。"张素心说着顺便站了起来，意思是她要去上课了。

王副校长看着张素心，突然大笑起来："好，燕北大学就需要像你这样的教授。不愧是我推荐的。嗯，我没有走眼。"

张素心应和着，她拿着备课本等着王副校长说完了她好离开。但王副校长却不说话，看着张素心的浅灰色西装发起呆来。

张素心也很疑惑，低头打量了一下自己的衣着，没发现什么异常。她又看了看手表："王副校长，如果没什么特别的事……"

"上课是吧，对对。"王副校长说着却没有放张素心走的意思，"我发现全校女职员就你穿衣服好看。"

"噢，谢谢。"张素心回应着，她着急地去上课，她希望王副校长能快点离开。

"不用客气啦……我来是告诉你，中文系张副主任 11 月就退休了，现在正在办手续。刚刚校委会决定由你来接任中文系副主任的位置。"

王副校长说完，张素心张大嘴巴，虽然这个消息不算意外，但她还是表现出很感激的样子："谢谢领导信任。"

"恭喜你。"王副校长说着很自然地握住了张素心拿着备课本的手，"好好干，我很看好你哟。"

"噢，噢——"张素心说，"一定会的。"

王副校长并没有松开张素心的手，他握着张素心的手环顾着办公室："说实话，当初我给你一间单独的办公室，其他教授可不高兴了，说我偏心眼——哎，我就偏心眼了，怎么着？"

"是，是，谢谢您关心。"张素心想抽出手，却被王副校长握得紧紧的。

"校长，上课已经迟到了……"张素心忍不住地提醒王副校长。

王副校长这才不舍地放开张素心的手："好，上课。"

"哎。"

张素心应答，打开办公室的门，王副校长边往外走边说："快去吧，好好上课，不要让我失望。"

"一定一定。"张素心关上办公室的门快步向楼梯口跑去。

不大的机电教室里坐满了学生，张素心推门进来时愣住了。虽然她每次上大课都是满满一教室的学生，但像今天这样，连台阶上、讲台前的地上坐的都是学生还是头一次。

"对不起，各位同学，本来我是提前到的，但刚准备来上课时被一个二货拦住了……所以迟到了。向你们表示歉意。"张素心说着向所有的学生鞠了一躬。

"没关系的，张教授，您能来我们就很荣幸。"坐在讲台前地上的一个男生说。整个教室的学生们都笑了起来。

"哪个二货啊，要不要我们帮你扁他？"又一个男生说。

"谢谢——"张素心摆着手说，"姐已经摆平他了。"

整个教室立刻活跃起来，每个人都很开心地看着张素心。张素心说："我叫张素心……"

可还没说完，就有人接过她的话："36岁，未婚。"

张素心笑了："上百度搜我了？"

同学们又哈哈大笑起来。

张素心打开她的备课本:"好吧,那就言归正传。每节课你们都花了钱的,所以我就不浪费你们的钱了……这学期我讲的这门课为'中国现当代作家和他们的作品',我将尽我所能给大家讲述更多的中国现当代作家和他们的作品。当然,如果同学们有特别想知道的作家和作品也可以重点提出来,我会安排时间讲给你们听……"

"张教授,您讲什么都行,我们都爱听……"还是讲台前地上坐着的那名男生。

张素心低头看了他一眼:"你几点来的,抢了这么好的位置?"

男生笑了,说:"我昨夜里就来了。"

张素心说:"以后这个位置要收费的。"

全体学生又哄笑起来。

"好。现在同学们先说说你们所知道的现当代作家有哪些。没关系,想起多少说多少。"张素心说。

同学们开始一个个抢答:鲁迅、胡适、郁达夫、徐志摩、朱自清、闻一多、曹禺、老舍、茅盾、冰心、沈从文、梁实秋、钱钟书、林语堂、莫言、韩少功、顾城、余华、王朔、史铁生……

"很不错,你们真棒,说出了这么多的现当代作家。"张素心说,"但今天,我要讲的是'曹禺和他的话剧艺术'……"

林青也选了张素心的课。从张素心进教室那一瞬间,林青的目光就没有离开过她。张素心讲课时幽默而自信,内容丰富,评点到位。两个小时的课,竟然没一个学生提前走的。中间休息时,很多同学过去围着张素心,问这问那,看得出来,张素心很受学生们喜爱。

"嗨!怎么一个人在这里发呆?"走过来的是付强。林青早就注意到他了,他就坐在讲台前的地上,张素心说什么他就答什么。

"休息啊。"林青看着付强,"我记得你是读博士的,怎么和我们硕士生听一样的课？"

"学习不分彼此，张教授的课讲得好……"付强突然低下声音说，"来听课的博士生可不止我一个。"

"为什么呀？"林青奇怪了，"这课程和你们的论文有关系吗？"

"有！太有了！我发现听张教授的课能学到不少东西。"付强说，"我读硕士的时候，我的导师什么都没教过我，每天就像个低级三陪一样陪他出差、逛街、带孩子……他家房子装修我都得盯着。"

付强坐在了林青旁边的位置上："我打算请她做我的辅导老师。"付强满怀希望地看着林青，"我的志向是要做一名教授。"付强的下巴向讲台处被学生围着的张素心抬抬，"像张教授一样。"

"可是，我只知道她带硕士生。她能带博士生吗？"林青有些疑惑。

"她是教授，还是中文系副主任，你说她能带吗？"付强反问。

林青就不说话了。

但重新上课后，林青一直在思索这个问题。为什么不请张素心做自己的研究生导师呢？那样，就可以经常看到她了。

林青被自己这个想法吓了一跳。

10/ 林青受挫

燕北大学人文学院研究院办公楼是个新楼，建起不到两年，共四层，门口有一个停车场和一个自行车棚。自行车棚处有个公告栏。教务处有什么重大决定，如开会、讲座、颁布新的规章制度等信息，会在公告栏里公告。

林青背着一个黑色双肩包徘徊在公告栏前，公告栏里贴着学校大礼堂周末即将放映的电影海报。

"嗨——"

一个声音从身后传来，回头，付强侧背着一个单肩大包骑着自行车过来。

付强锁好自行车，也走到公告栏前："《建国大业》。"付强说，"这电影宣传很火爆的，周末礼堂里放吗？"

林青其实不太愿意见到付强，可人家冲她打招呼了，她也不得不回应着："好像是的。"

"你——"付强打量着林青，"你不会也是来请张教授做辅导老师吧？"

林青没有回答。

"你将来也想留校？"

"不、没有，我……"林青想分辩，她没有想当教授，但付强却不在意地笑了。

"想是对的。欢迎竞争。"付强说着自顾自地上楼了。

张素心的办公室在二层，楼梯上去是一个回廊，回廊紧挨楼梯处有一排座椅，座椅右方是卫生间和开水房。沿着回廊向东是一个走廊，走廊北面可以看到一个足球场，南面是一排办公室，东面顶头那间最大的办公室就是张素心的办公室。

张素心正在办公室里写一份"2010年中文系工作计划"。

这个早晨，她很忙。

这份工作计划是何主任安排张素心写的，说是中饭前要给他。但在写的过程中，李讲师来了，钱讲师来了，方副教授来了，林副教授来了，办公室主任孙海媚来了……

上周张素心就接到人事部通知，让月底前将中文系下半年的教授聘任名单交上去。李讲师、钱讲师、方副教授、林副教授来找张素心都是为这事，都想在即将进行的教授聘任中能够评上副教授或正教授。

张素心想不明白，他们为什么不去找何主任？他是正主任，自己是副主任，并且她这个副主任还没有正式下文，只是校委会领导工作会议上宣布了而已。

办公室主任孙海媚过来是通知张素心下午2点参加燕北大学房地产开发会议。

张素心更不明白了，中文系和燕北大学房地产开发有什么关系？

"当然有关系了。"孙海媚神神秘秘地说，"你还住在东园吧？"

"不住东园我住哪里？"

"听说有个开发商想将东园的地买下来。"孙海媚说。

张素心愣了："燕大要卖地吗？"

孙海媚就笑了。

王副校长打来电话请张素心去他办公室一趟。孙海媚就和张素心一起离开了办公室。

王副校长的办公室在四层，孙海媚继续通知其他教授下午开会，张素心就直接上楼去王副校长的办公室。在楼梯口，张素心看到座椅上坐着两个学生。她经过时，男生立刻站起和她打招呼，她觉得好像在课堂上看到过这个男生。

在燕大里，大家都知道，跟个好导师很重要，这不仅意味着你学到的东西不一样，这也关系到你的前途、北京市户口和留校。

付强上楼后，林青又在公告栏前站了一会儿。她觉得付强在嘲笑自己。自己是研一的学生，好像没有资格选张素心做辅导老师，她太优秀，多少学生想请她做导师啊。但林青还是来了，有一股莫名的力量驱使她想接近张素心。

林青为今天来这里，准备了一个晚上，她还特地写了一封热情诚恳的"导师申请书"给张素心。

但走到人文学院研究院办公楼前时，林青犹豫了。

因为那一夜。

那是个障碍。

其实没那一夜，林青不会想到要申请张素心做自己的导师。

但正因为有那一夜，林青时刻关注着张素心。

"您好，张教授，我叫林青，中国语言文学系研究生一年级学生……"林青在公告栏前又默念了一遍事先准备好的开场白，然后向大楼里走去。

进了大楼，林青在一面镜子前站住了，她看着自己：年轻、漂亮、身材好……她会喜欢自己吗？万一她爱上了自己怎么办？林青皱起眉头：我不是同性恋。我喜欢男人，我爱艾虎。

林青又犹豫了。

付强坐在楼梯处的座椅上，看到林青上来，便冲她招着手。

"坐着等会儿吧，张教授办公室里一直都有人。"

林青就坐了过去。

"你很紧张。"付强说。

林青的确很紧张，她把双肩包紧紧地抱在胸前，没有说话。

"放松点，要相信自己。"

听付强这么说，林青又有些感激他。

"我不是你的竞争对手，"林青说，"我没有想留校。"

付强点点头："我知道。"

"你为什么一定要选张教授做博导？你确定她能做你的博导吗？"林青问。

"我也不知道，我就来了。事在人为。"付强想了想又说，"跟着她有前途嘛。如果请她做博导，学校教务处考核时她的意见很重要，留校的几率也大得多。"付强说着故作轻松地笑了起来，"谁不想要前途，你恐怕也是这么想的吧。"

正说着，张素心和孙海媚从办公室里出来，孙海媚随即去了其他办公室，而张素心向楼梯处而来。经过他们身边时，付强站起说"张教授好"，张素心冲他点点头，上楼了。

林青发现自己很呆，而付强很活跃。

他一定会讨张素心喜欢的。林青想。

进王副校长的办公室，张素心是有心理准备的。这个男人，时刻想告诉张素心他有多器重她、给她机会，无非是希望张素心对他的器重有所回报。

张素心想，别说我不喜欢男人，就算喜欢也会找个可爱有趣的。

王副校长拿出一份2010年燕北大学保研规定给张素心看，让她尽快拿个中文系的保研方案给他。

"一定，我尽快。"张素心嘴里答应着。

"坐，坐，站客难留。"王副校长拉着张素心坐下。

张素心坐下又站起，她不想和王副校长坐在一起，她不想给他任何机会。

"我先拿给何主任看看，听听他的意见。"张素心说。

王副校长有些不高兴，张素心分明不给他面子。

"他看不看都无所谓，他要退休了。"王副校长抓住了张素心的手，"我一直向严校长推荐你，年轻、有才华……"王副校长揉搓着张素心的手，张素心都感觉到痛了，她突然好烦，使劲抽出手。

"是吗？唉！"张素心叹了口气，"何主任还要我写份'2010年中文系工作计划'给他，您说2009年还没过完，他就忙着2010年的事……并且，都要退休了……"张素心退到门口，"我先去了，给他写计划，反正也要退休了，满足他吧。"张素心说着迅速离开了王副校长的办公室。

张素心经过楼梯时，看到那两个学生还坐在那里。其中那个男生看到她立刻站了起来。

"张教授，您好。我叫付强……"

话未说完，张素心已匆匆走了过去。付强正想跟上，从楼梯下走来一位男子，叫着"张主任"，追上了张素心。

付强悻悻坐回到椅子上："张教授很忙……"

林青同情地看着付强："待会儿，张教授得空了，你直接进去。

不要等了。"

林青说"不要等了"后，突然想，或许是天意，她不应该再来找张素心。

不要等了，让一切结束吧。

既然都过去了。

李全是燕北大学的老人了，张素心在燕北大学读本科时他就在学校里做助教，老实巴交的一个人。

张素心没想到，这样一个老实巴交的人也会为了聘教授的事来找她。

"张主任，我从上大学到工作一直在这个学校里，兢兢业业，任劳任怨，当了7年助教才转讲师……现在做副教授也已经有6年了……"李全说着有些伤感地看着张素心，"我知道马上又要聘教授了，竞争很厉害，但我想怎么着也该轮到我了吧。"

"您、您不是教授吗？"张素心对这个职称职务还没有太多的概念。

"我是副教授。"李全说，"希望这次聘教授，系里能考虑我。"

张素心听了有些难过，这样一个人，早就该评教授了。

"您——有跟何主任说过这事吗？"张素心问。

李全立刻误会张素心的意思，忙说："我——没有、没有……我直接就来找您了，相信您一定能替我办了……"

"李教授，我的意思是您应该先找何主任，或者找王副校长谈谈，都会比跟我谈要靠谱得多。"张素心说的是真的，她不觉得自己有什么权力。

"嗯——哪里，哪里……您年轻有为，李某将来还需要您来提携。"李全谦卑的表情让张素心不知道该说些什么。偏巧这时，门"砰"地被推开了，一个人火急火燎地闯了进来。

"素心——"

进来的是燕北大学历史系主任袁明教授。

袁明，58岁，博士生导师，和张素心的父母是老朋友了。

袁明进到张素心的办公室后，李全就赶紧走了。

袁明将一个大纸袋放在桌上，然后从里面一一往外掏东西。

"这两瓶茅台酒和这两条烟是给你爸的，这大红袍和燕窝是给你妈的，这咖啡和巧克力是给你的。"袁明说，"小家伙，长大了，当领导了，别太辛苦。嗯！"

"袁叔叔，您干吗不自己送给他们？"张素心说，"正好看看我爸爸的菜园子和他做的泡菜。"

"我会去的，一直想去看看你爸爸妈妈。"袁明说着将礼物一一放回纸袋里，又将纸袋放在了张素心的桌子下面，然后说，"素心，袁叔叔跟你谈点事。"

袁明说着坐到了张素心的对面："听说了吗？燕大要收回东园的房子。"

张素心立刻想到了孙海媚说燕北大学要卖地的事。

东园是燕北大学建国前刚成立时，建给教授们居住的别墅式住宅，上下两层，非常老的房子。张素心现在住的房子就是燕北大学过去分给妈妈住的。本来一栋都是分给妈妈的，但因当时很多教授和讲师没有房子，妈妈便只要了楼上的一层，将楼下的一层分给了两名讲师和一名教授。

张素心在这栋房子里长大，爸爸买了昆湖别墅后，张素心就一个人住在这里。后来，楼下的教授和讲师也在外面买了房子，而将这里的房子转租了出去。

张素心有印象，妈妈说过东园房子的产权完全归燕北大学所有，他们只有居住权。本身房子是不准对外出租的，但因为太老太旧，又没有产权，所以也就没有人愿意掏钱来维护，而对于转租领导们也是睁一只眼闭一只眼。

张素心觉得燕北大学要收回东园房子也很正常，现在房地产正热，这个地段又非常好，肯定会被开发商盯着。只是，如果房子收回了，那她住哪里？她可不想和父母住在一起。

"素心啊，"袁明语重心长地说，"东园这块地，这些别墅既然分给了我们，就应该归我们所有。哪个单位不是这样的，哪有分了又收回的。"

张素心不太明白这些政务，她只是听着。

"你现在也当领导了……"

"我哪是什么领导，一个中文系副主任而已。"

"你这么想你妈要气死了。她在你身上付出了多少心血，她对你抱有多大的希望，你不知道吗？"袁明继续开导张素心，"你也要开始涉及政务了，这是政治。那房子分给谁了，产权就应该归谁，我们可以花点钱买下。你想想，素心，那地段那房子得多值钱啊……"

张素心听了也有些动心，她觉得袁明说的有些道理。

"那我该怎么做？"张素心问。

"下午的房地产开发会议上我们要提出来，让领导尽快做出决定，拿出一个产权分配方案……我们要团结……即使燕大要卖地，也应该先从我们手上买走，而不是收回。"

"啊？啊！"张素心茫然地点头。袁明就站了起来。

送走了袁教授，张素心觉得好累，口干舌燥，一上午一口水也没喝。倒水时，又发现水瓶空空的。

没想到当个副主任会有这么多的杂事。

难道这是自己想要的生活吗？

张素心拿着水瓶正要去打水，门被"嘭嘭"敲响，门口露出一个男生的脑袋。

张素心抱着水瓶，抿着嘴，没有任何表情地看着付强，丝毫没有让他进办公室的意思。

付强的心忐忑了一下，但很快恢复了自信："您好，张教授，我叫付强，博士研究生一年级学生，我想申请您做我的博导。"

张素心想起来了，付强就是她上课时总坐在讲台前地下的那个男生。

"你读博士，请我做博导。为什么啊？"张素心问。

"跟着您能学东西。"付强说。

"你知道吗，我还不是博导。你走吧……"

付强没走，而是从包里拿出一沓资料要递给张素心。

张素心看看付强手里的资料，又看了他一眼，很不解地问："干吗？"

正说着，桌上的电话响起。张素心拿起电话，是中文系的几个讲师、副教授想约她一起吃午饭。张素心这才发现中午了，何主任要的工作计划还没弄完。张素心好烦啊。

"您还是先看看我的资料吧。"付强将资料放在办公桌上。

张素心看着桌上的资料，又看看付强。

"你给我没用的。"

"您是教授，我听说您很快就是博导了。"付强说，"我希望您能做我的辅导老师。"

张素心皱着眉头看着付强和桌上的资料："你挺能打听的嘛！"

"我想将来做一名和您一样优秀的教授。"付强说着并伴着讨好的笑容。

张素心一听就乐了，冲付强做了个请走的动作后，便不再理他，在电脑前继续写"2010年中文系工作计划"。付强站了一会儿，便知趣地出去了，但没有带走他的资料。

张素心终于写完了工作计划，顺便发给了何主任。

一上午总算忙过了，张素心靠在椅子上，闭着眼睛。

手机突然响起把张素心吓了一跳，她没动，但手机坚持不懈地响着。

张素心拿起手机。看是姚小蔓打来的，她稍微放松了些，但接通手机后，她依旧没好气地问："什么事啊？"

"怎么这么凶啊？"姚小蔓嗲嗲地说。

"一上午我都要疯掉了。"张素心挠着头发说，"早知道当领导这么累，我就不当了。"

"亲爱的，"姚小蔓说，"我这儿有阿拉伯水烟，有人想一起吸吗？"

张素心听了立刻笑了："我下午还有会呢。"

"我想你了。"姚小蔓说。

张素心真的是想离开这间办公室了。可是下午的房地产开发会议，袁教授刚刚还来和她打招呼，要她团结一致向校委会提要求，她不能就这么走了。

张素心拿着手机在办公室里走了几圈后，做了决定。管他什么会议。她累了，她要放松一下。

"我还没吃午饭呢！"张素心对着电话说。

"来啊，我准备好了，随便吃。"姚小蔓挑逗着。

"哈哈哈……洗白白了吗？"

"小流氓，你来了不就知道了……"

放下姚小蔓的电话后，张素心头也不痛了，心情巨好，她哼着歌，关电脑，清理着公文包。这时，她听到了怯怯的声音。

"张教授好！"

张素心抬头看了一眼面前的女生，长长的头发，粉色卫衣、格子衬衫、牛仔裤，好清秀的一张脸。张素心迟疑片刻，但想到马上要去见姚小蔓，便继续清理着公文包。

"你有什么事吗？"张素心问。

"我，我……"林青半天说不出话来。

张素心清好了包，看了看林青，有些眼熟，估计是经常听自己课的学生。

张素心径直往外走，林青跟了出来。张素心撞上了办公室的门。

张素心走得很快，林青跟在后面，打开双肩包，拿文件夹，准备递上自己的资料，却因为紧张资料掉了一地，她立刻蹲下慌乱地捡着。

张素心站住了，烦躁着看了看手表。

林青将捡起的资料又递给张素心，说："我想申请您做导师，可、可以吗？"

"噢。"张素心接过林青的资料，"我有事，我先走了。"张素心说完快步向前，经过一个垃圾桶时，将手中的资料随手扔了进去。

张素心觉得，连跟她说话都哆嗦的人怎能做她的学生？

11／哭诉

燕北大学的荷花池是燕北大学的灵魂。

唐朝诗人李白有一首诗《折荷有赠》是这样写的：

> 涉江玩秋水，爱此红蕖鲜。攀荷弄其珠，荡漾不成圆。佳人彩云里，欲赠隔远天。相思无因见，怅望凉风前。

此刻正值初秋，燕北大学荷花池的意境和诗人诗里所说的颇为相似。湛蓝的秋水一碧如洗，鲜红娇艳的芙蕖摇曳多情。荷花池里累累果实，秋意荡漾。

毕竟是大学里的荷花池，并且池水很深，即使有一望无际的果实，也没有人真正敢去攀摘。所以看不到露珠滴滴跌入水中而荡漾不成圆的景象。但离荷花池两米远的一座假山旁，却有很多的眼泪"叭哒叭哒"地跌在地上而不成圆。

林青在这里已哭了一个下午。她从张素心将她的资料扔进垃圾桶中，她又从垃圾桶中翻出自己的资料后，就来到了荷花池，来到这假山旁。坐定后，她再也忍不住地号啕大哭起来。她真的很伤心。张素心不愿做她的导师也罢了，竟然还将她的资料简历扔进了垃圾桶里。然而，最最让林青难过的是：张素心一点也没有记起她是谁，一点也不记得她们曾经有过的一夜情。

林青哭了多久她不知道，后来哭累了她就抽泣着，再后来，她就如诗中的佳人"迎着寒冷的秋风惆怅地眺望远方"一样，呆呆地看着荷花池里长满果实的荷花。

当时，荷花池边杨柳如微尘般飘逸，行人三五成群，或拍照留影，或散步闲聊，也有学子在此捧书赏读，但没有一个人注意到她。

林青突然觉得这里太冷漠，冷漠到她不清楚此刻如果她跳进池中，会不会有人来救她。碰巧这个时候方小园打电话过来，林青接通电话后便又忍不住大哭起来。方小园吓坏了，以为艾虎欺负她了。问林青，林青也不说话，只是哭。方小园就想马上打电话质问艾虎。林青一听就急了，不得不说跟艾虎没关系，她希望立刻见到方小园。

方小园也挺够朋友的，放下电话就请假直奔燕北大学而来。

方小园在燕北大学荷花池边的假山旁找到林青时，她的脸上还挂着四五道泪痕。

"怎么了？"方小园看着林青，"发生什么事了？看看你，脸都变形了。"

方小园拿出纸巾要帮林青擦脸，林青躲开了。她已经哭过劲了，也不想哭了。

"到底发生了什么事？"方小园问，"真的和艾虎没关系吗？"

方小园想哭成这样肯定和感情有关系。

林青略微抬头看了眼方小园，她已没有说的欲望。再说，从何说起？她不知道从何说起。和一个女人一夜情了，又没人强迫她，她是自愿的。并且，什么叫一夜情？就是一晚上的事嘛，过去了就过去了，谁还会计较一夜情发生的事。如果计较就不叫一夜情了。

"你喝水吗？我刚在地铁口买了两瓶水。"方小园从包里拿出一瓶矿泉水打开递给林青。林青一口气喝了大半瓶。

喝过水后，林青的情绪好了些。她抓住了方小园的肩，揉了揉，这真是个好朋友，在她最难的时候总是出现在她身边陪着她。

"你有跟人发生过一夜情吗？"林青问方小园。

方小园愣了一下，看着林青，思索着林青会发生什么事。突然她像明白了似的："你被人强迫了？谁？告诉我，饶不了他。"

"唉——"林青叹了口气，不想和方小园绕弯子了。

"我和人发生了一夜情，但是我自愿的，没有人强迫。"林青说。

方小园张大嘴巴："哦——和谁啊？"

"一个女人。"林青觉得说出来会更痛快些。她这些天都憋坏了，她太想找个人说了。她絮絮叨叨地将自己和张素心的事说完后，方小园的嘴巴张得更大了，眼睛也瞪圆了。她咕噜咕噜喝光了手中的矿泉水，打着嗝，半天没有说话。

"你说我现在怎么办？"林青问。

"怎么办？她要负责。"方小园说。

"负责？"林青看着她，"负什么责，我又没怀孕。"

"我不是这个意思。"方小园说，"我是说她不能白睡了你就当没事人一样。她总得给你个说法吧。"

"说法？"林青被方小园说得有些迷糊了。

"咕噜……"方小园的肚子叫了起来，林青这才发现天早已黑了，荷花池边多了散步的学生。林青看看表，7点半了。

"走，吃饭去。"林青说。

"好好。"方小园早就饿了。

燕北大学食堂里，林青在水池边洗了把脸，然后看着镜子中的自己，的确哭得狠了一点，怎么看神情都很悲。林青对着镜子笑了笑，努力让自己的状态好点。

林青和方小园各自端着一个大盘子找了个座位坐下。

"食堂伙食真不错，到底是名牌大学。"方小园说。

"今天晚上就在这里陪我吧。"林青说，"我宿舍里有两个人就没在这里住过，床一直空着，你随便睡。"

"嗯……"方小园犹豫着，她拿出手机，"要不要把魏强和艾虎叫来，我们一起帮你出出主意。"

林青忙制止方小园："可不能让艾虎知道，千万千万也不能告诉魏强。这是我们之间的秘密。"

方小园一下子觉得事态很严重，守秘密对她似乎是件很难的事。

"方小园！"林青郑重地看着方小园，"我们是朋友、闺蜜，老公男朋友都有可能分手，我们不会。"

方小园茫然地点点头。

"一定替我保密。拜托了！"林青说。

方小园使劲点头："一定保密，一定保密。"

林青拍了拍巴掌："我去买点酒，今晚我们要喝点。"

林青说着就站了起来，方小园想阻止她，想说明天她还要上班，但都没有说出来。是朋友嘛，朋友有难处就该陪着。方小园安慰自己。

两瓶啤酒下肚后，林青已有些迷糊了，方小园却很清醒。不是她酒量好，是她喝得少。

"啪！"林青猛地拍了下桌子，方小园一惊，也引起了周围不少学生的注意。

"别喝了，你有些醉了。"方小园制止林青再喝，林青却避开方小园的手将杯里的啤酒一饮而尽后，又倒满了。

"她太过分了。"林青说，"太不尊重人了。不就是一个研究生导师吗？有什么了不起的，我还不想做她的学生呢。"

"就是。"方小园应和着林青。

"她扔了我的资料，我整理了一晚上的资料。"林青说着又很失落地低下头，"我也是很蠢，见到她竟然紧张地说不出话来。我还对着镜子练了很久的开场白……"

方小园想安慰林青，张张嘴还是什么也没说。

林青唉了一声，趴在桌上对着啤酒瓶发呆。周围陆陆续续有同学离开了食堂。

"食堂是不是要下班了？"方小园说，"我陪你回宿舍吧。"

"酒还没喝完呢。"林青推开方小园的手，又将杯里的啤酒一饮而尽。要倒时，发现没有了，"你坐着，我去买……"林青刚一站起就有些晃悠，方小园忙上前扶住她。

"我们回宿舍再喝吧，食堂要关门了。"方小园将林青的双肩包背上，又拿上自己的挎包，扶着林青左摇右晃地出了食堂。

食堂外，连接着水果店和超市，林青指着超市说："走，买酒去，回去接着喝。"

"我去，我去，你在这里站一会儿。"方小园让林青靠着一棵树，自己跑进了超市。

方小园在超市里转了一圈，最终买了王老吉和绿茶。

林青一进宿舍就倒在了床上，眼睛望着上铺的床板。方小园将俩人的包放在桌上，然后过来推她："别想了，越想越气。"

林青坐了起来，翻看着塑料袋："你没买啤酒？"

"少喝点。"方小园打开一罐王老吉给林青，"喝这个。"

林青接过放在了一边。片刻无语。方小园慢慢地喝着一瓶绿茶。

"那，你——什么感觉？"方小园其实早就想问这个问题。

林青看了她一眼，从桌上拿起一袋话梅，撕开，扔了一颗进嘴里。

"我从来不知道女人之间可以如此……"林青突然说。

方小园看着她，也吃了一颗话梅。

"哦——你不知道。"林青说，"她的身材有多棒，皮肤细嫩光滑……"林青说着，她的眼睛茫然地望着前方，"她的舌头很灵巧，一点点地……"林青说到这里，舔了一下嘴唇，看了方小园一眼，接着说，"一点点地侵占你的身体……哦，我现在都能感觉到她。"林青说着拿起桌上的王老吉，"你怎么不买酒呢？"

方小园也后悔自己没有买酒。

"那你现在是同性恋了？"方小园问。

"不应该是吧？我又不喜欢女人。"林青想了想，"我还是喜欢艾虎的……算双性恋。不，还是异性恋。"

林青说着突然深吸了口气："我只是恨她，恨张素心。她竟然什么都不记得了。"

方小园立刻明白，这才是林青真正伤心的原因。

"把我骗上了床，竟然装作什么都不记得了？"林青越说越气愤，"我还一直怕她难堪。"

"你打算怎么办？"方小园问。

林青咬着牙说："我要报复，我要整死她，我要让她身败名裂！"

很晚了，方小园睡在下铺，林青睡在上铺，俩人都睁着眼睛想着心事。

"你确定这个张素心就是那晚和你发生一夜情的女人吗？"方小园突然问。

"当然确定。"

"会不会你认错人了。"方小园说，"长得像的人挺多的，并且她是个教授，怎么可能去酒吧里，还是拉拉酒吧。"

"现在的教授都跟禽兽一样。"林青说，"别的我不敢确定，但那个黑指环，还有她搓指环的动作，太让人记忆深刻了。"

"那你打算怎么报复她呢？"方小园问。

林青就不说话了。

"嗯？"方小园追问着。

"不知道。"林青说，"但我想……"

"什么？"

"我会不会有病啊？"林青说，"我想再见到她。"

方小园从下铺探出头来："你什么意思？她是教授，见她不容易吗？"

"我是说……"林青不确定地说，"我想和她……"

"你有男朋友的。你不可以这样。"方小园急了，从下铺站了起来，抓着上铺的床架，"你得忘了张素心，她是教授，你是学生。"

"哎呀，我不是这个意思了。"林青烦躁地挥了挥手。

又片刻无语，俩人各自躺在床上。

"我能见见这个张教授吗？"方小园突然又说。

"你？"林青欠起身子，看着下铺的方小园，想了想，跳下床，打开课程表，说，"周五，晚上6点半有她的大课。你来，我带你进教室。"

12/ 付强做助理

早晨，从东园到昆湖别墅的那条路几乎堵死了。20公里的路，张素心开了一个多小时。还好，秋天的景色很美，两旁白杨树叶片片金黄，微风吹过，发出"沙沙"的响声，像唱歌一样。

张素心喜欢北京的秋天。

一大早，方心就打来电话，让张素心上班前回家一趟。

张素心不明白妈妈有什么事，但也奇怪，自从爸爸发现自己的秘密后，张素心对妈妈的唠叨和一些过分的要求竟然都能容忍了。

想到爸爸，张素心有些内疚。爸爸一辈子都在庇护她，总担心保护不了她，总怕她受委屈。对妈妈，张素心也内疚。妈妈是个要强的女人，总是认为她的女儿必须也是个强者。她总按她的方式来要求张素心，这是张素心唯一反感的。

车到昆湖别墅时，没看到父母像往常那样出来迎接自己，张素心有些急了，以为出了什么事，飞快地跑进屋，却看到方心坐在桌边努力穿着针线。

"妈——"张素心叫了一声。

方心依旧认真地穿着针线，但还是没有穿上去，便叹了口气，放弃了。

"终是老了，眼睛就是对不上。"方心说。

张素心房里院外看了一圈，没看到张数。

"爸爸呢？"张素心接过方心的针线，帮她穿着。

"去给老王送泡菜了，马上回来。"方心接过张素心穿好的针线，"还是你眼睛好使。"

方心给一件衬衫缝纽扣，张素心便上楼了。

二楼露台是张数喜欢晒太阳、看书的地方。小圆桌上的书引起了张素心的注意，她上前翻看着。《酷儿理论》。张素心没想到爸爸在看这类书。接着，张素心看到旁边一摞书：《他们的世界》《同性恋历史》《论同性恋婚姻法》……

张素心的眼睛湿润了，她放下书下楼了。

"妈，找我回来说什么事？"

方心已缝好了衬衫纽扣。

"都是你的事。"方心将衬衫叠好，"你让人操心啊……"

张素心一惊。这时，就听见张数进院子里的声音。

"素心啊——来了！"张数的声音还是很亮堂。

"爸爸，什么事，一定要我回来说。"张素心说着注视着张数的眼睛，希望能从中读出什么。

"好事。"张数拉着张素心在沙发边坐下，"昨晚和严校长通了电话，明年这个时候何主任就退休了。"张数拍拍张素心的手，"你将接替他的位置。"

张数说完张素心松了口气，原来这事啊。

"开心吧？"张数说。

"中文系主任。"张素心想想，的确开心，"这个不能打电话说吗？一定要我回来一趟。"

张数拍了张素心的头一下："你就不能回来看看我们，你不想我们，我们想你，可以吧！"

张素心就笑了。

方心也过来，郑重地跟张素心说："素心，听着，这一年，低调、谦和，并且，什么事都不可以有。"

张素心有些反感方心说话的语气："什么、什么事会有啊？我能有什么事啊？"但随即与张数的目光相碰，张素心又心虚起来，"放心吧。妈，我明白的。"

张数拿着一个筐，装了几瓶泡菜："素心，这个带给严校长，昨晚他向我要的。"

"噢。"张素心接过泡菜。

回燕北大学的路上，车已没有来时那么多了。张素心开着小窗，以每小时 40 公里的速度行驶着。窗外，秋天的阳光柔柔的，张素心打开 CD，她对自己现在的生活状态很满意。

有一份体面的工作，有很好的前途，有稳定的收入，有不错的朋友，需要时，还有合适的女性朋友。父母健在且健康。

手机有条短信进来。姚小蔓的：小流氓，想你了，下午来吗？

张素心就笑了：今天不行，晚上要上课。

姚小蔓又发来一条：上完课过来。我定购了一张水床，想不想试试？

今天是周五，今晚 FOOL 酒吧是"酷儿专场"，张素心可不想错过。

张素心回复：不去了。有空电话你。

燕北大学有十几个食堂，张素心常去博爱园那家，因为离办公楼近，还因为这里中西餐炒菜都有，就是比其他餐厅稍微贵点。

付强端着盘盖浇饭正在找座位，突然看到张素心，立刻迎了上去。

"张教授，您来吃饭啊，"付强说，"我给您找位置。"

其实付强自己都还没有位置。

"不用，不用。"张素心只想安安静静地吃顿午饭。

"我的资料您看了吗？"付强又问。

有几个中文系讲师也在食堂里吃饭，张素心便坐了过去。

吃午饭的时候，张素心隐约还觉得有一双眼睛一直在盯着自己，寻觅时，却只看到各自吃饭的学生。张素心也懒得理会了，现在的学生，什么样的都有，想什么的都有。

吃完午饭回办公室的路上，张素心又感觉到了那双眼睛，一直在跟着她。张素心马上想到了付强，这个男生为什么一定要我做他的辅导老师呢？每次大课他都来，都坐在台阶前的地上。他想什么呢？

张素心回到办公室，本想睡一会儿，但终究还是决定去图书馆。在整理公文包时看到桌上付强的资料，她随手翻了翻：付强，28岁。人民大学读的本科和硕士研究生，考入燕北大学读博士研究生是想将来留校做教授。他的论文课题是"论中国现代作家及他们的行为艺术"。

这倒有趣。张素心想，作家的行为艺术。看来这个学生有点想法。

张素心一出办公室就看到门口站着的林青："你是……"张素心想起是昨天递给自己资料的女生。她有印象，说话哆嗦不自信，連直视她都不敢。

张素心拎着公文包径直往前走着，林青一直跟着她。在楼梯口，张素心停了下来："你叫什么？"张素心问。

"林青。中国语言文学系硕士一年级学生。"林青回答。

张素心上下打量着她，长得不错，身材也不错，三围正点，小屁股很紧。张素心呼出一口气："你要知道，我已收了两名学生。再收你可能会忙不过来，还有可能耽误了你。再说，学校都会给你们安排导师的。"

张素心说着要走，林青又跟着似乎还有话要说。张素心就停下等她说，林青却低着头，什么也说不出。张素心看着她，突然又觉得在哪里见过她。

"你——"林青终于开口说话了，"你、你为什么把我的资料扔垃圾桶里？"

张素心马上意识到自己昨天的行为是过分了点，但当时她好烦，并且忙着去见姚小蔓。

张素心看着面前的这个女生，虽然不够自信，但至少还有些勇气，敢指责她。并且，她很漂亮，她身上有一种少女特有的清纯和羞涩。张素心想，或者自己再收个女生。但她又马上否定，这是学校，工作的地方。

张素心向前迈了一步，左手搭在林青的肩上，轻轻地拍了两下说："我向你道歉，昨天是过分了些，我怎么能够把一个学生的资料扔垃圾桶里呢？"张素心说着自己也笑了起来，凑近林青问道，"要怎么着你才不生气，才能原谅我？"

看着张素心满脸微笑的美丽脸庞，林青的心一下子就融化了，瞬间开心起来，同时，也羞涩地低下了头。

"没事的，我不生气。"林青的声音很低，像蚊子轻拂过。

张素心一下子也被她的神态吸引住了，刹那间，她的手不自觉地想要去抚摸林青的脸，但在快接近时，她突然又收回了手，并往后退了一步。

"不生气就好。我要赶去图书馆查资料。晚上来听我的课噢。"张素心说着拍了林青的手臂一下就下楼去了。

林青心里美滋滋的,站在楼梯间直到张素心的身影消失了,她仍然傻站在那里。

燕北大学 300 人的小礼堂座无虚席。晚上 6 点半,张素心准时出现在这里,她上身穿着白衬衣,下面是一条黑色的西裤,白衬衣扎在西裤里,衬出她完美的身材。她将一个黑色公文包夹在腋下,自信而从容。她一出现,本来嘈杂的小礼堂立刻静了下来。

"嗨,同学们晚上好。"张素心将公文包放在讲台的桌子上,环视着整个礼堂,"今天地下没坐人哈。"

坐在第一排的付强马上举起了手:"报告张教授,今天抢到座位了。"

"那恭喜你了。"张素心说着,整个礼堂洋溢着轻松的笑声。

"上课之前,我想说件小事。"张素心说,"近来有不少同学请我做研究生导师……我非常感谢大家的信任和认可,但也请大家原谅。我时间有限,今年计划带两名硕士生。现在已经招满了。"张素心说着看了看付强,"今年也曾计划带一到两名博士生,我也向研究院提起了申请,但研究院考虑到我的工作强度已经很大,故今年暂不建议我带博士生……另外,我希望来听我课的学生自信一些,我喜欢自信的学生。如果你都不自信,你怎么做我的学生?"张素心环视着整个小礼堂,她看到第四排坐着的林青,她冲她微笑着。

林青在张素心冲她微笑时,激动地抓住了身边方小园的手:"她在冲我微笑,看到了吗?她在冲我笑。"

方小园却不说话,林青碰碰她:"你看到了吗?"

"哇,霸气外露,气场强大。太漂亮了,难怪你喜欢她。"方小园呆呆地说。

"得得得，说正经的啊。"

"当然说正经的，她怎么也有 30 岁了吧。"

"36 岁。"林青很得意地说。

"哇，这么老。"

"你才老。你显老！"林青不高兴地冲方小园说。

张素心拎着公文包一身疲惫地回到办公室，整整讲了两个小时，连课间休息同学们也围着她转。她累坏了。

张素心靠在椅子上，让自己放松些。现在还不到 9 点，现在赶去 FOOL 酒吧时间正好。这么好的夜晚就应该放松一下，给自己找点乐子。张素心打算冲杯咖啡时，发现没有开水。算了，不喝了，回家换衣服，去 FOOL 酒吧。

有人轻轻地敲着门。张素心说"进来"。

付强探头探脑地推开门。"是你啊！又有什么事啊？"张素心没好气地问。

"张教授，"付强在办公室中央站直了身子，"我非常自信能做好您的学生。"

张素心有些烦："我都说了，我不带博士。研究院没批。"

付强依旧站着，眼睛看着张素心，似乎有些委屈和难过。

"我特别想请您做我的导师，我还想留校做您的助教，我一定能做好的。相信我！"

张素心看着他，有半晌的工夫。随后，她拿起一旁的暖水瓶："去，给我打点开水。"付强接过暖水瓶不明白张素心的意思。张素心又接着说，"打了开水回来给我冲杯咖啡，学生就是给导师干这个的。你不愿意现在就可以不干。"

"我愿意，我愿意……我马上去。"付强欢天喜地地抱着暖水瓶出去了。

张素心却摇摇头，收下他吧，这么黏人。

13 / 忐忑的张素心

从燕北大学东门出去，马路对面 50 米外有个很古朴的全是二层小洋楼的小区，这里就是燕北大学东园教职员工宿舍区。

东园建于 19 世纪末，燕北大学成立后不久。

东园小区共有 40 栋二层小洋楼。从东园进来向东约百米，右边是三排共 21 栋整齐的二层小洋楼，左边有一个操场，半个足球场那么大。围着操场东西北三个方向有 19 栋小洋楼。

操场的西边走到头那一栋小洋楼就是张素心住的小洋楼。

东园小区里的每栋二层小洋楼都有很大的院子，院子将小洋楼围成了半圆。

张素心住的那栋小洋楼因有 5 户人家而略有改建，楼上一层是张素心住，楼下一层住有 3 户人家。因此，小洋楼从右边单建了一条长楼梯直通二层，而同时，将整个院子一分为二，右边院子归张素心使用。

张素心很喜欢这个地方，交通便利，上班近，吃饭也方便。并且，这里房间大，空间高，每个房间都有阳台。

早晨 7 点，送奶工准时将两瓶鲜奶放在门口的牛奶箱里，接着会有人将当天的《新京报》和《北京青年报》扔进门口的报箱。周末，通常中午前张素心是不会起床的，很多时候她都要睡到下午。

但今天，这个周六的早晨，当送奶工将两瓶鲜奶放在张素心的牛奶箱里时，她就醒了。她看着一旁裸睡的女人，猛然想起为什么会觉得林青面熟了，原来自己曾带她回家过，原来自己曾和她发生过一夜情。张素心坐了起来，她一下子全想起来了，那应该是林青第一次和一个女人做爱，她惶恐而差涩，紧张而慌乱，她的小心脏一直"扑扑扑"地乱跳。张素心亲吻她的时候，她的身体一直在发抖。她第一次进入到她的身体时，她在张素心的背上划下了几道重重的指印。当时，痛得张素心尖叫了一声，随后，她很温柔地抚摸着张素心背上的伤痕。张素心第二次和林青做的时候，她好了许多，没那么紧张了，但她的喘息声很大，有几次张素心想让她闭嘴。她们做第三次的时候，林青完全配合着张素心，甚至主动将舌头伸给了她……

张素心穿着睡衣坐在窗前的躺椅上，看着床上裸睡的女人，她想可能这次有些麻烦了。

床上的女人这时醒了，发现张素心没有躺在床上，寻找时，却发现张素心正坐在躺椅上看着自己，便撒娇地说："讨厌！看着我干吗？"

"你很漂亮。"张素心说。

"陪我一起睡嘛。"女人说。

张素心没有动，只是说："你还不想起吗？"

女人就在床上扭动着身子："来嘛……早晨是运动最好的时候。"

张素心就笑了，说："我一会儿要出去。"

女人就很不情愿地坐起，看看窗外，伸着懒腰："抱我起来。"张素心就过去抱她起来。

女人从卫生间出来时已穿好了衣服，而这时，张素心正将一瓶鲜奶揭去上面的包装皮对着瓶口喝着。

"那儿还有一瓶是给你的。"张素心指着桌上的另一瓶鲜奶说。

"我想喝热的。你给我热热。"女人过来整个身子偎在了张素心的怀里。

张素心依旧笑着："别闹了，这种鲜奶就要这么喝，烧热了就没意思了。"

女人推了张素心一下："是不是睡过了，你就觉得没意思了？"

"怎么会？"张素心说。

"把你的手机号给我。"女人说,"现在就给。"

"好。"张素心说着拉过女人,吸住了她的嘴唇,尽情地吻着她,并轻轻将女人放倒在沙发上……在女人将张素心抱得很紧时,张素心慢慢地松开了她,微笑着。

女人替张素心擦擦嘴边的奶沫:"看你一嘴的奶,像个孩子。"

张素心又笑了,故意将嘴蹭在女人脸上。女人躲闪着,用手推张素心的脸。张素心就停住了:"我不送你了。"张素心说,"出门就有地铁,很方便。"

女人知道自己该走了,她站了起来,突然不甘地推了张素心一下:"我们什么时候再见?"

"通常周五的晚上我都会去 FOOL 酒吧。"张素心搂着女人来到门边,打开大门,"下了楼,出了院子,看到一个操场后,沿着操场向右笔直走就是马路了。到了马路后,往南走 200 米就有地铁。"

张素心刚说完女人突然吻住了她,许久才松开:"给我打电话,一定要给我打电话……"

张素心摸摸她的脸:"乖!"

女人下楼了,但依旧不舍地回头看了眼楼上的张素心。张素心冲她笑着,看着她离去,心里却在想着该怎么处理林青呢。

张素心坐在办公桌前看电脑,付强正用抹布仔细地擦着桌子,又拿墩布拖地,然后打开水,洗杯子。在给张素心泡茶的时候,张素心忍不住问他:"你真的心甘情愿干这些?"

"是的,张教授。"

"OK,你接着干吧。"张素心说着收拾公文包准备出去,走到门口又回过头来,"对了,一会儿去超市帮我买些零食。去校外的大超市啊。"张素心拿出钱包数出 500 元钱给付强,"是零食啊。话梅、开心果、巧克力、牛肉干……每样买点。啊,开个发票回来。写办公用品。"

付强点头答应着，张素心走到门口又想起什么，把自己的钥匙取了下来："一会儿你去配把钥匙，出门把门撞上，还有中午帮我把饭买回来，饭卡在抽屉里。"

付强——点头。张素心满意地出去了，觉得有这么个学生也不错。

张素心走后，付强就很得意地坐在张素心的转椅上，来回转着。其实付强心里有一个秘密，那就是他要追求张素心，所以他要先接近她，让她喜欢自己，让她爱上自己。付强想着，拿起桌上张素心的照片看着，狠狠地在上面亲了一下。

"我一定要追到你！"付强对着照片说。

中午，博爱园食堂里坐满了学生，一个四人座的桌子旁坐着两个学生，付强手里端着一个托盘，盘子里有可乐、汉堡、一盘鸡丝凉面和一个饭盒。付强过去确认那剩下的两个位置没人后便将托盘小心地放在了桌上。

付强正准备吃时，看到林青在买饭的人群中排队，便大叫了一声："林青——"

林青也很高兴，毕竟和付强有些熟了。

"这儿有个位置，我给你留着。"付强指着旁边的那个位置说。

"好的。"

林青也买了鸡丝凉面，还有一小罐鸡汤。

"这鸡汤不错，你没买一份？"林青说。

付强看了眼小瓦罐鸡汤："这瓦罐能带走吗？"

"带走干吗？在这里喝嘛，趁热喝。"林青边说边喝着鸡汤。

"我是想给张教授带回去。"

听了付强的话，林青这才发现桌上还有一个空饭盒。

"你……要给张教授打饭？"林青琢磨着，看着付强，"她为什么要你给她打饭？"

付强得意地笑了："因为她是我的辅导老师，我是她的学生，这种事当然我来了。"

林青不相信："她说过她都招满了，她不招人了，而且她不带博士。"

付强晃着脑袋自信地说："那话是说给无能的人听的，事在人为。"付强拍拍胸，"像我这么优秀的学生，她怎么可能放弃。"

林青有些泄气："你怎么做到的？"

付强凑近林青说："自信！"

林青"嗝"了一下，她觉得付强在耍她："什么叫自信？仅凭自信她就收你了，吹吧！"

"真的真的。"付强说，"如果你觉得你行，你就要自信一些。如果你自己都不够自信，她怎么会收你做学生呢？"

林青又觉得付强说得有些道理："我觉得，我也很——自信啊。"

"不够。"付强真诚起来，"至少你不够大胆。"

林青疑惑地看着付强，继续吃凉面。

校园里的人行道上，张素心在前面边走边想着什么，一旁是拎着公文包的付强。张素心突然停了下来，从付强手中接过公文包。手上缺个东西，她觉得走路都不够自信了。

"鸡汤要趁热喝你不知道吗？"张素心突然说，"从食堂端到我办公室里，鸡汤早凉了……记得把瓦罐还回去。"

付强在旁边应答着。

"不要用洗洁精洗茶杯，一股洗洁精味，茶都不香了。"张素心边走边说，"我不太喜欢吃蒜，以后打饭有蒜的菜都不要买……通常上课前我要喝杯咖啡……"

张素心怎么说，付强都点头。

"还有，不用老跟着我！"张素心突然停下很烦地看了付强一眼，"像个跟屁虫似的。你要有你自己的事，要有点性格……"张素心说着，付强很不明白，他想难道不该跟着她去讲课吗？自己肯定是要听她的课的。

"嗯……嗯……"付强很想替自己分辩两句，但什么也没有说出来。他委屈地退后两步，和张素心保持点距离，但仍紧紧地跟着她。

张素心的确很烦。自从想起自己曾和林青发生过一夜情后，她就很烦。那是她的学生。

张素心在机电教室门口站住了，她从来没有这般犹豫过，她看了看一旁的付强，想了想说："对了，忘告诉你了。研究院批准我做博导了，你将是我带的第一个博士生。"

付强意外地惊喜，他想用微笑回报张素心以表达自己的感激，却因刚被训了一路而没能笑出来。他看到张素心深吸了口气，又重重地呼出后，这才果断地推开了机电教室的门。

张素心习惯性地将公文包放在了讲台的桌上，然后她拿出电脑和笔记，她今天的表情很严肃，没有以往上课开场时的幽默。张素心拿出粉笔在黑板上写下三个大字：汪曾祺。然后她说："今天给大家讲汪曾祺和他的作品体裁。"

张素心说完还是环顾了一下四周，她搜寻的时间有些长，她没有看到林青。她有些放松，舒了口气。但同时，她又有些失落，叹了口气。

14／给林青做导师

老北京有东南西北四个大区，东边是文人才子和生意人聚集的地方，西边是达官显贵居住之地，北边住的是做苦工的人和落寞的八旗子弟以及青楼女子，南边多为平民百姓，所以旧北京有"东富西贵，南贫北贱"之说。但现在，北京城已全然是一个世界大都市，东南西北各有精英居住。但东边依旧是不折不扣的北京文化中心，这里集中着大多数北京的出版社、报社、演员、文化名人和艺术家……

世贸天阶位于东三环内，紧邻国贸、嘉里中心等众多顶级写字楼，是北京CBD区的旗舰商业大厦。它有着全世界第一的天幕——世贸天阶天幕。"全世界人民向上看"——这句口号曾经是奥运期间世贸天阶的一句标志性口号。

下午3点的阳光很温柔很舒服。在世贸天阶天幕下的一个咖啡座旁，张素心穿着一身休闲装，戴着墨镜，怀里抱着一个双肩包和一个女式挎包半躺在咖啡椅上，仰望着头顶上的天幕。她的双腿搁在前方的咖啡椅上，旁边的咖啡桌上放着两杯咖啡。天幕正在播放动画片《米老鼠和唐老鸭》。

姚小蔓过来，从后面环抱住张素心坐着的椅子，连同张素心一起抱在怀里："不要在这里招蜂引蝶了，你有我还不够吗？"

姚小蔓说着轻轻地向张素心耳里吹了口气，张素心摆摆头，两手向后回抱着姚小蔓："你好像并不属于我。"

姚小蔓走到张素心的对面，将她的腿从椅子上拿下，然后将椅子拖近张素心后坐下，手肘搁在了张素心的腿上："你好像也不属于我。"姚小蔓说着将张素心拉了起来，在椅子上坐直了，"你好像也从不相信爱情。"

"你相信？"张素心看着姚小蔓，"难道爱情不是那些异性恋为了骗彼此上床而让自己相信的东西吗？"张素心凑近姚小蔓，"但最后都是在伤害中结束。"

"我相信爱情。"姚小蔓说。

"我想你已经得到了，"张素心说着又向后靠去，"回家吧！那里有你的爱情和爱你的人。"

张素心话音未落，她的腿就被姚小蔓掐了一下："你个没心肝的东西。"

张素心摸着被掐痛的腿，环顾四周："有没有搞错，周围这么多的人。去去去——逛街去。我等人呢，万一别人来了看见了怎么办？"

"你也有害怕的时候？"姚小蔓抬起张素心的下巴，"你再气我，我就在这里和你做。"

张素心看着姚小蔓，突然笑了："来呀，我很乐意！"

"小流氓！"姚小蔓放开张素心，从她怀里拿起自己的包向前走了几步后又站住，回过头来，"你有想要的东西吗？"

张素心冲她噘嘴，做了个亲吻的动作。姚小蔓用口型骂了句"小流氓"就去逛街了。

韩梅和秦岚来的时候，张素心都快睡着了。韩梅是文学出版社的编辑，跟张素心很熟。她编辑的很多书都是张素心帮忙安排在大学里讲座宣传的，今天她约张素心来一是两人好久没见了，二也是要请她帮忙。秦岚是个70后女作家，韩梅刚编辑了她的一部长篇小说，想请张素心帮忙在燕北大学里安排一个文学讲座，主要是向学生们推荐秦岚。

韩梅相互介绍了张素心和秦岚，秦岚送给张素心一本她刚出版的书《垂泪是花》。张素心接过翻看着："不错，美女作家，现在很流行。"

韩梅和秦岚就笑了。韩梅趁机说："帮忙写个评论吧，人家今天特地冲着你来的。"

"是啊。总听韩梅说起你，没想到你这么漂亮。"秦岚说着手下意识地搁在了张素心的腿上。

张素心移开腿，冲秦岚笑着："我回去好好拜读一下。"

"我们交换个电话吧。"秦岚说。

"对对。"韩梅也极力说和二人，"你俩可以自己联系，秦岚也是单身，你们会有很多共同话题的。"

张素心"哦"了一下，与秦岚交换了电话。

三个人聊了一会儿，敲定了讲座的大概时间后，张素心就要走了，因为黏人的姚小蔓已短信催了她几遍了。

"我们电话联系。"分手时，秦岚说。

张素心点点头。

张素心赶到东来顺火锅时，姚小蔓已点了满满一桌子菜。

"就我们俩吃饭，你点这么多不浪费吗？"张素心坐了下来，"从一个人花钱可以看出一个人的性格。"

"我什么性格？"姚小蔓不高兴地问。

"贪婪。"

姚小蔓气得踢了张素心一脚，又将一个很漂亮的小盒子扔在她的身上："讨厌。恨死你了。"

张素心拿起打在她身上的小盒子："这是什么？"

"给你买的。"姚小蔓虎着脸说。

张素心打开盒子，是一块 OMEGA 的手表，棕色的皮表带，24K 金的表边和指针，防磨损蓝宝石水晶镜面。很漂亮，很中性，很适合张素心。

张素心看看手表，又看看姚小蔓，重重地呼出口气，她将手表推回给姚小蔓："我不能要。"

"怎么了，就一块手表而已，我想买给你嘛。"姚小蔓将手表又推回。

张素心看着姚小蔓依旧摇着头："太贵了。"

姚小蔓绕过来坐在张素心的身边："我们认识时间也不短了，你知道我喜欢你……"姚小蔓抓住张素心的手，"我想给你一切。"

张素心皱皱眉头，抽出手："你忘了我们的约定。"她站了起来，"我给不了你想要的东西。"

张素心拿起双肩包离开了餐厅。

艾虎洗了澡出来，看到林青还在电脑前："你不洗澡吗？"艾虎边用毛巾擦着头发边说。

但林青似乎并没有听到他说的话，依旧浏览着网页。艾虎便走了过去："一进门就上网，看什么呢？"

艾虎凑近电脑，林青立刻合上了笔记本："休息休息。"林青抱着艾虎的腰说，"你要知道，找一个好导师是很重要的。她关系到你的前途、未来、就业，还有北京市户口。"

"不是都定了吗？"

"但我想找一个对我更有帮助的导师。"

"谁呀？你怎么确定他对你更有帮助呢？"艾虎说着抓住林青的手放在自己的内裤外，"它更需要你的帮助。"

林青快速抽出手："别闹了，你先睡吧。"

艾虎就放开了林青："那快来啊，不然我不等你了。"

林青点点头，看着艾虎进屋。

林青重新打开电脑，她正在浏览的是同性恋的网页，各种对同性恋的解释和同性恋的历史，男同女同的故事、电影、小说……网上应有尽有。林青试图要确定自己到底是不是喜欢女人，是不是拉拉。

最后，林青又将张素心搜索了出来，然后将她的照片定格在页面上。

她真美，光芒四射。林青注视着屏幕上的张素心，感觉到自己的心跳。她真的不记得自己了吗？她现在在干什么？她知道很多男生来听她的课只是想看她吗？她知道很多男生将她作为性幻想对象吗？

林青看着电脑屏幕上的张素心，用手去触摸屏幕上的脸、鼻子、嘴唇，然后她仰着头，闭上了眼睛，回想那天晚上，张素心的吻和温柔的抚摸。突然林青的嘴真的被人吻住了，她一惊，睁开眼，艾虎已将她整个人抱在了怀里。

"我等你半天了。"艾虎说，"这谁啊？"

"研究生导师，燕北大学最年轻的女教授。"

"噢。"艾虎看着电脑屏幕上的张素心，"这么年轻……哇，太性感了，我都想和她做了。"

艾虎刚说完，林青猛地推开他，"你真讨厌！"

林青合上电脑，起身向卫生间而去。

张素心在办公室看着电脑，付强敲门进来，将一本《垂泪是花》的书递给张素心。

"这么快就看完了？"张素心翻了翻书，"你觉得怎样？"

"嗯……"付强实话实说，"看了一大半，有些啰嗦，有些恋爱情节感觉很假，很做作……"

"内容呢？内容怎样？"张素心问。

"反正不是我喜欢的。"付强说。

手机有短信进来，张素心看了一眼，秦岚发来的：**张教授，我是秦岚。一见你就很喜欢。晚上有没有时间一起吃饭？**

这个秦岚，什么意思呢？暗示？还是知道我喜欢女人？或者她也喜欢女人？再或者只是想讨好我帮她在大学里安排个讲座？

张素心对付强说："跟学生会王野联系一下，要他周六下午务必腾出小礼堂，要招集至少 200 名学生。我们要请这本书的作者来做个讲座……这可是个美女作家噢。"张素心叮嘱着，"你在论坛上发个消息，还有……你和出版社韩编辑联系一下讲座用的样书，是否需要海报、易拉宝……我一会儿把她的手机号给你……总之，你负责配合她……"

付强一一记下。

戴全刚从张素心的办公室门口经过，看到张素心在办公室便走了进来："哟，张教授，张副主任——"

戴全刚依旧阴阳怪气的，张素心挺烦他的，但不是说越是小人越要对他客气嘛。

"嗬、嗬，戴教授怎么有空到我这里来。"

"我刚听说——"戴全刚说着看了付强一眼，但想了想还是接着说，"这次聘教授，张副主任力荐李全，把林雪莲快气疯了。"

"怎么了？"张素心故作不解地看着戴全刚，"难道李副教授不应该聘教授吗？"

"应该应该，早就应该了。"戴全刚凑近张素心低声说，"可林雪莲也做了3年的副教授了。"戴全刚想了想又说，"她可是王副校长面前的红人。"

张素心看了戴全刚一眼，打开手机，调出通讯录递给付强："这是韩编辑的手机号，你记一下。"

付强忙拿笔记下。

林青突然出现在办公室的门口吓了张素心一跳，她吞了口唾沫，看看戴全刚又看看付强。戴全刚背对着门，没看到林青，他接着跟张素心说："不过，张副主任，我还是很佩服你的，有胆识……"戴全刚说了一半才注意到张素心的眼睛望着门口，回过头来就看到忐忑不安的林青。

林青没想到张素心办公室里有这么多的人，她又紧张了。付强知道她来干什么，提醒着她："林青……"

"嗯……"林青依旧不够自信，说不出话来。

张素心却心一紧，不知道林青来有什么事："你……有事吗？"张素心轻轻地问。

林青的脸已憋得通红，付强过去拍了她一下："张教授问你呢。"

戴全刚饶有兴趣地看着林青，觉得她可爱极了。

"张教授，我有一个请求……"林青鼓足勇气说。

张素心忙站了起来，跨离办公桌，离林青近了些，很注意地听她要说的话。戴全刚也跟了过去，他悄悄地问张素心："研一的新生？"

张素心没理戴全刚，依旧耐心地等待着林青往下说。

林青说："我能选您做导师吗？"

张素心深吸了口气，她在思索、在犹豫，林青企盼地看着她，付强也焦急地看着她。戴全刚在张素心的耳边说："你不要可以留给我，我正打算再带一名研究生。"

张素心突然好讨厌戴全刚："嗯……周六下午，小礼堂有一个新书宣传讲座，你……跟着付强一起做吧。"张素心说完又想起什么，拿起桌上那本《垂泪是花》递给了林青，"就是这本书，你拿去看看。"

林青拿着书茫然地站在那里，付强轻轻地碰了她一下："张教授已经收下你了。"

"哦，嗯？"林青还没有转过神来。

"你们先去忙吧。"张素心说，"有事我会叫你们。"

付强便拉着林青出了办公室。

戴全刚有些失落地看着林青离去："现在的新生越来越有性格，真让人喜欢。"

"哦——"张素心应付着，同时给秦岚回复短信：**你的新书讲座已安排好，周六下午见。**

戴全刚见张素心忙着便无趣地离开了。戴全刚一走，张素心就后悔了，自己怎么那么冲动，同意做林青的导师！这以后要经常面对，如何是好？张素心后悔的同时，就更讨厌戴全刚了，如果不是他在旁边捣乱，自己也就不会同意收林青了。

这以后要拿她怎么办呢？

15/ 嫉妒

张素心的黑色宝马驶进燕北大学东门的时候，前面一辆自行车挡住了她的车。骑车是一名女生，短发，骑着一辆带横梁的山地车。一个长发女生坐在自行车前面的横梁上。她们很亲热，俩人的脑袋挨得很近，短发女生的嘴唇时不时地会吻在长发女生的头上。

这是一对拉拉。张素心感叹现在学生的大胆，公然在校园里亲热和公开自己的性倾向。

秦岚新书的讲座安排在燕北大学小礼堂，下午3点。

张素心在食堂里吃午饭的时候，碰到了付强和林青。两人一见她就很自然地和她坐到一张桌子上。

"不知道您中午过来，不然就帮您打饭了。"

付强嘴里这么说，但明显他很高兴能和张素心坐在一张桌子上吃饭。

"我是犯懒，不想做饭就来了。"张素心说着扫了一眼林青。如果早知会碰到他俩，她是不会来食堂吃饭的。

林青也没想到会碰到张素心，她很紧张。其实那天从张素心办公室出来后，她就后悔了。做她的学生，以后要经常面对。林青突然觉得一点心理准备也没有。晚上，她和方小园通电话，说自己后悔了，做事太冲动。方小园就安慰她，反正张素心也不记得她是谁。

张素心真的不记得她们发生过一夜情吗？林青不相信，因为她永远不会忘记。

周六中午吃饭的学生不算太多，但付强坚持要帮张素心打饭，张素心就把饭卡给他了。付强一走，桌旁就剩下张素心和林青。林青更紧张了。

张素心想放松一下："秦岚的书看了吗？"

"看……了一半，还没看完。"

"没关系，慢慢看。"张素心找着话说，"盖浇饭味道怎样？"

"您要不要尝尝？"林青突然将装饭的盘子推给张素心，她的手碰到了张素心的手。林青一紧张，又将盘子拖了回去。张素心笑了。林青发现张素心左手中指戴着一枚银色的指环，她没有戴那枚黑色的指环。

"你快吃吧，我的饭就来了。"

付强果然端着张素心的饭来了，一碗米饭、一碟青菜、一碗汤、一盘牛肉。张素心也没有推让，快速吃了起来。

秦岚早早地就来了，这让张素心很意外。通常在大学里讲座，先来的都是编辑。

秦岚给张素心打电话的时候，张素心刚吃完午饭正准备回办公室。秦岚在校门口，她不知道小礼堂的位置，并且来得也早了。

张素心让付强和林青一起去校门口接秦岚。付强和林青一走，张素心觉得轻松了不少。这时，便更加恨戴全刚，也更加后悔收了林青做学生。

秦岚今天打扮得很有范儿，黑色短皮裙、黑色长靴、白衬衣、黑色西装、白色丝巾。这种黑白装偏偏是张素心喜欢的，一见面她就不由得抱住了秦岚，两人很熟的样子，其实这不过是两人第二次见面。

秦岚也不推诿，竟然在张素心怀里撒起娇来。

"今天辛苦你了，晚上我请你们吃饭。"

"应该做的，能请到你是我们学校的荣幸。"

张素心和秦岚身高差不多，俩人抱着亲昵时，脸挨得很近，可以感觉到彼此说话的气息。张素心有种冲动，但突然，她感觉到有一双冷冷的眼睛正注视着她们，一惊，是林青。

林青不知道秦岚这么漂亮，更没想到张素心和秦岚见面会这样亲热。一股莫名的妒意无法克制地表露了出来。

张素心松开秦岚，将她让到沙发上。

"你们先去小礼堂吧，一会儿韩编辑该到了。"

张素心让付强和林青先走，付强倒是答应着准备离开，但林青却站着没动，只是看着秦岚。

"这两个都是我的学生，一个读博士，一个读硕士。"

张素心介绍着付强和林青，秦岚却拉着张素心一起坐到了沙发上。

"你得帮我写篇评论。张教授——"秦岚依旧撒着娇，"韩编辑说你的评论很多报纸都会抢着发。"

张素心和秦岚一起坐在沙发上其实也没什么，但在林青的注视下她觉得很不自在。

"林青的文笔很棒，我让她给你写吧。"张素心说着站了起来，对林青说，"林青，你给秦岚老师的新书写篇评论，我让报社给发了。"

林青听到叫自己，猛然意识到自己失态了。

"啊、啊，我还没看完。"林青说。

"我也写一篇吧。"付强觉得有张素心推荐给报社发稿，这是个很好的机会。

"看看，"张素心对秦岚说，"我的两个最棒的学生，一人给你写一篇，满意吧？"

秦岚站起表示满意，身子又过去搂住了张素心的腰："你的学生我当然满意。"秦岚对付强和林青说，"谢谢你们俩。"

张素心抬起头时，碰巧和林青对视。她的心莫名地慌乱起来，不由得和秦岚保持点距离。

秦岚的新书讲座相当成功。

周一的《北京青年报》《新京报》读书版整版都是秦岚新书的消息。

林青早早地就来到张素心的办公室。付强上午有课，请她帮忙收拾张素心的办公室。林青本想拒绝，但一想付强帮了自己不少，并且，张素心也是自己的导师，自己也应该替付强分担一些。

林青想早一点来，早一点收拾完，早一点离开。但偏偏，今天是周一，张素心来得很早。

张素心拎着公文包刚走到办公室的门口就看到林青在拖地。她停顿片刻，终还是走了进去。

"付强呢？"张素心问，同时让自己放松些。

"他上午有课。"

林青又紧张起来，虽然事先她一直鼓励自己不要紧张，但单独和张素心一起，她还是很紧张。

张素心径直走到桌前，放好包。林青围着桌子拖地，她的背半弓着，腿略微弯曲，双手一前一后握住拖把。从侧面看，她的身体呈一个很漂亮的曲线。她的牛仔裤很妥帖地裹着她的臀部，随着她的身体前后左右地移动。

"其实不用每天收拾办公室，也不脏。"张素心说。

林青没有说话，她拖到了办公桌的位置，她直起身子，一脸的汗水。张素心一惊，抽出纸巾想帮她擦，但想想还是将纸巾递给了林青。

林青接过纸巾，并没有擦汗，而是接着拖地。

因为刚拖的地，还是湿的。张素心不好意思走动，于是就站在那里。林青拖完地，又要给张素心泡茶。

"不用了，真不用了，我自己来，"张素心说，"你歇会儿吧。擦擦汗。"

林青就停下了，她也是有些累了。

两人对望，竟又很尴尬。于是，林青还是拿着茶杯和拖把出去了。张素心也坐了下来。

得承认，林青很漂亮。张素心坐在椅子上放松的同时，又有些想入非非。她记得我吗？还是故意装作不记得？我要拿她怎么办？她是我的学生，和自己的学生上床是很危险的。自毁前途。张素心对自己说。

16/ 聚会

聚会是韩梅提出来的。

秦岚的新书卖得不错，她打算找些朋友庆祝一下，同时也想感谢一下大家。

韩梅说好久没去张素心家了，有一阵子，张素心经常请一些朋友来家里聚会。秦岚也想去张素心家里看看，张素心想那就在家里办个聚会吧。秦岚说酒水她来负责。

聚会定在周日晚上。

张素心也请付强和林青来参加聚会。一是他们在秦岚的新书讲座上出了不少力，二是张素心想既然自己已经是他们的导师了，在他们毕业前，见面是无法避免的，那还不如做个好导师。

周日的下午，吃过午饭，付强就来张素心的家了，他有些激动。毕竟是第一次到导师的家，还是自己喜欢的女导师。

付强到的时候，张素心正在厨房里洗黄瓜，一旁的水盆里还泡着海带丝、黑木耳，张素心说她要拌几个凉菜和沙拉。这时，付强看到地上有些蔬菜、水果，他说他来洗菜和水果。张素心就帮他系围裙。张素心在付强身后系围裙的时候，付强的心有一丝被揪扯的温暖，他开始遐想联翩。他想象这就是他和张素心的家，他们在厨房里做饭准备招待客人。付强洗得很认真，每当他抬头看张素心的时候，发现张素心也在看他，并冲他微笑着。于是，付强更加深了这种遐想……后来，洗完了菜和水果，付强来到阳台上，正午的太阳直射在院子里，几个孩童在远处疯闹。付强看着，就像看他和张素心的孩子一样，他的心愉悦而舒畅，感觉一切特别美好。回头时，张素心正笑盈盈地端着一盘樱桃过来让他吃，付强拿起一颗欲放进张素心的嘴里，但最终樱桃在空中转了一圈后塞进了他自己的嘴里。

林青来后，付强渐渐回到现实中。

林青的心情很复杂，来之前，她和方小园通了电话。她还是觉得自己太冲动，不该请张素心做她的导师，从此忘了，两不相干或许更好。但她的身体里总有另一个人在迫使她一点点地接近张素心，她想看到她。她发现每次见到张素心她都很开心，而每次离开后她又想再次见到她。

方小园嘲笑林青像初恋一样。

林青觉得就是初恋的感觉，她的双腿总是情不自禁地带着她去找一个人。

"你们会怎样呢？"方小园会问。

林青不知道，她想象不出她们会怎样，能怎样。

"我不是拉拉。"林青说。

"你还想和她做吗？"方小园又问。

"怎么会呢？"林青说着笑了起来，"我现在是她的学生，她也只认为我是她学生。"

"她还是不记得你吗？"

"她应该不记得。"

"她有和别的女人一起吗？"

"应该没有……反正我没看到过。"林青想了想又说，"但那个秦岚跟她好像很熟。"

"她们会有关系吗？"

"看不出来，应该不会。"

"我觉得她应该记得你，她不记得一定是装的。她不想去记得这件事而已。因为你是她的学生。"方小园说。

林青就不说话了，潜意识里，她感觉张素心比她都记得清楚，那天晚上她们之间发生了什么。

"艾虎呢？"方小园问，"你们最近怎样？"

想到艾虎，林青一下子非常内疚，她已好几个周末没回到艾虎那里。

她害怕见他。

林青到达张素心的家时，正逢秦岚订的酒水送到了。杰克丹尼、君度力娇、百利甜、橙汁、菠萝汁、苹果汁、西柚汁、苏打水、啤酒……张素心和付强一一清点着。

张素心看到林青来了，随口让她将几个空纸盒子拿到院子里。

林青来到院子里，猛然看到那辆白色的北京吉普车，刹那间，林青几乎被击倒。她呆呆地看了那辆车很久，她的这个举动偏偏被楼上的张素心看到了，她有些后悔不该让林青到院子里，但她马上又让自己淡定下来。已经这样了，很多事情既然无法避免了，那就顺其自然吧。

然而，最让林青感到痛的是，当她跨进那间屋子的时候，她看到客厅、沙发、卫生间和卧室。林青走进卧室，她看到那张床，她感觉自己就像刚从那张床上下来一样，那晚所有的事情一幕幕在眼前闪过。她记得自己是怎样走进这间屋子的，她记得自己是怎样在沙发上和张素心聊天的，她记得自己是怎样上的这张床……林青猛地回头，发现张素心正准备走进卧室，看到她，停住了。在她们目光相碰的瞬间，张素心成熟而老练地叫着付强："付强，把刚才那樱桃拿给林青吃。"随后，张素心冲林青微笑着，"可甜了……"

张素心进屋是准备去阳台上拿些凳子到客厅里，她经过林青身边时，林青明显感觉到张素心内心的不安和忐忑。林青一下子心疼起来："我来帮您搬，张教授。"

听到林青的话，张素心踏实了。

客厅的大饭桌上摆着电脑和书，平时张素心把这张桌子当写字桌了。林青和张素心一起清空了这张桌子，然后她们又一起将酒水、凉菜、水果、沙拉、酒杯、餐具一一摆在了这张桌子上。

"现在好了，就等主食到了。"张素心说。

付强在厨房里学做冰块，这是张素心刚教给他的。将水烧开后放凉，然后倒入冰格里，再将冰格放入冰箱冷冻室，三四个小时后就成了冰块。冰箱里已有满满一桶张素心事先做好的冰块。她觉得今晚够用了，但付强还是想做。他觉得今天跟着张素心学到了很多的东西。

林青没什么事可做，她和张素心单独待在一起又有些不自在，所以她一会儿看看付强做冰块，一会儿看看张素心调制酒水。后来，付强做完了冰块，又跟着张素心学调酒。

张素心说她在英国读书的时候，她同屋的女生经常组织各种聚会，会调很多种酒，张素心说她从来只是喝。回国后，经常有朋友来家里玩，她这才不得不学着调酒。

张素心给林青和付强各调了一杯玛格丽特，她自己却倒了一杯杰克丹尼。她说很多人喜欢用杰克丹尼兑可乐喝。有人将杰克丹尼形容为男人，可乐形容为女人，杰克丹尼加可乐就好比男人和女人在一起了。张素心说到这里笑了，她说这听上去很暧昧，有种诱惑。她说着，付强和林青都看着她，似乎都受到了这种诱惑。但张素心又说，她从来只喝纯的杰克丹尼。后来，林青知道，这是非常男人的一种喝法。

他们喝酒说笑的时候，秦岚和韩梅来了，接着邀请的客人陆陆续续地也都到了，楼下、院子里很快停满了车。5点的时候，秦岚订的比萨、烤羊腿、烤羊肉串、烤鸡翅也都到了。

这次聚会加付强和林青共19人。有作家、记者和编辑。有几个作家平时只在报纸和电视上看到他们。

付强很亢奋，他一个劲儿让林青帮他拍照，他和来的作家们一一合影。合完影后，付强最大的兴趣就是调酒。开始张素心还和他一起调，后来张素心干脆不管了，随他去了。

与付强相比，林青显得安静多了。她看上去漫不经心的样子，似乎在听人聊天，听作家们侃文坛囧事，听记者们吹牛。其实，她一直在注意着张素心。而同时，她感觉张素心也在关注着她。

刚开始大家还围着桌子吃，但随后都到沙发那里喝酒去了。凳子不够，有的人干脆坐到了地上。张素心吃得很少，她一直在喝着杰克丹尼，一杯接着一杯。

秦岚开始一直跟着张素心，不是搂着就是靠着张素心，林青很不喜欢她。但后来，有一个姓水的女子来后，秦岚就跟着大家喝酒疯闹去了。

姓水的女子，穿着长裙，一副淑女的模样。张素心介绍她是一家情感杂志的主编，同时也是位作家。林青看过她的文章，比较小资。水主编话不多，但喝了不少酒。林青注意到她的手有几次都握着张素心的手，那种亲昵和自然，显然超过了正常女性朋友之间的友谊。

当然，林青如果不是和张素心有过那一夜，她会觉得这些动作很正常。但问题是，现在她知道这个女人一定和张素心有过什么。林青是从这个时候开始思索张素心到底是个什么样的人，她也是从这个时候开始喝酒的。她先尝试着像张素心一样喝纯的杰克丹尼，试了一口，烈，无法承受。她还是选择了百利甜。

林青现在明白这种聚会没有人劝酒，也没有人管你，你得自己照顾自己。刚开始付强还照顾着林青，调玛格丽特给她喝，后来付强自己也喝了不少酒，参与到作家们的聊天中去了。林青就自己照顾自己，她先是喝了两杯百利甜，接着自己也调了一杯玛格丽特，然后她用杰克丹尼兑着可乐喝了两杯……后来，她有些困了，就闭上了眼睛。

凌晨 2 点多，林青突然醒来，发现自己睡在床上，她一惊，看着黑乎乎的房间，她想这是哪里。林青下了床，在黑暗的房间里摸索，打开了灯，看见自己依旧穿着睡前的长衣长裤，她放心了些。

林青出了房间，客厅里的落地台灯亮着，沙发上睡着三个男人，其中一个是付强。林青就知道她还在张素心的家里。

林青准备上卫生间时，突然想起什么，她在卫生间门口站住了，她没有看到水主编，她一激灵，条件反射地直奔张素心的卧室。

在张素心的卧室门口，林青犹豫着，手在门把手上停留了片刻后，她还是拧开了张素心的卧室门。"咯嗒"，门锁被拧开的声音在寂静的夜里异常清晰。张素心的卧室不算很黑，有从阳台外天空映入的亮度，有从客厅里射入的灯光。

林青站在卧室门口，随着房门打开的角度，有半张床在从客厅里射入的灯光的照射下。床上有个人背对着房门睡着，林青向床前略走了几步，想看清楚床上睡着几个人时，床上的人猛地回过头来。

张素心是被门锁的响声和灯光的影响惊醒的，她半天才看清楚站在面前的人，她很惊讶地坐了起来："是林青啊，你……"

"嗯……"林青一下子不知所措，"有点冷……"

张素心下了床，打开灯："客房朝北会冷些。"张素心说着从衣柜里取出一件毛呢大衣，"家里很久没住这么多人了，盖件大衣吧，真没有被子了。"张素心说着笑了起来，"我特怕家里东西多，将零散的东西都搬到我爸妈那里去了。"

林青有些不好意思，房间里显然就张素心一个人。林青一下子很窘，她也没想到自己会这样胆大，竟然闯进了张素心的卧室。"其实……也不是很冷。"林青没有接大衣，她吞了口唾液，"我是找——卫生间……"

林青刚说完"卫生间"三个字突然一下子很难受，这三个字似乎也刺激到了张素心，两人一下子都很不自在。

"几点了？"付强揉着眼睛走过来，"你们醒了。"

"林青冷，家里没被子了……"张素心说着，看看手里的大衣，"盖件大衣还是管用的，我有时冷也是盖件大衣。"张素心又将大衣递给了林青。林青就接了过来。

"把我的毯子给你吧。"付强说，"我不睡了，我回宿舍去。"

张素心看看时间："还不到3点，宿舍楼管不会给你开门的。睡吧，都回去睡觉，天亮再说。"

林青拿着大衣出了张素心的卧室。张素心看看她，又看看付强，笑着说："我没有睡醒不许叫我啊。"

林青和付强点点头。

张素心关上房门后，在黑暗的房间里站了一会儿，然后披了件外套坐在床边的躺椅上。这个时间，林青进她的卧室里来要干什么？张素心点燃一支烟慢慢吸着。阳台外，天边正一点点泛白。

张素心吐出烟雾，前后轻轻地摇着躺椅。很显然，林青对自己动心了。这是很不好的事情。不能让她继续。

张素心慢慢吸着烟，又一点点地吐出烟雾，她记得有一个女人曾经对她说过：同性恋是没有结果的，你想一辈子被人唾弃，永远没有任何机会吗？

张素心轻轻地对自己说："我不想失去现在的一切。我也不相信这个世界上有真爱，女人是最会伤害人的……我不会再让自己受伤了……"

一个人，如果不具备伤害他人的能力，就不要去爱。因为一旦开始爱了，等着你的就是伤害。

张素心不可能忘记自己曾经受到的伤害。

爱情真的能把一个人毁掉。张素心想，就那一次，几乎毁了她。

17/Sisi 的爱情往事

在英国读书的时候，张素心有个英文名字叫 Sisi。取 Sisi 这个名字，缘于张素心非常喜欢电影《茜茜公主》里的奥地利皇后伊丽莎白，于是窃取了伊丽莎白的昵称"Sisi"为自己的英文名字。

其实在去英国读书前，张素心已拿到美国一所大学的奖学金，她曾经梦想过做一名导演，但妈妈已经替她安排了去英国留学。

从小到大，张素心的一切都是妈妈安排的。小学、中学、大学……妈妈说考燕北大学中文系，张素心就考了燕北大学中文系。妈妈安排她直接保研，她就直接读了燕北大学中文系的研究生。妈妈说去英国牛津大学读博士对她的前途有好处，于是她就去牛津大学读博士，而放弃了去美国读她喜欢的电影艺术。

在英国牛津大学，张素心唯一一次自己做主就是同时攻读了一个心理学博士。这是她喜欢的专业。

25 岁以前，张素心从来没有偏离妈妈的轨道，包括爱情。

25 岁以前，张素心交过三个男朋友，都是正常地在妈妈的关注下进行的。21 岁，妈妈同学的儿子，与张素心同岁，交往半年后分手了。23 岁，爸爸老领导的儿子，比张素心大 6 岁，一个从美国学成归国的经济学博士，银行高管，按妈妈的话说就是未来银行行长的人选，但他们交往不到一年也分手了。25 岁，张素心的研究生同学，一直在追求张素心，那是张素心唯一发生过关系的男人，但张素心去英国读书后，他们就分手了。其实这三个男朋友都不是不好，也不是张素心和他们之间有什么分歧，但恋爱谈得就是不温不火，每次都是在大人们觉得他们可以确定关系后莫名地分手了。那时，妈妈也没有过多地询问张素心，妈妈也认为她还小，并且，当时，妈妈的重心是在如何培养张素心以及要将她培养成为一个什么样的人上。

张素心真正想自己决定一些事情，是在认识 Alva 后。

Alva 是个台湾女孩，比张素心小两岁，但却比张素心早一年入读牛津大学，那时 Alva 读艺术硕士二年级，张素心读文学与艺术博士一年级。她们相识在学校的圣诞舞会上。

Alva 是那种大方体贴的女孩，不算很漂亮，但她乐观外向的性格足够吸引她身边的男人和女人。她有一头如锦缎般的长发，很高的鼻子，张素心对她最多的记忆是她厚厚的嘴唇和丰满的胸部。其实记住这些就足够了。

Alva 的眼光很毒，在那个圣诞舞会上，她一眼就锁定了张素心。当时，张素心正坐在吧台前无聊地看着一个英国男生调着鸡尾酒。Alva 就走了过来，坐在她旁边的椅子上。

"一个人？" Alva 问。

张素心不是一个人来的，带她来的是同宿舍的 Annie，可这时，Annie 不知道去了哪里。

"刚来伦敦？" Alva 问。

"来了 4 个月。"张素心老老实实地回答。

"中国人？" Alva 又问。

"你怎么这么确定，不说是日本人或韩国人？"张素心反问。

"这么漂亮不可能是日本人。"Alva 看着张素心说，"更不可能是韩国人。"

张素心听了就笑了，她喜欢 Alva 随心所欲的表情。

"你来自哪里？"张素心问。

"猜。"Alva 说。

张素心想了想说："不是新加坡就是台湾？"

Alva 也笑了，她突然凑近张素心，温热的气息传到张素心的脸上。张素心一下子好紧张，心怦怦地跳着，她略往后挪了挪身子，但 Alva 又向前跟近了些。

"我从台湾来……"Alva 说。

张素心立刻闻到她嘴里浓厚的酒精味，她不知所措地站了起来，远离了那张吧椅。Alva哈哈大笑了起来，她坐回到自己的椅子上，非常有兴趣地看着张素心。

"我叫Alva。"Alva向张素心伸出手来，"你呢？"

"Sisi。"张素心握了握Alva的手。

"很棒的名字。"Alva说，"认识你很高兴。我们会再见面的。"

Alva说完就走了。张素心回头看时，发现Alva正好也回身看她，猛然的目光相撞，张素心竟然红着脸低了下头。

Alva说得对，张素心很快又见到了她。

两天后，在从图书馆回宿舍的路上，Alva拦住了张素心，她邀请张素心参加她和她朋友们的新年跨年夜聚会。

Alva和她朋友们的新年跨年夜舞会在她公寓旁的一个酒吧里举行，来了很多朋友，有两个女人跳舞的时候一直在接吻。Alva告诉张素心，她们是一对。

Alva一直在和张素心跳舞，同时，她也一直在劝张素心喝酒。25岁之前，来牛津大学之前，张素心自认是妈妈眼里很乖的女孩，每次喝酒都是在妈妈能够容许的范围内。在这天之前，张素心从不知道自己也可以像Alva和她的朋友们那样地喝酒。

原来喝酒尽兴了也是件很开心的事情。

Alva说喝张素心就喝了，她愿意和Alva一起跳舞，愿意在Alva的注视下，愿意看到Alva开心的样子。聚会结束后，Alva说："回我的公寓去？"

其实张素心并没有喝多，聚会结束时，她是想回自己的宿舍的，她还不习惯在别人的住处过夜。但Alva有些喝多了，她希望张素心和她一起回公寓，她笑着拉住张素心的手，晃动着身子说："送我回去吧，我头晕……"张素心就同意了。

Alva是自己租的公寓，不大，一室一厅。一进公寓她就躺在了沙发上。张素心给她倒了杯水，但 Alva 没喝，她将水杯放在了一边。她拉过了张素心。

"你有男朋友吗？"Alva 问。

"嗯……"张素心不明白 Alva 想知道什么。这时，Alva 用一只手捧住了张素心的脸，"你真漂亮。有女人这么夸过你吗？"Alva 问。

张素心的紧张感又来了，她轻移开自己的脸，但 Alva 并没有退缩，而是跪在了沙发上，离张素心更近了。

"我想亲你，可以吗？"Alva 不等张素心回答便将嘴凑了过去，张素心立刻站了起来。Alva 哈哈大笑地躺回到沙发上。看 Alva 这样，张素心又有些过意不去，她坐回到沙发上。

Alva 并不理会张素心，或许是酒精的原因，她有些热了，她脱去了上衣，上身只剩下内衣。

"我的胸怎样？丰满吗？"Alva 躺在沙发上看着张素心问，同时，双手抚摸着自己的胸。

张素心又不知所措了，她不明白 Alva 到底要干什么。

"你想亲它们吗？"Alva 问。

张素心没有说话，她深深地吸了口气。Alva 又坐了起来，她捧起张素心的脸，吻在她的唇上："我知道你想亲它们。"Alva 说着将张素心的头拉到自己的胸前，"亲它们！"Alva 命令着。张素心依旧犹豫着，但还是情不自禁地将嘴轻轻贴在 Alva 的内衣上亲了一下她的乳房，然后紧张而羞涩地抬头看了 Alva 一眼。Alva 似乎不满意张素心的行为，她解开内衣，扔了一边，然后拿起张素心的手放在了胸前，在左边抚摸着，又移到右边。

"什么感觉？"Alva 问。

"温温的，凉凉的……"张素心轻声说。

"喜欢吗？"Alva 问张素心。张素心害羞地点点头，于是 Alva 躺在了沙发上，她的整个上身袒露在张素心的眼前。

"还等什么？"Alva 说，"跟着你的心走，你知道该怎么做的。"

张素心真的不知道要做什么，她懵懵懂懂的，她只知道身体里有股力量在驱使着她上前，抚摸和亲吻……她只知道内心里有一个强大的念头，她想占有面前这个身体。可是到底该怎么做，她真不知道。她胡乱地亲吻着……她已控制不了自己的行为。她也不知道自己怎么会想去脱掉 Alva 的裤子，长裤接着短裤，抚摸和亲吻……

事后，Alva 说："Sisi，你真的从没有和女人做过吗？"

张素心摇头。

"你看过这方面的书或者听人说过？"

"有介绍这方面的书吗？"张素心说，"我倒真想看看。"

Alva 就笑了："你天生的，你天生就是个做爱高手。会有很多女人喜欢你的。"

但那个时候，张素心并不想要其他什么女人，她只想和 Alva 在一起。她俩在 Alva 的宿舍里待了两天，每天躺在床上，吃着外卖。有时，张素心也想自己是不是有病，或者自己堕落了。Alva 就安慰她，告诉她喜欢女人没有错。

张素心承认她喜欢亲吻和抚摸一个女人，她陶醉于这种感觉，Alva 说她的舌头很灵巧。

Alva 有很多朋友是同性恋，有男的有女的，她带张素心进入到她的生活圈子里，张素心终于明白自己为什么始终确定不了一个男朋友，以前张素心理解是没有缘分，现在她明白，她和男人之间产生不了那种令她荷尔蒙亢奋的激情。她是真的不喜欢和男人太亲密。

Alva 是非常坦白的女人，她的率直让张素心很喜欢。一开始，Alva 就告诉张素心，她有女朋友，她和张素心之间只不过是性而已。起初张素心非常难过，有种心碎要死的感觉。但后来，她想明白了，她并不恨 Alva，甚至有点感激她。她想自己活了 25 年，才看清楚自己，才明白自己终究想要什么。

张素心决定去寻找属于自己的爱情和女人。

以后，张素心交往过几个女人，她知道女人们需要什么，她知道自己招女人们喜欢。她越来越明白自己的优势，她越来越清楚自己的需要。她越来越自信。她开始以为她能够征服所有她想要的女人。

直到有一天，张素心遇到了 Helen，她终于明白了什么是真正的"心碎而死"。

Alva 算是张素心的初恋，但她并没有真正伤害到张素心的心，真正伤害到张素心的却是一个长相普通、高高瘦瘦的女人。这个高高瘦瘦的女人让张素心明白：如果你不具备伤害人的能力，就不要去爱。因为一旦决定了去爱，就会被伤害。

心只有曾经支离破碎了，才有可能真正敞开心扉。

如果说 Alva 是曾让张素心的心支离破碎而从此打开心扉的那个人，那么 Helen 就是让张素心撕心裂肺、无地自容而关上心门的那个人。

Helen——张素心想到这个名字时，心里仍会有一种重重的痛感。

18/ 冬至

张素心住的二层小洋楼的楼梯原是在房子里面的，但因为老是要从别人家上二层，于是，在张素心 5 岁时，张数请人从外面单建了一条楼梯。这条楼梯很宽，可以并排走三个胖子。楼梯很长，直直的一条通到二层。楼梯是半封闭的，上方装有一灯，楼梯上下各有一开关控制着这盏灯。

这条楼梯建起后，就将原来的楼梯口封死了，而在现在的楼梯处重新开了一个门。所以，从现在的楼梯上去，有一个很大的门厅可以放鞋和杂物。

二层原先有五间卧房两个卫生间一个客厅一个厨房，长长的走廊占去了很大面积。张数也请人重新改建了这层楼。将五间房变成了三间，两个卫生间改为一个，现在这层楼客厅很大很亮，连接着阳台，有两间卧室也连接着阳台。

张素心坐在卧室的躺椅上，双手举着。左手夹着一支点燃的香烟，右手缠着白纱布。她的右手受伤了。

今天是冬至。

中午的时候，付强给张素心打来了饭，随口说，今天是冬至，本想给你买饺子吃，结果去晚了，饺子没了。

下午的时候，林青来送资料，张素心随口问，中午有没有吃饺子，今天冬至。

林青说昨晚查资料弄晚了，中午才起床。

林青走后，张素心就想，林青和付强都是北方人。北方人的确有冬至吃饺子的习惯。

下班前，张素心安排付强和林青去超市买肉馅和饺子皮，同时，买了火锅底料和羊肉、肥牛等。张素心决定晚上在家里和付强、林青一起包饺子吃火锅，算是过冬至了。

自从聚会后，张素心和她的两个学生付强以及林青之间的关系亲近了许多。偶尔的，张素心还会请他们来家里一起做饭吃。

张素心并不太会烹饪，这方面付强最行。本来，付强调饺子馅时，张素心和林青在阳台上择菜，但单独和林青在一起时间长了，张素心还是有些不自在，于是她起身看付强拌肉馅去了。

付强是对着菜谱拌着肉馅，张素心过来看时，他既开心又紧张，拌得很卖力，并像专家一样跟张素心讲解，盐要放多少，什么时候放酱油，但由于太紧张而用力过猛，将一团肉馅挑到了地下。付强很不好意思地用纸巾包起地上的肉馅扔进了垃圾桶里。

张素心煮饺子的时候，付强和林青将火锅和配菜摆上了桌子。

吃饭的时候，张素心拿出刚买的一瓶老干妈辣椒酱，付强说他来开，张素心说这很容易开，放点气就行。张素心说着用开瓶器轻轻地在瓶口放了点气后，就用手去拧瓶口的盖子，但随着盖子拧开，张素心尖叫了一声，随即松开了右手。付强和林青奔过去，看到张素心的右手心内侧划了一条大大的血口，并正往外冒着血，很快，半个手掌都是血。张素心痛得想甩手，但又怕血甩得到处都是，于是，只是张着嘴轻轻地抖了抖手掌。

付强的动作最快，他抓住了张素心受伤的右手，轻轻吹着她的手掌，希望能减轻点她的痛楚。林青接过张素心左手的那瓶老干妈，才发现瓶口处的玻璃是破的，像刀刃一样，她便很生气地埋怨付强："你买时怎么没注意看看瓶口？"

付强此刻已经很心痛张素心了，他特别内疚："有药吗？有创可贴吗？告诉我在哪里！"

付强边问边用纸巾吸着张素心手中的血。突然，张素心又尖叫了一声，原来，手掌里还有玻璃碴子，付强用纸巾吸手掌的血时，碰到了玻璃碴子。

顿时，三个人手忙脚乱的，林青要帮张素心挑出手中的玻璃碴子。付强边吹着张素心的手掌边小心地用纸巾吸着流出的血，好让林青看得清楚一些。结果，林青在血肉模糊的手掌上挑了半天，没弄出玻璃碴子，反而将张素心弄得更痛了。

"行了，行了……"张素心摆手说，"我自己来。"然后冲付强说，"客房床头柜里有各种药，去找找能包扎的。"

付强找药去了。张素心看了林青一眼，转身进了厨房，打开水龙头，冲伤口，待血水冲洗得差不多时，很清楚地看见了手掌里的玻璃碴子。

"看见了吗？"张素心对跟进厨房的林青说，"玻璃碴子，还不小。"

林青看到了，她再次要帮张素心取出玻璃碴子。

张素心躲开了："我自己来，你刚才把我弄得痛死了。"

张素心说完又用水冲冲手，然后去挑玻璃碴子。她身后的林青有些尴尬，呆站在那里。张素心用左手挤出了右手掌上的玻璃碴子后，血瞬间又流了出来，她咧了咧嘴，回头看林青时，才觉得自己刚才的话重了些。

"帮我拿点纸巾来。"张素心说。

林青"噢"了一声，四下找纸巾时，付强抱着一堆药过来，一一摆在厨房台面上，有碘酒、创可贴、纱布、胶布、棉签和云南白药。

张素心将右手半举着，说："先给我弄点碘酒消消毒。"

付强打开碘酒瓶盖，用棉签蘸了碘酒，想亲自帮张素心擦时，张素心说"我自己来"。这时间有片刻停顿，付强还是坚持说"我来吧"。便拿起了张素心的手掌，先轻轻替她吹了吹伤口，说"会有点痛"后，小心地一点点擦着张素心的伤口。

碘酒擦伤口并不是很痛，张素心不再管付强干什么，抬头时，林青正看着她，眼里满是心痛和自责，她冲林青笑了笑，说："其实一点也不痛。"

"不痛我就上药了。"付强说。

"好。"

付强就开始上云南白药，裹纱布、胶布。付强包扎时，林青一直呆呆地看着他们。包扎完后，张素心看着自己的手掌："包得不错嘛，你可以当医生了。"

付强自得地笑了。

"好了，我们可以吃饭了，饺子都凉了。"张素心说着，林青没动，付强则将药品整理好拿回客房。

"林青——"

张素心叫着，林青回过神来，突然她抓起张素心受伤的右手："很痛吧……"

张素心微皱了下眉头，她没有说话，只是看着林青。

"我知道一定很痛。"林青又说。

"没有，一点小伤而已。"张素心轻轻地说，并没有拿回自己的手。

"以后开瓶盖时一定要小心。"林青说着，张素心看着她，她也看着张素心，四目相对竟然都没有移开……

"吃饭了——"付强在厨房门口叫了一句后，就到客厅里摆碗筷去了。

林青这才发现自己一直抓着张素心的手，她忙松开了，说："能拿筷子吗？"

张素心看着受伤的右手，笑了："这么点伤不至于拿不了筷子。"

饭桌前，付强讨好地替张素心拖出椅子："不能拿筷子，我们可以喂你噢，不要不好意思啊——"

张素心坐下，用左手拿起一把叉子叉起一个饺子："看，这个比筷子好用。"张素心说着将一整个饺子放进嘴里，但因饺子太大，她的嘴有些包不住，她边笑着边费劲地嚼着。

林青和付强看着都乐了。

透过窗子望过去，可以看到对面人家暖暖的灯光。

已是夜里了。

右手掌很痛，伤口看来拉得很深。张素心将左手吸了一半的烟按熄在烟灰缸里，看着受伤的右手掌，想着刚刚林青握着这只手的眼神：痴迷、心痛、耐人寻味。

她在企盼什么？她在等待什么？

张素心是明知故问，她知道林青在等待什么。她喜欢我，张素心想，那么我该怎么办呢？随她下去，还是制止她？

张素心前后摆动着躺椅：她是我的学生，她很年轻，她只有24岁。

我可不想被一个小女生缠住。

就这样吧，现在这样挺好。

19／付强被打

冬至的夜，寒意正浓。

路边的灯光因寒冷而散发出雾气。

林青和付强并排走着，彼此都很沉默。他们刚离开张素心的家，穿过操场很快就出了东园，马路对面就是燕北大学东门。

有车辆经过，林青就站住了。离开张素心家前，她和付强把碗洗了，厨房收拾了，可是晚上张素心要洗漱，她受伤的手一定不方便。林青有想回去看看的冲动。

付强见林青站住他也站住了。他很懊恼，不该让张素心去开那瓶老干妈辣椒酱，如果是他开可能就没事了。现在张素心一个人在家，手又受伤了，自己是不可能留下来帮她的，毕竟男女还是不方便。付强想着忍不住叹了口气。

林青看了他一眼："怎么了？"

"没什么。"付强说，"只是张教授手受伤了，不知道她一个人晚上怎么弄。"

林青就不说话了，俩人穿过马路向燕北大学东门走去。林青想或者一会儿和付强分开后，自己再去张素心的家，至少晚上能帮帮她。但一想到她们曾有过的一夜情，林青的脸有些发烫，还有刚才张素心看她的眼神。她会不会也同样希望自己回去找她呢？

林青突然有些魂不守舍。一下子，她极其想念着张素心，想念她的吻，想念她的怀抱，想念她的爱抚，她越来越想念……林青深深地吸了口气，她还是不确定自己要不要再回到张素心的家里。

俩人刚走进燕北大学东门，付强突然站住了："要不，你去帮帮她。"

林青也站住了，吃惊地看着付强。付强的脸"腾"地就红了，他一下子结巴起来："我、我，只、只是觉得你、你们都是女的……"

林青的脸也红了，她也结巴起来："你、你觉得可、可以吗？"

"可以。"付强见林青不反对，高兴起来，"我陪你回去，晚上你可以帮帮她。"

林青想这样最好，是付强的建议，张素心也不会怪她，但林青还是故作犹豫地说："合适吗？张教授或许并不需要我。"

"合适吧……"付强也犹豫起来，"她的手现在肯定不能沾水。"

"嗯！"林青下定了决心，今晚无论如何她也要面对张素心，自己一直盼着不就是有这样的一天吗。

"嗯！"付强也下定了决心，"我陪你去。"

付强刚说完，突然从侧面冲出一个人来，"砰！"付强的脸结结实实地挨了一拳。付强被打得后退了两步，捂着脸，还没看清楚是谁，那个人又冲了过来，抓住付强的衣领："敢勾引我女朋友……"

那个人又要打付强时，林青大叫了一声："艾虎——"随即上前抓住了艾虎。

"你干什么呢？艾虎！"林青怒喝着艾虎，"怎么能随便打人？"

"打电话不接，短信不回，原来一整个晚上你跟这个小子在一起。"艾虎委屈又愤怒地说。

林青这才想起来，晚上她约了艾虎。

艾虎是来给林青送羽绒服的。

这几天，北京刮起了五六级北风，嗖嗖地像小刀子般刮着人的脸，艾虎就想到林青会冷，打算抽时间将过冬的衣服给林青送去。并且，林青有一个多月没有去艾虎那里，每次电话里总说很忙要做课题写论文。艾虎在一家会计事务所工作，年底正是忙的时候，周末大多加班了，所以也没有计较林青没有去他那里。

本来电话里艾虎是说中午利用吃饭的时间从公司出来给林青送羽绒服，然后他再赶回去上班。但那天中午艾虎怎么也走不开，直到晚上8点多他才下班。

艾虎坐公交再倒地铁，到燕北大学时已是晚上10点了，宿舍里没有找到林青。艾虎有些纳闷，这么晚了林青会去哪里？打林青的手机，没接。发短信，也没回。这时，同宿舍的女生告诉艾虎找付强就可以找到林青，说他们几乎每天在一起。艾虎一听就感觉事情不妙，但是没有人知道付强的电话。有人说见他们往东门去了，于是艾虎就去东门等他们。

艾虎在燕北大学东门打了付强一拳后，才知道付强和林青都是张素心的学生，那天晚上他俩是到张素心家里吃火锅去了，很多同学也证实了付强和林青并非恋爱关系。事后，艾虎承认自己过于冲动，他向付强道歉了。但从此他对林青提高了警惕，他想林青不接电话不回短信，可以理解在教授家里不方便或没想起来看电话，但林青竟然会把他晚上要来学校给她送羽绒服这事忘得一干二净。这说明什么？这说明他在林青的心里已经没有以往那么重要了。那么，林青现在心里装着谁呢？

艾虎觉得付强依旧是个重要的"隐患"。

张素心三天后才知道付强被打这件事。

张素心带的另外两个研究生告诉她的，说此事在学生中传得沸沸扬扬，林青劈腿，付强被打。随后张素心也看到付强被打的左眼，刚消肿，呈紫色。

"你俩其实蛮般配的。"张素心是调侃。

付强却急了："没有的，没有那回事。"

但这件事却给张素心提了个醒儿，这段时间，她和付强、林青走得太近了，有些超乎正常师生关系。有些不正常。

付强被打后，林青也有些清醒。

她才知道自己是那么想接近张素心，她有些害怕。自己想要什么呢？想和她继续吗？林青提醒自己：我不是同性恋，我不爱女人。但很明显，也是因为那一夜，张素心在容忍她一点点地接近，在学习上给了她最大的帮助和支持。刹那间，林青觉得自己自私了点，既然大家都在强忍着要保持那份美好，那么她就应该配合张素心。

此刻，林青是那样地理解张素心，她感觉她们之间就像有根绳索在牵引般地心有灵犀。

就这样吧。这是最好的结果。

林青这样安慰自己。

但另一方面，林青不能原谅艾虎的鲁莽，她对艾虎的行为特别生气，让她在同学面前很丢面子，她不知道张素心会怎么想这件事。

"你太冲动了……你让我很没面子，知道吗？"林青对艾虎说。

"是因为付强吗？你们不是在谈恋爱，对吧？"艾虎问。

"我们当然不是在谈恋爱。"

"你不会是要和我分手吧？"

看着艾虎，林青第一次感觉到一种责任的压力。这个男人似乎也没有错，他只是在维护他的爱情。那么我呢？林青开始审视和思索这段时间自己的变化。

人真的是在一天天地改变。

林青抚摸着艾虎的脸，她想，这个男人身上还是有很多值得她爱的地方，并且，此刻，她需要他。

"不，"林青抱着艾虎，她发现自己的心异常软弱，"抱紧我，我不会离开你的。"

"真的吗？"艾虎激动地吻着林青，"我不会再惹你生气了，我爱你，青青——"

林青点头，窝在艾虎的怀里，她发现越是和艾虎在一起，她越是思念着张素心。这种感觉越来越强烈，特别是夜里，她无法自拔。

我是怎么了？林青反复问自己，我跟她能有什么结果呢？这是不对的……林青反反复复地对自己说着，并同时，不断地拥抱着艾虎的身体，让自己的思绪离张素心远点，更远点……

付强挨了艾虎一拳后，他一下子醒悟了。他觉得自己好蠢好蠢，为什么每次去见张素心都要和林青一起？艾虎不误会才怪，换作谁都会以为他俩是在谈恋爱。

那天在张素心家的聚会，付强有些喝多了。虽然学校宿舍离东园张素心的住处最多两公里的距离，但因为有些人没走，付强也就没走。他认为他应该留下来陪着张素心，至少要等客人们都走后帮着张素心清理现场。但后来，他也有点晕了，张素心给他床毯子，他就在沙发上睡了。

凌晨，林青因为冷去找张素心要被子时，付强也醒了，本来他是想回宿舍的，但张素心说太早了，估计进不了宿舍，于是他留下了。

早晨7点多，客人们醒了后自己就走了，剩下付强一个人在客厅里。付强决定不睡了，他开始清理客厅、处理垃圾。后来林青也醒了，也来收拾屋子，他就去学校食堂打了粥、包子、豆浆回来。

8点多，张素心醒了，她看着整洁的客厅和餐桌上的早餐，她很惊讶。她看着两个学生，很欣慰地说："有你们俩，真好！"

那天早晨，张素心和林青、付强一起坐在客厅餐桌上喝着粥，吃着包子，她偶尔会若有所思地看看她的两个学生，看看付强、看看林青。快吃完时，张素心突然笑着说："不要这么得力噢，我可不想离不开你们。"

张素心说完，林青脸红了，付强心里也美滋滋的。

付强被艾虎打后觉得自己很蠢的同时，又觉得自己很委屈。这段时间，他之所以和林青走得近，是因为没有林青他就没有理由单独去找张素心。

当然，这段时间对付强来说，是一段很美好的日子。多年后，付强想起这段日子，仍然觉得自己很幸运，和两个美丽而智慧的女子共度了一段他一生中最美好的时光。

付强觉得委屈还因为从那天起张素心明显地疏远了他。比如：他打扫好了办公室，但张素心直接从家里去了教室；中午他打了饭，但张素心没有在学校吃饭。

付强觉得有必要和张素心解释一下，他和林青不是恋爱关系。

20/ 新年快乐

雪从夜里下起的，纷纷扬扬。

下雪的时候，张素心正在看一本书，《罗马帝国艳情史》。白天的时候，严校长找她谈话，厦门大学想请她去做两年的客座教授，讲欧洲文学。时间让张素心自己定，每月4节课。

于是，张素心就从图书馆借了些书回家阅读。

雪开始不大，但从卧室的窗户还是看见了。后来，雪越下越大，漫天飞舞。张素心便放下手中的书，在阳台上看了会儿雪花。天空透黑，白雪如絮。街灯处，雪花似人为随意洒落，一圈圈一团团飘飘浮浮。

张素心便上床睡了。

这一天是这一年的最后一天。

早晨的时候，雪停了。张素心窝在床上，透过窗子感觉阳台寒气很重，她看时间还早，便又睡了会儿。

11点的时候，张素心有些饿，便起床了。裹着厚厚的睡衣，在阳台上喝着热气腾腾的咖啡。看到院子里，一片白色，两辆车都被积雪盖住，分不清黑白。

吃过午饭，张素心挑了件黑色衬衣，黑色的西装、黑色的短靴、深蓝色中长羊绒大衣，配了一条奶白色的羊绒围巾。燕北大学人文学院研究院新年晚会于今晚 6 点 30 分在大礼堂里举行，学校里的这类活动，张素心习惯穿得正式一些。

办公室的暖气比家里烧得足，张素心一进办公室就感觉到热。脱大衣的时候，她看到办公桌上有一个小包装盒，盒子旁边还有张卡片。张素心过去拿起，卡片上写着"新年快乐！"，落款是付强。

张素心打开盒子看到一双棕色的皮手套，她的心一暖。觉得自己是不是太极端了些。好起来，就请他们来家里吃饭，一不高兴，近 10 天没有理他们。

张素心将手套放入抽屉中，她决定对付强和林青好点。

张素心出现在大礼堂的时候，林青看着愣住了，她没想到女人也能这么帅。

"嗨！"张素心满脸笑容地直接冲着林青走了过去。林青一时有些惊慌。

"张教授好！"林青指着前排座位说，"领导都坐前排。"

张素心没有向前，而是站住打量着林青。林青穿了件粉色的外套，格子衬衫、牛仔裤、皮靴。其实这身衣服以前都穿过，但今天，张素心像第一次见一样，打量了林青一番后，说："外套很配你，你今天真漂亮。"

林青一下子感动得不知所措："您、您今天才漂亮，您这身太帅了。"

张素心却没有在意林青的话，而是环顾四周："都是你们弄的？真好。"

大礼堂的确被精心布置了一番，但也没像张素心说得那么好。

"嗯……好多同学一起弄的。彩灯是学生会提供的。"林青说。

"付强呢？"张素心问。

"他去搬饮料去了。"林青有些激动，张素心从没有如此主动和她说这么久的话。

这时，袁明教授走过来，看到张素心大声叫着："素心，来！"

"哎——"张素心答应着，又冲林青温和地笑笑，这才向前排走去。

张素心原来可以如此的温和、善解人意，刹那间，林青觉得自己爱上了她。

张素心将黑色宝马车停在二货胡同马路对面的一个商场门口。燕北大学新年晚会结束后，她直接来到了这里，今晚的 FOOL 酒吧也有个跨年夜晚会。

车里有一件军色棉服，张素心脱下西装，穿上了棉服，将头发弄乱些，准备下车时，手机里有短信进来，是姚小蔓的：**小流氓，今晚我一个人在家。想你！**

自从退回姚小蔓的手表后，有些日子没有见姚小蔓了，张素心犹豫片刻，将手机装进口袋下了车。

锁上车门，递给保安 10 元钱停车费，张素心向马路对面的二货胡同走去。

FOOL 酒吧里，烟雾缭绕，音乐震耳。舞池中央，一个女子像面条一样缠在一根钢管上。

钱惠正在低头看着什么，张素心进来："嗨，老板，来罐健怡可乐。"

钱惠猛抬头，惊喜地看着张素心："想死我了。"钱惠从吧台里跑出一把抱住了张素心，"你去哪里了？多久没来了。"

"这不来了吗？"张素心摊开双手，将扎在裤子里的黑衬衣拉出，脱下棉服递给了钱惠。

钱惠抱着棉服进了吧台。

"忙什么呢？"钱惠将一罐可乐用纸巾擦擦，然后打开递给坐在吧台的张素心。

"教书啊。"

"马上放寒假了吧？"

"也休息不了几天。"张素心说，"学校里一大堆的事，评先进、年终奖金、奖学金……开不完的会，烦死了。"

"你不就教书吗？"钱惠说。

"我还是领导。呵呵，搞笑吧？"

钱惠瞥了一眼张素心："不搞笑，我早就猜到你是个领导。"

"为什么？"

"像。"

一个中等身材、有点胖胖的女孩从卫生间出来，穿过吧台，向一个卡座走去。卡座里七八个女孩，正玩着杀人游戏。

"你这里的小孩子越来越多了。"张素心说。

"新生力量。"钱惠说着笑了起来，"也是我们越来越老了——"

李薇薇从院子里过来，看到张素心很不高兴地说："你去哪儿了？"

"想我了？"

"就是！"

李薇薇进入到吧台的时候，张素心注意到她手上的一枚戒指，她快速按住了她的手："等等，姐姐看看。"李薇薇就得意地把自己的手伸给张素心看。

张素心抓着李薇薇的手，翻来覆去地看了几遍："可以啊，TIFFANY。交代一下。"

钱惠开心地将李薇薇的手从张素心的手里拿了过来，说："我们要结婚了。"

"恭喜。"张素心说，"要办个仪式吗？我凑个份子。"

"我说的是真的。我们春节去加拿大注册结婚。"钱惠说，"我们还准备生个孩子。"

张素心一惊："你们要移民？"

"不、不，我们只是注册结婚。"钱惠说，"当然，移民也有可能，如果孩子在国内上不了户口的话会考虑移民。"

张素心看着钱惠和李薇薇，摸了摸额头，半晌才说："婚姻和孩子真的对你们那么重要？"

钱惠说："婚姻对每个人都很重要。"

张素心不以为然："问题是，你们的婚姻在国内也不受法律保护，何苦这么费劲，同居不就可以了？"

钱惠不说话，只是很郑重地将李薇薇的手握在胸前。

张素心就好似明白地点头："噢，知道了，你们想像异性恋一样得到尊重，享受婚姻生活。可——这跟你们现在有什么区别啊？"

李薇薇就将头靠在钱惠的肩上看着张素心。

张素心就又好似明白地点点头："安全哈！"张素心喝了一大口可乐，"自欺欺人！"

张素心站了起来，环视一周，向左侧那个卡座走去。

张素心在卡座前站住了，看着玩牌的几个女子问道："杀人游戏吗？"

一个短发女子正准备发牌，她看了张素心一眼："要一起玩吗？"

"我玩得不好。"

"没关系，大家水平差不多。"

"我先看吧。"张素心说着就挨着刚才那个胖胖的女孩坐下了。

短发女子说："黑桃 5 是杀人犯，黑桃 K 是法官，红桃 K 是警察……"

胖胖的女孩得了张黑桃 5，她很紧张地看了张素心一眼，张素心右手搂住了她，左手将她的手和手里的牌盖在了桌上。

这时，法官说："天黑请闭眼……"

所有的人都闭上了眼睛。张素心轻轻地在胖胖的女孩脸上亲了一下。女孩一惊睁开眼，张素心冲她微笑着，在她耳边悄声说："该你杀人了……"

电视里正在直播跨年歌舞晚会。茶几上摆着薯条、花生米、巧克力、牛肉和啤酒、可乐，一旁还有吃剩的比萨、蛋糕。一长一短两个沙发上坐着林青、艾虎、方小园和魏强。

方小园半躺在长的沙发上，脚放在魏强的怀里。短沙发上坐着林青和艾虎，艾虎看到方小园和魏强那么亲热，于是有意识地搂住了林青，并在她脸上亲了一下。林青侧头看了艾虎一眼，勉强挤出点笑容，身子不自觉地向前欠了欠，这样，艾虎的手就不是搂着林青了，而是半搭在林青的肩上。

看了有一会儿，林青站了起来："我进去躺会儿，快跨年时叫我。"林青拿了袋薯条进到卧室里。

方小园看着林青的背影，想了想："我也进去歇会儿。"方小园拿了两瓶啤酒跟进了卧室。

"怎么了？"卧室里，方小园递给林青一瓶啤酒，"真累了？"

林青接过啤酒喝了一口："没意思。"

"不是你要待在家里的吗。"方小园说着也上了床，盘腿坐在林青的对面。

林青喝着啤酒，眼睛呆呆地看着房门，突然站起小心地看看客厅里的两个男人，然后轻轻地关上卧室门。

"我今天见到张素心了。"林青说。

方小园奇怪地看了林青一眼："平时见不到她吗？"

"她太漂亮，太帅了。"林青的眼里洋溢着灿烂的光芒，"她对我可好了……"林青看着方小园，"她夸我漂亮，你说她是不是喜欢我？"

方小园很不以为然。

"我是不是应该主动一点？"林青自顾自地说着，"她是教授，肯定不好意思主动来追求我。"

"有没有搞错。你上周还说和她保持这种师生关系挺好的。"

"一周有多长，你知道吗？"林青说，"一周内什么事情都有可能发生。"

"发生什么事了？"方小园问，"你们又上床了？"

"没有。"林青说，"我们就见了两次，还是她上课的时候。"

"但你不是拉拉，你不去想她就没事了。"方小园说，"你尽量多和艾虎在一起。"

林青叹了口气："没有用的。我现在脑子里全是她。"林青想了想说，"也可能我就是拉拉，只是我一直不知道罢了。"

方小园寻思该怎么劝慰林青："她是你的教授，你别弄砸了关系。"

林青喝着啤酒，看着前方。似乎在听方小园说，又似乎在想着心事。

"你以后不结婚，不生孩子了？"方小园说，"你妈妈会怎么想？别人会怎么看你？"

"我才不在乎别人怎么想，我就想和她在一起。"林青说着突然高兴起来，"她也没有结婚，她能做到的我也能做到。"林青看着方小园，"你会支持我吧？"

方小园忧虑地看着林青："要我怎么支持你？"

"明天陪我去商场买衣服。"

"跨年了啊——"卧室外，传来艾虎的声音。接着又听到魏强高喊："快点宝贝，跨年了，我们抱抱——"

方小园答应着，示意林青一起去客厅。电视里，新年的钟声已敲响，主持人在欢呼，人群在欢呼，所有的人都在欢呼——**新年快乐！**

林青快速地发了一条短信给张素心：新年快乐！

林青跑出卧室，艾虎一把抱住她，吻在她的唇上："新年快乐！"

FOOL 酒吧里，当新年钟声响起的时候，在一张卡座上，两个女孩吻在一起。吧台旁，张素心冷冷地看着那两个接吻的女孩，其中一个就是她刚刚吻过的那个胖胖的女孩。

"新年快乐！"钱惠倒了一杯威士忌给张素心，"怎么，没搞定？"

张素心端起酒，喝了一口："发现自己真的老了。"

"不是老，是不合适。"钱惠用嘴努努吧台另一头的一个 30 多岁的长发女子，"那个，较适合你。"

张素心一口喝干杯里的酒："回家了，你这里越来越没劲了。"

"乐乐要一个人回家了？"钱惠总不忘调侃张素心，"一个人睡好寂寞的。"

张素心恨恨地看着她，将 100 元钱放在桌上。

钱惠将钱推回给张素心："今天我请客。"

张素心鄙视地指指她，走了。

21／寂寞

早晨，一缕阳光透过窗帘的缝隙射进屋子。张素心赤裸着身子趴在床上，电话铃声响起，她伸出手茫然地摸索着，然后"叭"地打掉了座机。接着睡。

又有电话响起，无休止地响。张素心伸出手去摸索，枕头下，摸出一部银色手机。手机声还在响，张素心又从另一个枕头下摸出一部黑色手机。

"谁……"张素心闭着眼睛问。

"小流氓，和谁一起呢？"电话里传出姚小蔓柔柔的声音。

张素心翻了个身，躺在床上，她已经醒来。

"好多人一起呢，"张素心拍拍空空的床说，"左一个右一个，你有意见吗？"

"中午一起吃饭好吗？"姚小蔓几乎是在哀求。

"中午要去看我父母。"张素心有些不好意思，"晚上我给你电话。"

"你发誓？"

"我发誓。"

挂了姚小蔓的电话，张素心看见手机里各种各样的新年祝福短信，又看看空荡荡的家，莫名的寂寞扑面而来。

地铁1号线人真是多，林青和方小园终于从车里挤了出来。西单到了。

"中国最不缺的就是人。"方小园猛然冒出一句。

林青笑了："中午我请你吃饭哈，辛苦你了，小圆圆。"

林青轻摸着方小园的小脸。一旁两个紧搂着的女子从身边经过。

"不要占我便宜，别人会误会的。"方小园拿开林青的手。

林青就势搂住了方小园的肩："误会了怎么着，我要定你了。"

俩人说笑着出了地铁。

广场上人来人往，方小园目视了下远方："先逛哪家？"

"中友吧。"林青说。

俩人便随着人流向中友商场而去。

"春节准备去艾虎家了？"方小园边走边问。

"嗯。"林青似乎没听见方小园的问话，"你说她为什么不给我回短信呢？"

"你烦不烦啊，怎么又跳回到这个话题？"方小园大概是被这个问题折磨了一路了，"没看见。忙。没收到。不想回。不重要……哎，她为什么一定要给你回短信啊？"方小园说着站住了，"不就是一句问候'新年快乐'吗，这个可回可不回。"

"可是……"林青想了想，还是没往下说。

"可是什么？"方小园接过话说，"你对她没那么重要，你又不是她的领导，不过是一个学生给她发了条问候的短信而已，她不回很正常。"

林青就不说话了。俩人这么默默地走了一会儿后，方小园又觉得过意不去："她有可能没收到，或者收到的短信太多了，懒得看。"

林青还是不说话，不知道在想着什么。

"艾虎多好啊。"方小园说。林青瞥了她一眼。

方小园接着说："你不要三心二意的。艾虎又帅又体贴，还能挣钱。他现在一月有两万吧？"

"你知道今年大年初一是情人节吗？"林青突然问了一句。

"是吗？还真没注意。"方小园想了想又摆摆头，"反正魏强每年都是送花、吃大餐，就这个，我越吃越胖。"方小园比画着自己的身体。

林青想着什么，突然笑了起来。

"笑什么，说我胖你就乐了。"方小园故作生气地说。

林青还是笑。

"你们怎么过？"方小园问。

林青皱起了眉头。

"说说嘛，"方小园说，"你和艾虎会怎么过？我也学习一下。"

"我是不是要主动一点？"林青站住了，"你说，我晚上去找她，行吗？"

"嗯？"方小园也站住了，"找谁？"

"张素心，张教授。"

方小园无可奈何地摇摇头："每天闭眼是张素心，睁眼是张素心，看来你是真爱上她了。"

方小园说着自顾自地往前走，懒得理林青，林青跟在她身后。走着走着，方小园又停住了，她不忍心看到林青沮丧的样子。

"她是你的教授，找她的理由应该很多。"

"比如？"

"校园就那么大，你要见她太容易了，"方小园说，"教室、校园、图书馆、她的家、办公室……她怎么可能躲得开你啊……"

林青看着方小园："你的意思是……可那样，她会不会很讨厌我？"

"会讨厌你。也可能会爱上你。看你们的缘分了。"

方小园说完，林青突然过去轻轻搂了搂方小园："你真是好朋友。"

新年上班，张素心被正式任命为燕北大学中文系副主任。人事处的红头文件贴在燕北大学人文学院研究院门前的公示牌上时，张素心心里美滋滋的。虽然妈妈多次提醒她在其他同事面前尽量低调谦虚些，但她仍在公示牌前站了许久，看着那张任命公告，得意地抖着腿。

戴全刚不知何时走到了张素心的身后，冷不丁地说："张副主任，前途无量啊。"

别人怎么夸奖张素心，她都能接受，偏偏这个戴全刚一开口就让人很不舒服。

"哪里哪里，戴教授，我年轻，以后有什么做得不到位的地方还需要大家多多提醒。"张素心自谦地说。

"哪里敢啊，张副主任，以后，还需要您多提携。"戴全刚说着话锋一转，"有个当领导的妈真好噢，不用怎么干就当副主任了。哪像我，45岁了，辛苦了这么久，不过是一个普通教授。唉……现在就是拼爹拼妈时代。对了，春节哪天去给你妈妈拜年，一个老领导，一个新领导，一个都不能少啊，哈哈……"

听着戴全刚满嘴讽刺的话语，张素心站也不是走也不是。

远远的，看到林青过来，张素心忙叫道："林青，正找你呢。"

说着迎向林青，顺便挽住了她的手，向办公楼里走去。

林青本来挺忐忑地来找张素心，见她这样热情，也一下有些心花怒放。

进了办公楼，张素心松开了林青："找我什么事？"

林青听了有些蒙，刚才明明是张素心挽着她的胳膊说有事找她，这会儿又问她有什么事。

"嗯……我写了篇论文，"林青说，"想请您看看。"

"噢。"张素心接过论文。

林青今天打扮得很漂亮，化了淡淡的妆。张素心注意到了。

"下学期，我打算安排你和付强做一些助教的工作。"张素心说。

"真的？"林青高兴地说，"太好了，您要我做什么都行。"

"是吗？"

"是的。"林青直视着张素心，开心地笑着。

林青一定是刚刚洗过澡，她身上有一股淡淡的香味。张素心吸了口气，转身上楼。林青跟着她。

"要放假了，"张素心说，"你什么时候回家？"

"嗯……"林青想了想，"今年春节有些晚。"

"没什么事可以早点回家，早点同家人团聚。"张素心说得漫不经心。

两人已走到办公室的门口，张素心找钥匙的时候，林青忙掏出钥匙开门。可开了好久，也没打开。林青一下子很窘，额头冒出了汗。

张素心拿出自己的钥匙，打开门。

"估计你那把钥匙不行了，让付强再给你配一把。"张素心说着将包放在桌子上。

"我、我去打开水。"林青说着拿起开水瓶出去了。

张素心就坐下开始看林青的论文。

林青打了开水进来，准备帮张素心泡茶时，张素心说"咖啡"。林青就帮张素心冲了杯咖啡。

张素心端着咖啡说："林青，你坐。"

林青坐到了张素心的对面。

张素心指着林青的稿子说："你的解构能力很强，感觉很好，说到沈从文的作品还真得从他的感情入手，他和张兆和的爱情是他用几百封情书换来的，他的小说无论是《边城》还是《长河》《三三》都有张兆和的影子……"

张素心说的时候，林青就听着。

"下学期，本二的'中国当代文学'作品那部分你来讲几节课。"

"好。谢谢张教授。"

张素心将林青的论文递还给她："你先备课。寒假后拿给我看。"

"嗯。"林青站了起来，又想起什么，"中午您想吃什么……我请您吃饭吧。"

张素心愣了一下。林青脸"腾"地红了。

"您帮了我这么多，我想请您吃顿饭。"林青问，"我可以请您吃顿饭吗？"

张素心向后靠靠，看着林青，她的脸绯红，头低着，眼睛看着地面。她想干什么呢？勾引我？

"这样吧。打电话给付强，中午我请你们吃饭。"张素心说，"寒假前，给你们饯行。"

燕北大学东门向北约 200 米有家"渝兴人家"川菜馆，生意很火爆。付强和林青来晚了，只能等位。

"张教授怎么突然要请我们吃饭？"付强问。

"说是要给我们饯行。"林青不太想聊天，她本想和张素心单独吃顿饭。

"你买火车票了吗？"付强又问。

"还没定下来什么时候回家呢，"林青说，"你呢？打算哪天回家？"

"嗯……我也没定呢。"付强说着看表，1点了，张素心还没有来。

有位置空出来，付强和林青坐到了桌前。付强叫了一壶茶。林青给张素心发短信，她希望张素心早点过来。

"你家在哪里？火车票要提前买的。"付强说。

林青想了想说："我等男朋友定时间，会去男朋友家过春节。"

"噢——"

张素心到了。

"对不起啊。我临时去买了点东西。"张素心说，"不是让你们先吃吗？"

付强和林青相互对望了一下。"嗯……不饿，不着急……"付强说。

张素心便叫来了服务员，点菜。

点完菜后，张素心拿出三个U盘说："我刚买的，16G的，红白黑三个颜色，我们一人一个，你们先挑。"

张素心把U盘递向付强和林青，俩人看着张素心并不挑选。

"我送给你们的新年礼物，不用客气，这学期你们很努力，每天给我打饭……"张素心说到这里笑了起来，"打扫办公室……说实话，挺辛苦的……"

俩人还是不拿U盘。

"是嫌礼物轻了吗？"张素心刚说完，付强立刻伸手拿了黑色的，林青想了想拿了红色。俩人说"谢谢"。

张素心收起白色U盘，看着两人，沉思片刻才说："不用客气。我这里没什么事了，寒假前都不会找你们。你们自行安排……我算是提前给你们放假了。"

"张教授，您寒假怎么过？"林青突然问。

"我？"张素心想了想，"陪父母、陪同学……这一想好多事。"

张素心说着又想起什么："你俩早点买火车票。需要我帮你们买吗？"

"不用，不需要。"俩人异口同声快速而果断地说。

张素心看着他俩，笑了起来："回答得这么统一，我都怀疑你俩有什么私情。"

"没有，没有，真的没有……"俩人再次异口同声地回答。

张素心哈哈大笑："不管你们，这是私事。"

"真的没有私情。"付强看了一眼林青说，"林青和男朋友感情挺好的，春节她要去男朋友家里过……张教授不带这么开玩笑的。"

张素心依旧笑着，瞟了林青一眼，发现林青也在看她。

22／ 表白

二货胡同，FOOL 酒吧里，零零散散的客人。

一个沙发卡座上，李薇薇抱着一个婴儿"嗬嗬"地哄着，一旁的钱惠拿着一只玩具小黄鸭子逗着婴儿。卡座的对面坐着两个休闲而时尚的男士，一个约 40 多岁，一个看上去 30 多岁，两人的目光都温柔地停留在那个婴儿身上。

"嗨——你们在这里啊！"张素心闪身过来，看到两个男士开心地叫道，"阿康，小杰，好久没见了……"

两位男士上来和张素心拥抱。

"乐乐姐越来越漂亮了，皮肤真好，平时都怎么护肤的？"小杰说。

张素心摸摸小杰的脸笑了起来："嘴真甜，真讨人喜欢。"

"你怎么来了，今天又不是周五。"李薇薇问。

"寂寞啊……寂寞。满屋子里都是寂寞，从卧室到客厅，从厨房到卫生间……"张素心说着挨着李薇薇坐下，"想你就来了。"

"别勾引我老婆，我给你介绍个女朋友吧。"钱惠说，"安定下来，像我们一样。"

张素心看了眼钱惠，又去看李薇薇怀里的婴儿，问道："哪里来的小朋友？好可爱。"

"阿康和小杰的孩子。"钱惠说。

张素心张大了嘴巴："……自己生的？收养的？"

阿康和小杰对望了一下，阿康搂着小杰说："这个不重要。他就是我们的孩子，我们会给他所有能给他的爱。"

张素心点点头，无比敬佩："真勇敢，真佩服！"

钱惠似乎想起什么，说："我和薇薇下周去加拿大，酒吧暂时由阿康和小杰帮我们打理。"

"你们……"张素心看着钱惠和李薇薇，突然有些惊喜地问，"结婚？你们真的要结婚？"

"当然是真的。"李薇薇抱着孩子说，"我们还准备将来生个孩子。"

"真的啊——"张素心吓了一跳，不知说什么好，"真好。你们……准备怎么生啊？"张素心看看钱惠，看看李薇薇，又看看阿康和小杰。四个人看着她笑了。

"亏你还在英国读过书，现在医学很发达。女人想生个孩子太容易了。"钱惠说，"人工授精，试管婴儿，都行……"

李薇薇接过钱惠的话说："但我们第一个孩子会考虑人工授精。"

"第一个？"张素心又吓了一跳，"你们还打算生几个？"

四个人又看着张素心笑了。

"你抱抱孩子。"李薇薇突然站起将手中的婴儿放在张素心的怀里，"看看他多可爱，多抱抱，你也会想做个母亲的。"

李薇薇说完站起离开了卡座，张素心看着怀里的孩子，一时间不知所措，不知道如何抱着好，横也不是，竖也不是，她求救地看着钱惠，又看看阿康和小杰，但他们都没打算帮张素心抱走婴儿。张素心只好将婴儿左右比画着，可也巧，抱着抱着，她就会抱了。

"嘿，他笑了耶。"看见婴儿冲自己笑了，张素心突然有些莫名的感动和欣慰，"他在冲我笑……"张素心一下子又有种想哭的冲动，她吸了吸鼻子，看见钱惠、阿康和小杰都在看着她，她有些不好意思，但却没有想把婴儿还回去。怀抱着婴儿，她觉得好温暖。

"你们去多久？"张素心问钱惠。

"20天左右。"钱惠说，"我们打算情人节那天结婚。"

"那天会有很多人结婚的。"阿康说，"真想亲眼目睹你们宣读誓言。"

钱惠也有些激动："我们回来再办一次，就在FOOL酒吧里。"

"好呀，一言为定。"张素心说。

李薇薇又坐了回来，从张素心手中接过婴儿："我希望下一个结婚的人是你。"

听了李薇薇的话，张素心"哈"了一声，笑了，她觉得这是不可能的事。她从来没想过婚姻，更何况是和一个女人走进婚姻。

林青心神不宁地躺在宿舍的床上，一会儿看书，一会儿看手机，一会儿又打开手机通讯录，点击张素心的名字，想写短信，又放弃了。

2月13日是除夕。2月14日是情人节。

艾虎一直在催林青定下回家的时间，他要林青和他一起回家见父母。艾虎的家在合肥，他要提前订火车票。

难道就这么回家了吗？林青躺在床上，回忆和张素心的种种，她应该是喜欢自己的。

同宿舍的女生在床上看电脑，林青便拿着手机下床了。

林青坐在卫生间的马桶上看着手机，又翻到手机通讯录，点开张素心的名字，她犹豫着，写了条短信：**张教授，我能跟您聊聊吗？**

但最终还是将短信删了。

林青从马桶上站了起来。她很烦躁，她拿着手机似有想摔了它的冲动。

林青在卫生间里来回走了片刻，又坐回到马桶上，她将电话打给了方小园。

"我受不了了，我特别难受。"林青说。

"为艾虎还是张教授？"方小园问。

"别烦了，你知道我说的是谁。"

"那你想怎么办？"

"我不知道。"

"自信一点，你不是说过，她最瞧不起不自信的人吗？"

"我想……"林青依旧很犹豫，"找她？"

"去找她吧。"方小园说，"与其一个人这样痛苦，不如当面说清楚。"

"会有什么结果？"

"没有结果。"方小园突然说，"这本来就是没有结果的付出。"

"方小园——"林青急了，"你到底是支持我还是反对我？"

电话里，方小园沉思片刻，说："要么她接受你，要么你永远离开她。"

林青挂了电话后在马桶上稍坐了会儿，便出了卫生间。

张素心开着车慢慢往家里行驶着。钱惠要和李薇薇结婚了，阿康和小杰当爸爸了，她从来不愿意去想的事情，她的朋友们却在努力去实现。有家会是什么感觉，有个人在家里等着自己会是个什么感觉……张素心想着摇摇头，一个人多好，自由自在，想去哪里去哪里，想干什么干什么。并且，一个人都习惯了……

燕北大学东门的火车售票点，依旧排着长长的队伍。张素心看看表，晚上11点了，售票员早下班了，还有人排队等着买火车票。回家过年的人真是辛苦。而这种回家的心情，不需要回家过年的人是不会理解的。

张素心的车刚拐到自家小楼前，还未进院子，就看见前面有个人影，穿着白色羽绒服，在楼梯口处徘徊着。张素心踩下刹车，看见是林青，她很惊讶："这么晚了，找我有事吗？"

林青看上去很紧张，她看看脚尖又看看张素心，然后又低下头。张素心也跟着紧张起来，她将车开进了院子。

停好车，张素心走到楼梯口，走近林青。

"找我有什么事？"张素心问。

林青一下子好尴尬，她紧紧地攥着拳头，身体抖了起来："嗯……"

张素心不禁有些心软，似乎明白了什么。

"决定哪天回家？买火车票了吗？"张素心又问。

林青摇摇头。

张素心看着林青，她的眼神因紧张而飘忽不定，她的鼻子因寒冷而有些发红，有从一层房间渗出的灯光照在她的脸上，使她的脸看上去朦胧而又迷离。张素心忍不住伸出一只手捧住她的脸，林青惊了一下，向后退了一步。

张素心收回手："你的脸都冻冰了，你在这里待了多久？"

"我……喜欢你……"林青说，"我想见你……"

林青的声音很低，但张素心还是听清了，她半张着嘴，她知道但没预料到林青会如此大胆地说出来。

张素心惶惑不安的表情让林青一下子羞愧而无地自容，她转身往外走。张素心想了想，叫了一声"林青"，林青站住了。张素心走近林青，在她身后又轻轻叫了一声："林青……"

张素心慢慢地从身后环抱住了林青，将头埋在林青的后颈处，她能清晰地闻到林青身体里散发出的热气和体香，她深吸了口气后，松开了林青。

林青回过身来，看着张素心，突然她想过去吻张素心。张素心却伸直手臂挡住了她："天很冷，早点回去吧。"张素心冷冷地说。

林青愣住了，委屈的眼泪瞬间掉了下来，她拿开张素心挡着自己的手，转身跑了。

张素心看着林青离去的背影好久好久才回过神来。

"真是个傻瓜，"张素心轻轻地说，"世上竟有这样的傻瓜。"张素心一步步往楼梯上走着，"把自己弄到如此尴尬的地步，傻瓜。你还要在这里读书的。"

想到这里，张素心突然皱起眉头，Helen——这个名字从张素心的记忆里跳出来的时候，这个女人的形象也瞬间出现在张素心的脑海里。那是一张非常普通的东方人的脸，眼睛不大，鼻子不高，嘴唇薄薄的。

"Helen——"张素心轻轻叫着这个名字，然后不可思议地摇摇头笑了。当年，就是这个长相普通的女人，让张素心陷入到深深的爱恋中，然后又迫使张素心不得不逃离牛津大学。当然，那已是很久以前的事情了。现在的张素心不会再让自己陷入到无法控制的情感中，不会再让自己那么被动。

张素心在门前站住了。是不是对林青过分了点？她只有 24 岁。是自己把她带回家的，她现在所有的行为自己都有责任。想到"责任"，张素心又觉得好笑，一向无拘无束、我行我素的人，却因一个曾经一夜情的女人想到了"责任"，太搞笑了，太不像张素心了。

只是为什么，想到有可能会伤害到林青时心里会有隐隐的痛呢？张素心下意识地摸了摸胸口：我不是 Helen，不会那样自私，为保全自己而不顾他人。我只要林青停止，只要她不再纠结这件事就好了。我不能像 Helen 当年伤我那样去伤害林青。我知道那种痛。

张素心在楼梯处坐了下来，爱情真的是可以毁掉一个人的。

23/ 爱上 Helen

Helen 是一个怎样的女人呢？

张素心在心里勾勒着她的形象：她有瘦高的身材、率直的性格、敏锐的目光、聪慧的头脑及过人的才华。Helen 是一个英籍华人，祖籍苏州，在英国出生并长大。但她一点也不像苏州人，除了她的皮肤，细腻光滑敏感，张素心用手指轻轻划过她的背时，她都会战栗地跳起来。她的胸不大，手掌刚刚可以握住，非常柔软。张素心握上时有很强烈的占用感，那就是她的了……

张素心是在同屋 Annie 的聚会上认识 Helen 的。Annie 是一个来自天主教家庭的爱尔兰人，金发、蓝色的眼睛。Annie 是一个聚会高手，逢节假日周末就会组织各种各样的聚会，她会调很多的酒，她是学院里的红人，大家都希望通过她的聚会结识自己需要的朋友。张素心庆幸和她同屋，并通过她的聚会结交了很多的朋友。Helen 就是其中的一个。

Annie 说："Sisi，你和 Helen 应该有很多的共同话题，她的父母都是华人……"

那是张素心来牛津大学读博士的第三年的春天，复活节前一个周五的晚上，Annie 举办了一个 "GoodFriday（耶稣受难日）" 的聚会，就这次聚会上，Annie 介绍张素心和 Helen 相识。

张素心礼貌地和 Helen 打着招呼，Helen 穿着一件黑色的露肩上衣，黑色的长裤，黑色的高跟鞋，她很瘦，这一身衣服显得她更瘦。Helen 的头发高高地盘起，这样她看上去像个竹竿，她比张素心高出半个头。Helen 的脖子上有一块用黑皮绳穿着的玉佩，看上去很特别。

"玉佩很漂亮。"张素心随意地说。

"是的。"Helen 很得意自己脖子上的玉佩,"这块玉佩是祖传的。我祖父说是过去的中国皇帝奖励给我们家的……"Helen 说着骄傲地仰起了她的脖子,"有一次,我和我的丈夫一起参加欧洲的经济高峰论坛,有一位希腊商人出价 500 万欧元要买下它……哈哈,但我要留给我的儿子……"

张素心默默地听着 Helen 的话,至少从她的话语里得到了几个信息:她有一个显赫的家庭背景,她有一个有钱的丈夫和一个儿子。

"你来自中国哪里?"Helen 问。

"北京。"张素心说。

"啊,天安门、故宫……祖父说我们家以前也住在北京,有很大的四合院,后来去了上海,然后由香港到了英国……"Helen 说,"我没有去过中国,我好想回去看看……"

得承认,刚认识 Helen 时,张素心不喜欢她的自以为是和很强的优越感,她不想和她多聊。

"跟我说说中国……你去过上海吗?我也想知道。"Helen 说。

张素心看了看手表,她和 Alva 约好 10 点在"Pink cool bar"碰面。

"很高兴认识你。"张素心对 Helen 说,"但我还有一个约会,得马上走了。希望有机会再见到你。"

"噢。"Helen 有些失落,"看来 Annie 的朋友都是聚会红人。"

"啊——"张素心礼貌地笑着,Helen 把脸伸了过来,但张素心选择了握手告别。

"Pink cool bar"是伦敦中心一家很有名的拉拉酒吧,偶尔,周末的晚上,张素心会和 Alva 一起来这里,喝杯酒聊聊天。

Alva 说:"Sisi,你的吻很认真很动情,很多女人都会为你痴迷的。"

在 Alva 之后,张素心也结交过几个女友,但交往时间都不长。Alva 认为,张素心之所以没有一个固定的女朋友,是因为她太想找一个稳定的关系。

那个时候，张素心很专情，她没有想过要找很多的女人。她忠于爱情。她认为"爱情"是一件奢侈品，是专一的、是独享的、是限量的，所以，她一直很认真地在寻找她想要去爱的那个人。

Alva 说："Sisi，你知道'Pink cool bar'里有多少女人想和你上床吗？……去好好和女人做爱吧。你会从不同的女人身上找到各种乐趣，你这么优秀，为什么不在最好的时候好好享受生活呢？"

Alva 是一个放纵欲望的女人，她有女友，但依旧会和不同的女人上床，她说这不是对爱情的不忠，而是为了更好地去爱一个人。

张素心承认，和女人一起让她越来越自信，她喜欢和女人相拥相吻相互征服的那个过程。但她依然想有一个人真正地爱她，让她爱，让她拥有。

Alva 常常嘲笑张素心的这种想法，她说同性恋不同于异性恋，没有保障，没有安全，甚至有可能没有未来。

"如果你要找一种稳定关系，就找个男人结婚吧。"Alva 说。

但这个时候，张素心知道她不可能再和一个男人在一起了。她明白这些年她为什么始终没有和一个男人固定下来，那是因为她天生就喜欢女人。

不可否认，牛津大学读书的日子，是张素心成长过程中最开心最自由最重要的日子，在这里，她学会了很多东西：学会了交际，学会了认识自己，学会了理解他人……当然，她也学会了享受最美妙的性爱生活。

Alva 很不理解张素心会爱上 Helen，她貌不出众，瘦瘦的，一点也不性感。这一点，张素心也不明白，她怎么会爱上这样一个女人。

Helen 说："Sisi，你的吻很让女人动心。"张素心觉得这是因为她每一次都吻得很用心。

和 Helen 认识后的第二个周末，在牛津大学艺术学院小剧院的后台排练厅里，张素心吻了 Helen。

Annie 认为，像 Helen 这样有钱的女人来牛津大学艺术学院进修无非是想给自己平淡的贵妇生活增添点乐趣，多点谈资罢了，不必认真。Annie 告诉张素心，Helen 已打了三个电话找她了，让张素心有空回一个。于是张素心礼貌性地回了个电话。

Helen 组织了一个阅读会，这一期讲中国文学，想请张素心给大家讲讲。

张素心不知道英国高等学府牛津大学里竟然有这么多的人对中国文学感兴趣，她欣然前往。Helen 的阅读会借用了艺术学院小剧院的后台排练厅，在阅读会上，张素心主要介绍了现当代中国作家和他们的作品，她介绍了茅盾的《子夜》，巴金的《家》《春》《秋》，钱钟书的《围城》，老舍的《四世同堂》，曹禺的《雷雨》……张素心介绍这些如数家珍，她从小耳濡目染，这些作品她都读过。但让她意外的是，Helen 也都读过。Helen 说，和《雷雨》相比，她更喜欢曹禺的《日出》。

张素心问为什么。

Helen 说《雷雨》非常棒，她非常喜欢，但她更喜欢《日出》是因为她喜欢陈白露。她年轻、漂亮、善良，她受过很好的教育，有自己的理想和爱情，有个性，追求物质生活，但又不妥协于简单的享受……

"可她是个交际花，是个高等的妓女。"张素心说这些的时候，Helen 很不屑地看了张素心一眼，"她那是为了生活，她孤独一人在都市拼搏，她也需要一定的生活保障。再说，追求物质、追求好的生活也没有错……"

张素心笑了，她重新审视着 Helen，她今天穿了一条浅蓝色的牛仔裤，淡紫色的细腰带，白衬衣，她的头发随意地扎在脑后。

阅读会结束后，Helen 整理带来的书籍，她让张素心等她一起走。她说张素心讲得很好，她告诉张素心每周六晚上这里都有阅读会，她希望张素心能来。张素心说这个阅读会很有意思，她有空一定会来。这时，Helen 说她一直很喜欢戏剧，她曾想做个话剧导演。Helen 说到这里突然很有兴致地说："我想排练《日出》，你觉得我能演陈白露吗？"

张素心一愣，眯着眼不理解地看着她。Helen 松开了她扎着的头发，一头零乱的长卷发飘浮在她的肩上，她甩了甩头，学着《日出》里陈白露的口气说："可怜，达生，你真是个书呆子。你以为这些名誉的人物弄来的钱就名誉吗……"

Helen 说完看着张素心："怎样？有陈白露的感觉吗？"

张素心笑而不答。

于是 Helen 走近张素心，依旧学着陈白露的样子，打量着张素心的脸："你怎么啦？傻孩子，流眼泪了？你真不害羞，眼泪是我们女人的事！好了，达生，我的可怜虫，不要把我惹哭了，来，我给你擦擦……"

Helen 说着手象征性地去擦张素心的眼睛，张素心却抓住了她的手，略微使了点劲，将她拉到近前，吻在了 Helen 的唇上……片刻，Helen 张大了眼睛……她没有动，张素心热情而小心地吻着。很快，Helen 回应着，她的吻比张素心更强烈，她的占有欲更强，她几乎缠住了张素心的舌头，牢牢地吸住，甚至有点痛。张素心轻哼了一声，皱眉头的刹那，Helen 意识到自己的失态，她松开了张素心，慌乱地向门外走去。但走到一半时她停住了，她低着头，没有看张素心，她说："你先走吧，我来锁门。"然后，她就一直低着头，捂着嘴。

张素心从 Helen 身边经过时，本想说什么，但最终什么也没有说就离开了。

Helen 说："Sisi，我不是拉拉，我有丈夫和孩子。你不可以这样对我。"

张素心点头。自从那天在小剧院后台排练厅吻了 Helen 后，张素心一直在反省，Helen 有丈夫和一个 6 岁的儿子，她知道，她从没想过要去破坏别人的家庭。所以，她决定不再和 Helen 见面。但今天是 Helen 找到了她的宿舍，说是要和张素心谈谈。

"我觉得很对不起我丈夫，我结婚 10 年了，我们感情很好。"Helen 说。

但张素心感觉她其实是想说服自己。

"你为什么要吻我？"Helen 问张素心。

张素心想了想，当时是冲动吗？好像不是。

"我喜欢你。"张素心说，"当时的感觉就是喜欢你。"

Helen 看着张素心，微闭了闭眼睛，似乎等着张素心往下说。于是张素心想了想又说，"所以就吻了你，我很抱歉。但我从来没有想过要去破坏你的家庭。"张素心说，"请你原谅我。"

张素心说得很真诚，她是认真的。其实这几天她一直在纠结这件事。按以往张素心挑选女友的标准，Helen 并不是她喜欢的类型。但那天在小剧院后台的排练厅里，她就是情不自禁地吻了她。

张素心说："请你原谅我，我以后再也不会了，对不起……"

但张素心话未说完，Helen 就抱住了她，抱得很紧，几乎要揉碎了张素心。"我想你，我为什么会一直想你……"Helen 说完这句话的时候，张素心感觉脸上湿乎乎的。Helen 哭了，她流泪了，她再次让张素心感到意外。

张素心扶着 Helen 在床边坐下，轻轻帮 Helen 擦着眼泪，轻轻吻着她的脸，很轻很温柔，似乎怕弄痛了她。她在 Helen 的唇边慢慢吻着，一点点顺着嘴到脸到耳旁，到眼睛到鼻子再到嘴。Helen 伸出舌头，张素心轻轻地含住，小心地舔着，舌与舌之间仿佛是在交流，在倾诉……Helen 突然抱住张素心的脖子，张素心张嘴似乎要吸住张素心的嘴，张素心向后缩了下脑袋，她想起被 Helen 吸住舌头的痛楚。她张嘴笑了："我来，我来吧……"

Helen 就闭上了眼睛。

张素心知道自己是这样一点点爱上 Helen 的。爱到不能自拔。她白天黑夜地想她，什么事也不想做，什么事也做不了。

Alva 说："Sisi，不要和一个有夫之妇纠缠在一起，她会毁了你的。"

张素心没有理会 Alva，她不认为 Alva 明白真正得到爱情的快乐。

Alva 忧心忡忡地看着张素心："Sisi，别那么傻，爱情不是那么容易得到的。"

"那是因为你从不专情于一个女人，所以你不相信能得到爱情。"张素心说。

"大多数人并不拥有爱，即使你找到了，即使它就在你面前，你又怎能保证这就是你想要的呢？"Alva 说，"Sisi，她不会和你坚守这份爱情的。你只不过是她的一个外遇而已。她会伤害你的……"

人一旦陷入爱情后，智商会低到无意识地忽略了很多东西。这个时候的张素心根本不相信 Helen 会伤害她。

但事实证明，Alva 是对的，爱上 Helen 这样一个女人绝对是毁灭性的。

24/ 除夕

每年的寒假，张素心都过得有些混乱。

放假、评奖金、评职称、评先进、交论文、做课题……春节、拜年……

今年的寒假，张素心过得更混乱。她做了领导，不比往年，混乱的是自己的日子。而今年，不仅仅日子过得混乱，工作上大小会议也让她很混乱。几乎每天都在开会，有些会议是反反复复地重复、讨论。比如：奖金、先进……还有东园的房子是否卖给开发商？是否给职工？每次会议都会提到，每次也没解决。

2010年的春节来得晚。

2月13日是除夕，2月14日是情人节。

本来这些日子跟张素心都没有多大的关系。但今年似乎不同，她多了两个学生，付强和林青。于是今年的春节和情人节跟以往略有不同。

除夕的早晨，天空飘起了细细的雪花，远处偶尔有鞭炮声传来，很有过年的气氛。张素心早早地起床，穿戴好，又将给侄儿的礼物iPod包装好，放进一个双肩包里。中午，全家人要一起吃年饭。

张素心来到院子里，天空还飘着雪，一白一黑两辆车上浮着薄薄的积雪，张素心拿出汽车掸子清除黑色宝马车窗上的雪后，打着车子，温温车。一只猫在张素心打着车子的瞬间，从车底窜了出来，吓了张素心一跳。猫"喵喵"叫了两声后，抖抖毛，攀上院墙离开了院子。

燕北大学东门前的火车售票点前排着好长的队伍，弯弯曲曲有近50米长，今天是除夕，却还有这么多的人没有买到回家的票。

张素心开车驶离东园，经过售票点时，一个人影引起了她的注意。她刹住车，不相信地仔细看了看那个长长的队伍，然后，将车靠边停下了。

张素心缓步走到买票的队伍跟前，一个人看到她过来躲躲闪闪、鬼鬼祟祟的，张素心站在了这个人面前："你怎么还没回家？"张素心没好气地说，"我提前半个月就放你的假了。"

"那个，嗯，是啊，是没、没买到火车票。"付强吞吞吐吐地说。

"你为什么不找我呢？"张素心听到又有些心痛，她看着长长的队伍，"走，别排了，我帮你想办法。"

张素心将付强拉出队伍，向自己的车走去。到了车前，张素心站住了，她看着付强，突然有种预感，付强没回家，林青一定也没回家。

"给林青打电话，如果在学校，让她马上到这里来。"张素心说。

付强一愣："林青也没有回家吗？"付强想了想，"她会不会和男朋友一起呢？"

"给她打电话！如果在学校，就马上过来。"张素心不容置辩地说。

付强便打了电话。林青果然在宿舍里，她没想到付强也没有回家，更没想到张素心会猜到她在学校。她很不好意思地来到东门，看着车前站着的张素心和付强。

"张教授……"

"你怎么没回家，不是去你男朋友家过年吗？"张素心问。

"改……时间了，我先回家看父母，然后再去他家。"林青说。

"那你怎么没回家？"张素心又问。

"火车票不好买。"

张素心不相信地看着林青："你家在哪里？"

"济——南。"

"济南也不远嘛，会那么不好买吗？"

还没等林青说话，付强抢着说："火车票真的难买。我每天都来排队，结果还是没买到。"

"你家在哪里？"张素心问付强。

"嗯……"付强犹豫着。

"哪里？"张素心追问一句。

付强这才慢吞吞地说："石家庄。"

张素心一听又来气了："石家庄？石家庄，走都走回去了。"

"走不回去的，张教授。"付强说，"走到就开学了。"

"抬杠是吗？"张素心说完付强就闭嘴了。

张素心看看林青，突然冲付强不解地说："你为什么啊？"

她似乎明白林青为什么不回家，可她不明白付强为什么不回家。

"说你俩没事，不会有人相信的。"张素心对林青说，"大过年的，你不回家，他也不回家。"

林青委屈而生气地看着张素心，张素心避开她的眼睛去看付强。付强忙辩解说："真不是你想的那么回事，我是真没买到火车票。"

"好吧，是我关心你们不够。"张素心放缓语气打开车门，"上车！"

林青和付强不解地看着她。

"上车！"张素心又说。

林青和付强坐到后座上，付强小心地问："张教授，我们这是去哪里？"

张素心没理他，发动了汽车。

昆湖别墅的院子里，张数正兴致勃勃地向儿子张钢还有孙子张一亮介绍自己种的果树和菜园子。厨房里传来方心的声音："老张啊，要不要给素心打个电话？这都 12 点了。"

张数正答应着，一个 40 多岁的女子在客厅里边往饭桌上摆碗筷边说，"妈，爸爸，我给素心打电话吧。"说话的是张素心的嫂子林莉莉。

"要她快点，就等她了。"方心说。

正说着，一辆黑色的宝马车驶到别墅前。方心听到了汽车的声音，放下手里的活儿，出来了。

"怎么才到？"方心正准备数落张素心，却看到两个陌生的年轻人从她的车上下来。

"妈，这是我的学生林青和付强。"张素心说，"他们都没买到火车票，没能赶回家过年，我就把他们带来了。"

"噢、噢……好、好。"方心答应着，低头找拖鞋给他们。

家里一下子多出两个人吃饭，林莉莉又找出两把椅子放在桌前，方心和张钢招呼大家坐下，准备吃饭。张素心则把张数叫到了一边。

吃过年饭，大家围坐在沙发上吃水果。张素心将张一亮的新年礼物给了他，张一亮高兴地拆开 iPod 来听音乐。付强和林青摆脱了刚进屋时的紧张，张数和他们聊天，说着现在房价如何上涨得快，当然，也说到他买这套房子时的敏锐目光，如何狠准稳地拿下了这套别墅。正聊着，方心拿着三个红包过来，分别给张一亮、林青和付强。

林青和付强死活不收红包，张素心说："在我们家，没有工作的人都是孩子，过年就会收到红包。"张素心从方心手中拿过红包，分别放在林青和付强手中，"你们都不知道我有多羡慕你们。"

林青和付强就收下了红包，并谢谢方心。

一个年轻人来找张数，张数随即叫出了张素心。年轻人走后，张素心让林青和付强拿上包跟她走。林青和付强不明白张素心要干什么，但也不敢多问，便坐上了张素心的车。

张素心将车驶到燕北大学东门前停下。

"你们有行李吗？"张素心问他俩。俩人依旧不明白张素心的意思。于是，张素心又问了一句，"你们过年回家的行李在哪里？"

付强说："我没什么行李，就这个双肩包。"

林青说："我也没什么行李，家里什么都有，我妈说人回去就行。"

张素心点头表示明白了，她掏出两张火车票，先将其中一张递给林青："林青，这是到济南的火车票，16 点 48 分从北京站出发，晚上 12 点到济南，还来得及陪你父母。"

张素心将另一张火车票递给付强："付强，这是你的火车票，17点48分从北京西站到石家庄的，晚上8点应该能到石家庄。我先送林青到北京站，再送你到北京西站。"

林青和付强既吃惊又感动。

"张教授，我把钱给你。"付强要掏钱给张素心。

张素心阻止了："不用了，你们平安到家就好了。"

林青什么也没说，默默地低着头，一直低着头，直到北京站，她都没有说话。

北京火车站前不准停车，但张素心还是在路边停下了车。

"注意安全，到家后发条短信给我。"张素心说。

林青并没有马上下车，她的手里一直攥着那张火车票。

"林青……到北京站了。"付强轻轻地提醒她。

林青这才抬起头，看着驾驶座上的张素心，似乎有很多话想说。

张素心没有回头，只是轻轻地说："这里不能停车的……"

林青这才缓慢地挪动着身体，下了车。

看着林青默默向前行走的背影，张素心想了想，将车熄了火，让付强坐在车上，她下了车。

那天晚上，林青向张素心表白而遭到拒绝后，哭着离开了。夜里，张素心失眠了。她想起了很多往事，想起了Alva，想起了Helen，想起自己躲在杂物间的那一夜……她想自己比林青大12岁，又是她的导师，她不愿意看到林青承受她曾经受过的痛苦和伤害。

张素心本想找时间和林青谈谈，但直到放假，都没有看到林青。

"林青。"张素心追上林青，发现她在流泪，张素心一下子有些心痛。

"又怎么了？"张素心问。

"为什么，你要拒绝我？"

张素心回头，付强坐在车里正看着她们。

"拉拉不是时尚，不是想做就去做的。"张素心说。

"为什么你可以？"

"我不愿意伤害你，"张素心轻声说，"但和我一起，你会受伤的。"

"为什么？"

"没有为什么，一切都过去了。"张素心拍拍林青的肩，"好好回家陪父母。过了春节，一切重新开始！好吗？"

林青点点头。

当然，张素心绝对不会想到，最终受伤的那个人是自己。

北京西客站的人流车流明显多于北京站，大包小包准备回家的人聚集在火车站等待进站回家。张素心在路边停下车，和付强说着同样的话："注意安全，到家后发条短信给我。"

付强也没有马上下车，张素心奇怪了，她回头冲付强说："你又怎么了？"

"谢谢张教授。"付强想说什么，脸一下子红了。张素心更奇怪了："你有什么事吗？"

付强低下头说："张教授，我说什么你都不要生气啊，就当我瞎说八道。"

付强抬起头鼓起勇气说："我喜欢你。"

"什么？"张素心一愣。

付强忙又说："我、我不是要做你的男朋友，我、我知道配不上你。"

付强说着窸窸窣窣地从包里掏出一个包装精美的盒子："我只是想你没有男朋友，而明天是情人节，你应该有一份礼物……"付强说完将那个包装精美的盒子扔给张素心后，打开车门就跑了。

张素心打开怀里的盒子，是一条白色的羊绒围巾。张素心看看跑远的付强，特别的不可思议："现在的学生，都在想什么呢？"

张素心将汽车重新开了起来，远处挑担子的民工，拖着行李箱的男人，背着孩子的女人……一一从张素心的车边经过。张素心打开音乐，让自己的心情放松些，她看了看时间，5点了，她想，林青应该上车了。

"林青……林青。"张素心不明白此刻自己怎么会叫出林青的名字。

25/ 大年初一是情人节

除夕夜，北京街头很静，偶尔有几辆车经过。

与北京寂静的街头相反，二货胡同的 FOOL 酒吧里，人声鼎沸，所有的桌子都坐满了。今天并非周五，也不是"酷儿"专场，但似乎北京城里的单身拉拉们都来了。有电视的地方挤得人更多，电视里正在直播 2010 年春节晚会。

"这个城市寂寞的女人都到 FOOL 酒吧来了。"

吧台前，张素心正和钱惠、李薇薇视频着，一旁调酒的阿康时不时也过来看看。

"来的只是拉拉。"视频里钱惠说，"你们知道明天有多少人预约登记结婚吗？仅拉拉就有 20 对。"

"真的？"张素心很吃惊。

"本来我们约不上的，找关系走了后门才约上。"

"多伦多也可以走后门吗？"

"当然，哪里都需要关系的。"

"给我们看看你们的礼服吧……"阿康过来说。

视频里，出现了一套黑色西装和一件白色婚纱。

"你为什么不穿婚纱？"张素心问钱惠，"多难得的机会啊。"

"你结婚穿吧，"钱惠说，"反正我不穿。"

"噢……"酒吧里突然欢呼了起来，12点即将到来，人们跟着电视里的主持人开始倒计时，"8、7、6、5、4、3、2、1……"

屋外，此起彼伏的鞭炮声响起。

凌晨1点，开车回家的路上，莫名的，张素心有种不好的预感。

东园里，有大人带着孩子在操场上放烟花，一束束烟花被点燃冲上天空，照亮大半个东园。

院子里，张素心停好车，刚走到楼梯口，一个人突然从楼梯处站了起来，吓了她一跳。

"谁、谁、谁……谁坐在这里？"

黑黑的楼梯处传来弱弱的声音："张教授，是我，林青。"

"你？"张素心看是林青，心安了些，但随即又很不解，"你怎么在这里？你现在应该在济南。"

"我，我……"林青结结巴巴的。

"不会没赶上火车吧。"张素心说。

"我，我没上车。"林青说着低下了头。

张素心看着林青，有半晌工夫，然后说："为什么？"

"我，我……"

黑黑的楼梯处，看不清林青的表情。张素心伸手打开了楼梯上方的灯，这时才看清林青冻得惨白的脸，红红的鼻头。

"你什么意思？"张素心说，"你到底想干什么？"

"我、不想回家，我……想和你一起……"林青吞吞吐吐地说。

张素心听着，突然，她拽着林青的衣领，拖着她向院子走去。

院子里，张素心打开车门，推林青上车，然后发动车子，慢慢倒出院子，向外驶去。

"我们要去哪儿？"车离东园，林青紧张地问。

"送你回家！"张素心大声吼着。

林青便不再说话了。

汽车上了京津高速后，张素心稍冷静了些。

"你为什么不回家呢？你不想想你父母得多想你啊。"张素心尽量让自己的语气平和些，"这是过年，哪有过年不回家的。"

林青还是不说话。

在一个高速服务区，张素心下车买了几罐咖啡和一包香烟，她递给林青一罐。

林青接过咖啡，轻声说："要不要歇会儿？你困了。"

张素心看了看她，边吸着烟边喝着咖啡："困了你睡会儿吧。"

"我们都睡会儿吧，这么开车很危险的。"林青小声说。

张素心的确是有些困了。她将车开到超市门口的一个路灯下，停住后，将座椅调成半躺状，张素心靠着座椅闭上了眼睛。林青看了她一会儿，也将座椅调成半躺状，然后躺下，依旧看着张素心。张素心翻过身来，将背对着林青，睡了。

张素心醒来时，天已经亮了，林青不在车上。张素心下了车，就看到林青一手端着一碗快餐面过来。

"你吃酸菜的还是红烧的？"林青问。

张素心看着林青，她对张素心开车送她回家似乎还很开心，一点儿也没觉得内疚。张素心又有些生气了，影响别人过节，今天可是大年初一。方心还让张素心一早回家和她一起去给几个领导拜年。

张素心这个时候又觉得自己有些冲动，再给林青买张火车票，看着她上车，看着火车开了不就行了。

"酸菜的吧。"张素心说。

林青就把酸菜的快餐面给了张素心。

"你们家几个孩子？"吃面时，张素心问林青。

"一个。"林青说，"我倒希望有个弟弟或妹妹，但国家不是只准生一个吗？"

"所以，你们这些独生子女才会如此自私，只想到自己。"

"没有啊，我没有自私啊。"

"过年不回家，不是自私吗？"张素心说，"有替父母想过吗？就你一个孩子，他们得多想你啊。"

林青就不说话了。张素心也不说了，俩人埋头吃着面。

吃完面，张素心看了下 GPS，然后开车上路。

天气很好，因是大年初一，高速上车并不多。林青坐在副驾驶上无聊地打开收音机，调到郭德纲的相声，边听边乐着。张素心偶尔会看看她，偶尔会摇摇头，她已经不想说什么了，只想快点儿送林青回家，她也好赶回北京。

"济南很好玩儿的。你来过济南吗？"林青这时看上去已经很放松了。

张素心没搭话。

"你可以在济南玩儿几天再回北京。"

张素心还是不搭话。

"我可以陪你呀。"林青说，"你可以住我家里。我跟我妈妈说你是我的同学好了。"

"你有这么老的同学吗？"张素心突然说。

"你不老啊。"林青依偎过来，头靠在张素心的肩上，"说你是我的同学没人信。"

"这是高速，我在开车。"张素心用一只手将林青的头推开，"送你到家后，我就要赶回北京，我有很多事的。"张素心想着又有些生气，"我不是来陪你玩儿的。我是你的教授……"

林青就不说话了。俩人沉默了有一会儿，张素心又觉得态度应该好些，林青毕竟是她的学生，而自己是主动要送她回济南的。

"你父母做什么工作？"张素心问。

"你是教授就不应该和我上床。"林青冷不丁地说。

张素心一下子哽住了，她决定不再说话。

到济南已是中午，车出了高速后，马路上车辆和人流一下子多了起来。张素心有些迷路了，她问林青怎么走。林青不说话，张素心只好跟着 GPS 找着路。

终于，下午 1 点的时候，车开到了林青家的小区门口。

"是这里吧。"张素心停住车说，"回家好好陪父母，不要再瞎想了。"

林青坐着没动，她问："你是要直接赶回北京吗？"

"是。"

林青突然有些难过："你是不是特别讨厌我？"

"没有。你不要多想，快回家吧。"

"我一定是让你讨厌了。"

张素心着急回家："没有啦，你快回家吧。你回家我就不烦了。"

"我知道你烦了。"林青打开双肩包，从里面掏出一盒巧克力，"我没有太多的钱，我也不知道你喜欢什么，就买了一盒巧克力。"林青说着一滴眼泪滴在了巧克力的盒子上。

张素心愣住了。

"我也不想烦你，让你讨厌我，"林青说，"今天是情人节，我只是想和你过一个情人节……然后再回家。"林青的眼泪"叭哒叭哒"地滴在那盒巧克力上。

"情人节快乐！"林青还在抽泣着，她放下巧克力后下车了。

张素心没料到事情会变成这样，她看着哭泣而去的林青，又看看副驾驶座上的那盒巧克力，突然她冲着林青的背影大叫了一声："林——青！"

林青没有理张素心，继续往小区里走着。

张素心下了车，追上林青："林青……"

林青站住，依旧流着泪。

"林青……"张素心替林青擦着眼泪，"不哭了，我们一起过个情人节吧。"

26/ 我们不是情人

早晨，厚厚的窗帘挡住了窗外的晴朗。林青醒来，睁开眼看着天花板上方壁纸的花纹，回忆着。

这是一家酒店，昨天下午她和张素心来到这家酒店，先吃了午饭，然后回到房间直到现在……林青的手在被子里向右方摸索着，碰到一个和她一样裸露的身体，她放心地重又闭上了眼睛。笑了。

很快，林青又睁开了眼睛，向右侧了侧身子，她看到张素心沉睡着。她的头向林青的方面歪着离开了枕头，胸部以上的肌肤裸露在被子外面。林青就替张素心将被子往上拉了拉，然后看着熟睡中张素心漂亮的脸，禁不住过去亲了亲她的嘴唇……

林青一直看着张素心，似乎怎么也看不够，又忍不住去摸她的脸……张素心摆动着头，迷蒙地睁开眼："几点了？"张素心嘟囔着又闭上了眼睛。

林青看了看手机说："8点多了。"林青回答着，用手指划过张素心的嘴唇。

张素心突然睁开眼睛欠起身子看着林青，又看看裸露的自己，随后又躺下，往被子里缩了缩，眼睛望着天花板。林青移向张素心，用手扳过她的脸亲了一下。

"我饿了……"张素心说着像个孩子一样吧嗒了下嘴。

林青整个身子伏在了张素心的身上："想吃什么？济南有很多好吃的，我带你去吃。"

张素心微眯着眼，似乎在想什么，突然笑了，手在被子里胳肢着林青的身子："你还不想回家吗？"

林青被突如其来的胳肢痒得尖叫起来，她还击着张素心，突然发现，张素心比她还怕胳肢。

"原来，你这样怕痒。"林青停止了动作。

"你不怕吗？"张素心将林青压在身下，吻着她……

黑色宝马车在一个小区前停下，张素心解开了安全带："回家好好陪父母。"

林青不舍地看着她："真不多待两天吗？"林青抓住了张素心的手。

"家里真的好多事，以后有机会吧。"张素心正说着，冷不防林青吻住了她的嘴。

张素心忙看看四周："这可是你家小区耶。"

"我才不怕，我就要亲你。"林青搂住了张素心的脖子。

张素心半笑半紧张地拉开她的手："快回去吧，到家发条短信给我。"

"嗯。"林青点点头，"你要给我回噢。"

"好的。"

林青准备下车又忍不住靠近张素心，吻她。张素心随她吻着，但林青越吻越激烈，吻也吻不够……张素心就笑了，她再次拉开林青搂着自己的手，将她的手抓在自己的手里。

张素心摸着林青的脸，在她的脸上、额头上、鼻子上亲着，但刻意躲开了林青的嘴，她担心林青又会不停地亲下去。

"回去吧。我现在开车回到北京也晚上了。"张素心在提醒林青自己还有很长的路途。

林青这才依依不舍地下了车，但又从车窗外伸进头来："给我打电话、发短信，每天都要……"

张素心略沉思了一下，笑了。

"我会想你的。"林青说着眼睛又红了。

张素心忙制止她："快回去吧，我会给你发短信的。"

林青点点头，远离了那辆车。张素心发动车子，冲林青摆手告别，刹那间，林青又流下了眼泪。张素心赶紧加速离开了。

汽车离开林青的家有一段距离后，张素心逐渐冷静下来，她想自己是不是又做错了。这以后下去会怎么样？心太软啊，心太软，昨天为什么要留下，狠下心走了不就没事了吗？

但是，张素心想到昨天发生在酒店里的一切，又觉得很温暖、很美好。林青的身体那么柔软，她的吻那样激烈，她们配合得那样完美，想到这些，有一种快乐从张素心的腹部升起直到胸口。她深吸了口气，望着前方一辆辆行驶的汽车。

在一个高速服务区，张素心给爸爸打了个电话，请他转告妈妈，她在高速上。

张数说一天没有张素心的消息，他和方心急死了，他让张素心开车注意安全。

接着，张素心看到林青的短信，她到家了。**亲你亲你亲你……**林青一连发了十几个亲吻表情。

　　"吻我，Sisi，不要停……不要停下来，我愿意在
你的吻中死去。"曾经有个女人，在激情时，会这么说，
"Sisi，每次看到你，都希望你能留下，永远留下……"

张素心给林青回复了一个笑脸表情，然后继续开车上路。

和林青会怎样？张素心想：她是教授，她是学生。她有一个苛刻严厉的母亲，她有男朋友。她今年37岁，她刚25岁。她们有太多的不可能，他们在一起不会长久，而同性恋是没有前途的……有一个女人这么说过："Sisi，两个女人在一起违背了伦理道德，我不能和你在一起，我们不能再这样……"

"Helen……"当这个名字跳出来的时候，张素心的心如灼烧

般的疼痛，她皱紧眉头。那一年，张素心独自开着车，去 Helen 伦敦郊外的家里见她。刚到不久，Helen 就发现她的丈夫回来了。她将张素心推出家门："快走，Sisi……他会杀了你的……"

那是让人心碎而难忘的记忆。"我不会再让人有机会伤害到我了。"张素心咬牙说着，一滴眼泪流到了鼻梁处，她用手指擦掉了。

只是林青……张素心又想着。很明显，她现在沉迷在幻想的爱恋中。但是，张素心轻轻地说："我们不会有结果的，林青……"

张素心回到北京时，大约晚上 7 点钟，她饿极了。她决定不去想林青的事。顺其自然吧，有些事也不是人为能控制的。

张素心直接到了昆湖别墅，停住车子，发现手机里几乎都是林青的短信：**你到哪了……你为什么不回复……我的父母很好……我跟父母提到了我的张教授……你是我的吗……**

张素心一下子就烦躁起来，她想这样可不行，我不能被这么一个小丫头给控制了。但很快，张素心又很理解林青的行为。第一次爱上一个女人，这是她的初恋。于是，张素心给林青回复了一条信息：**我刚到家。你好好陪父母。寒假后见。**

此后，每天张素心都会收到林青的短信。一早醒来有问候的短信，中午有倾诉的短信，晚上有道晚安的短信……只是林青从来没有打电话过来，这倒是让张素心有些放心，觉得她还是懂事的。所以，林青的短信张素心都会回复，直到初五的晚上，林青发来了一条短信说她和男朋友分手了。张素心吓了一跳，感觉事情越来越严重，完全偏离了她的控制。这条短信，张素心没有回复。接下来，张素心都没有再回复林青的短信。

初七的早晨，张素心还在熟睡着就听到了敲门声。张素心没有理会，睡梦中甚至觉得那不是真实的。但敲门声越来越响，随后张素心的手机响了，她这才醒了。

门外站着的是林青，张素心刚一打开门，她就像只小兔子一样蹦到了张素心的怀里，然后就要亲她。

张素心躲开了："我没刷牙呢。"

"我不在乎，我就要亲。"林青说着强吻住张素心的嘴。

"回来也不提前说一声，我可以去……接你嘛。"张素心说得言不由衷。门口有些冷，她关上门裹紧睡衣向卧室走去。

"真的吗？你会来接我吗？"林青跟着张素心进了卧室。

张素心上了床，被子里暖和多了："这么早回来干吗？下周才开学。"

"人家想你嘛。"林青说着脱去了羽绒服。

"你干吗？"张素心阻止着她，"我马上要起床了……"

但林青已上了床，她仰着头冲张素心撒娇做着鬼脸，张素心用手背碰碰她的脸、嘴唇、下巴……然后开始亲她。

林青由张素心亲着，她微闭着眼睛，她喜欢这个过程。

"你知道吗？"林青喃喃地说，"我每天都在想你能这样亲我……我想一睁开眼睛就能看到你……我想你抱着我睡觉……我想永远和你在一起……"

张素心渐渐停止了动作，她靠在床架上，不解地看着林青。

"你……和男朋友怎么了？"张素心问。

林青起初看张素心的表情，以为她不相信她会和男朋友分手，为了证明自己的真心，她说："我是突然决定的。本来说好初五去他家过春节的，但我想……"林青将张素心的手握在手里，"我不能去他家，我不能让你难过，所以我跟他说，我要和他分手……"林青说着靠紧了张素心，抱住了她。

张素心推开林青："为什么啊？好好的为什么要分手啊？"

林青一愣："因为、因为我们在一起了。"

"你告诉你男朋友了？"张素心急切地问着。

"告诉他什么？"林青看着张素心。

张素心有些心虚地低下了头，但随即她又皱紧眉头，口气非常不好："我们怎么了？不就是……"张素心觉得不妥，她没有往下说，掀开被子下了床。

张素心的表情让林青一下子不知所措，她不明白自己做错了什么。她坐在床上，紧张地看着床边走来走去的张素心。

看林青这样，张素心又内疚起来，她走到林青的身边，想去安抚她，但手还未碰到林青，林青的身体已往后躲去。

"林青，我不是那个意思，"张素心说，"但是，你是不是得学会保护自己啊。"

"我、我怎么了？"林青不解地问，"我做错什么了？"

"你……也不算做错了。"张素心想怎么说能让林青明白，"林青，你要知道我们……我们只不过是……但也不能就说明你喜欢女人，你就是拉拉，你不再接受男人了……"张素心说，"可能没过几天，你就发现，你还是爱你的男朋友，你喜欢男人，你跟我只不过是……是……一次外遇而已。"

"不是的。"林青忙辩解，她以为张素心觉得她不够真诚，"不是的，我每天都在想你，不是今天才这样，自从我们有了第一次之后……"

张素心打断林青的话："那不过……是一夜情。"张素心看着林青，"知道吗？你不是拉拉。"

"我是的，我是的。"林青哭了起来，"我喜欢你，我真的喜欢你……"

看到林青哭了，张素心的心又软了，她搂住了她，拍拍她的肩："好了，不哭了，我知道你喜欢我。"

在张素心的安抚下，林青稍好些，她停止了抽泣，但又特别害怕和不明白张素心的真正意思。

"我以后不会爱男人的，我只爱你。"林青向张素心保证。

张素心叹了口气，她在床边坐了下来："林青，如果你觉得自己是拉拉，那就要学着做一名拉拉。"

"我……还要学吗？"林青不解，"学什么？"

"你要知道，做拉拉是没有前途的，无论在哪个国家。但如果你要做，那么，要学的第一件事就是要保护好自己。"

"我会保护好自己的，不会让你担心的。"

"你怎么保护自己！"张素心突然大声说，"你跟男朋友分手是保护自己？"

"那是因为我爱你。"

"你连自己都保护不了，你现在能爱谁？"张素心说，"你这样会连累我的。"

"我怎么连累你了。我只是想告诉你，我只爱你。"林青委屈地又要哭了。

"你现在这样，爱不了任何人，"张素心站了起来，微闭了下眼睛，她决定和林青彻底说清楚，"听着林青，我们只不过是一夜情。"

"可那是以前，现在……"林青跪在床边，抓住了张素心，"我们不止一夜吧……"

"你要明白，我们不是情人。"张素心挣开了林青的手臂，"我们只是一起过了一个情人节而已。"

"我们不是……"林青不相信她听到的，她搜索着张素心的眼睛，想看明白她的意思。

张素心躲开了她的目光。

"你从没有喜欢过我，是吗？"林青问张素心，"那我们现在算什么？"

张素心转过身子，背对着林青，狠了狠心说："我们不过是上床了而已……"

"是吗？"林青无力地坐在床边，但很快又不甘心地起身抱住了张素心，"不要赶我走，你想我怎么做，你告诉我，只要不让我离开就行。我爱你，我真的爱你……"

张素心苦笑地摇摇头："我想你应该去找你的男朋友，你应该和他在一起。"

林青失落地松开了张素心："你的意思是说我们不能做情人，是吗？"

张素心回过身来，看着林青，久久地说："我们不是情人。"

"不是吗……"林青突然哭着捶打着张素心，"我们都这样了，还不是吗？"

张素心抓住林青的双手大声说："我们不是情人！听好了，我们——不是情人！"

"你混蛋，张素心，你混蛋！"林青大哭着，随后下床拿起羽绒服，离开了张素心的家。

27／钱惠和李薇薇新婚

钱惠和李薇薇在多伦多注册结婚后，去了威尼斯度蜜月。

回国时已经是 3 月了。

天气转暖，但晚上还是有些寒意。

张素心在镜子前挑选着衣服。今天是钱惠和李薇薇结婚回国后的第一个周五，晚上，FOOL 酒吧有一个大型的"酷儿"聚会，以庆祝她们新婚。

张素心穿了一件黑白小格子圆领衬衣，又在外面套了一件蓝色的羊绒背心。她很满意自己的这身穿着，浅蓝色牛仔裤、白色的皮带、黑色的高帮马丁靴。

"漂亮、帅气。"张素心自言自语。

晚上 8 点半了，该去接姚小蔓了。

张素心再次主动联系姚小蔓却是因为妈妈方心。

下午的时候，方心突然给张素心打来电话，问她是否认识一个叫"姚小蔓"的女子。当时，张素心就紧张地握紧了拳头，不明白妈妈怎么会突然提到她。

还好，方心接着问："她老公是个企业家是吗？"

"好像是吧。"

"她和她老公是不是答应每年赞助研究院100万人民币做课题研究费用？"

听到这里，张素心就放心了，她立刻知道严校长找过妈妈了。

今天上午，张素心刚上完课，严校长就找过她，原来姚小蔓和她老公在开学典礼上答应赞助给研究院的100万人民币课题研究费用，及34万元人民币的研究生奖学金，至今一分钱也没有到位。

"妈，你要知道，校长都解决不了的事，我能解决吗？"张素心说。

"可能校长是想，女人之间好说话些。他一个大男人去找人要钱怪不好意思的……"方心说，"你要是和这个姚小蔓能说上话，就去说说呗。你申报的课题也可以使用这笔钱的……"

挂了方心的电话后，张素心想，为这种事找姚小蔓，算不算是利用她？不过，话说回来，他们夫妻俩当着全校那么多师生的面承诺要捐款的，不能好人做了，钱却不到位。

想到这里，张素心立刻将电话打给了姚小蔓。电话响了一声就接了，接着就听到姚小蔓娇滴滴的声音："你是谁啊？"

张素心听到这样的问话，无可奈何地摇了摇头，但还没等她说话，姚小蔓又说话了："你找我有什么事啊？"这一次姚小蔓是带着撒娇和埋怨的口气说的。

张素心正准备说话，姚小蔓又跟了一句："你这个小流氓，你还记得有我啊……"

张素心就笑了。

"嗨，亲爱的，你和你老公当着那么多师生的面说要赞助100万给我们，这都新一学期了，一毛钱也没看到。"

张素心说完，对面没有动静了，她跟着"喂"了两声，才听到姚小蔓略带伤心的语调说："你就为这事找我，我可没说要捐钱给你们，谁说的你找谁去。"

姚小蔓说完就挂了电话。

这个女人好烦啊！张素心又打了过去，没人接电话。这就不怪我了，我打过电话了。张素心正想着，姚小蔓又打了回来。

"我凭什么帮你？"

听这口气张素心就知道姚小蔓在生她的气。

"我想你了。"张素心说。

"哼。"姚小蔓根本不相信，"我要行动。"

"嗯……我下周去找你。"

"我今晚就要见你。"

"今天不行。"张素心想到晚上答应钱惠去 FOOL 酒吧的。

"就今晚，"姚小蔓坚持说，"今天周五，我还没去过 FOOL 酒吧呢。"

"我也很久没去了。"张素心说。

"那就今晚带我去见识一下'酷儿'专场。"姚小蔓说，"你来接我！"

张素心知道拗不过姚小蔓了："那赞助能让你老公马上打过来吗？还有答应的奖学金……"

"看你表现了。"

张素心又笑了："哎，我这算不算是为工作献身啊？"

"呸！"

林青将粉色卫衣脱下扔在床上："怎么总是没衣服穿呢？"林青说着看着躺在一边的方小园。

"粉色卫衣挺好看的。"方小园已没有了耐心。林青已把她能穿的衣服都试遍了。

"不就是去拉拉酒吧吗？至于吗？"方小园说，"你确定张素心会去？"

林青在方小园的身边躺下："今晚是'酷儿'专场，她应该会去吧？"

"你自己也不确定，还要我陪你去？"

"不是你说要让张素心吃醋吗？"

方小园就不说话了，这话的确是她说的，但当时她是想安慰林青。

整整一个春节，电话、短信、网络，方小园只要和林青说话，十句有九句都有张素心，并且幸福得不得了。初五的时候，林青打来电话说她和艾虎分手了，因为她爱上了张素心，方小园就知道林青走火入魔了。紧接着，方小园接到艾虎的电话。艾虎醉意浓浓地恳求方小园："求求你，小园，告诉我林青爱上了谁……是不是那个叫付强的博士生……"

这个春节，方小园过得好累。她很同情艾虎，他怎么也不会想到，自己的情敌是个女人。

初七的早晨，春节假期后第一天上班，方小园突然接到林青哭诉的电话。电话里，林青反反复复地哭骂着说张素心是个混蛋，是个不折不扣的大混蛋……那一刻，方小园觉得做林青的朋友好辛苦。头一天还爱得死去活来，这才过了一天，就变成混蛋了。

两个女人，爱什么爱啊？能怎么爱啊？林青和张素心之间的事，方小园开始还新鲜，现在已觉得很无聊了。但电话里林青伤心欲绝的样子，方小园还是决定请假去看她。朋友嘛，谁让她们是朋友呢。

方小园赶到林青的宿舍，一看到她红肿的双眼，立刻心痛起来。

"她真是这么说的？你们之间不过是一夜情，不过是上床了而已？"方小园很气愤，她没想到张素心是这样无耻的人，她很替林青打抱不平，"真是个衣冠禽兽，这么恶心的话她也说得出来，亏她还是个教授，长得……看来是人面兽心，蛇蝎美人！"

方小园气得都找不到合适的狠话来骂张素心了。

"她太坏了，太恶心了……咦……"方小园握紧拳头，"我都想揍她了，我想好好地揍她一顿。"

方小园说到这里，发现林青正看着她，以为林青赞成她的主意，便接着说："当着所有师生和领导的面，狠狠地揍她一顿，让她颜面扫地。然后吐她一脸唾沫，骂她同性恋，禽兽不如……"

方小园骂够了，想林青应该好点，便又说："这种人，甭理她了。混毕业得了。"

这时，林青突然说："你说——张素心会不会有什么苦衷？"

"林青——"方小园大叫一声，林青吓了一跳，看着她。

"你脑残啊——"方小园说，"张素心就是个衣冠禽兽，同性恋没一个好的，滥情滥交。艾滋病、性病、非典、禽流感……嗯，哪一个不是他们传播的？"

"还有肺癌、肝癌、结肠癌、胆结石、小儿麻痹、心脏病……都是同性恋造成的，对吧？"林青说。

方小园听出来林青在讽刺她："我不是那个意思。"

"现在是说张素心，你扯那些病干什么？"林青说，"再说了，禽流感可不是因为同性恋造成的。"

"说张素心，我们就说张素心。"方小园说，"她有什么苦衷啊。照我对她的理解，就是滥情滥交。在国外待的。"

"你又扯到国外去了。"林青说着长叹了口气，"唉……在济南和回到北京她完全像是两个人。在济南，她温柔体贴，对我百依百顺。可回到北京，她立刻要跟我划清界线，摆脱关系。她说我不会保护自己，会连累她。”

“这就是她的虚伪，认为你会连累她……你不会保护自己，她可以保护你嘛！她比你大，社会经验比你丰富，当然是她保护你了。”方小园说，“要搁在艾虎身上，就不会有这事，他一定会死心塌地保护你，不让你受一点委屈。”

方小园见林青看着她，忙点头再次强调说：“我说得对吧，她毕竟是个女人，哪有男人的责任心。她只想到她自己。自私！”

“艾虎找过你了。”林青突然说。

方小园看了她一眼，没有否认。

“艾虎爱你。他担心你嘛，”方小园说，“这么好的男人，你应该回到他的身边。他会和过去一样爱你，这真是他说的。他说你是年轻，经不起诱惑，他还在以为你是受了付强的诱惑……”

林青沉默了，方小园以为自己说服了她。

但片刻后，林青淡淡地说：“我一直不敢给她打电话，只是发短信。有时特别想听听她的声音，特别想她，也只是发发短信。而她从没有给我打过电话，虽然有时我会想如果她打来电话我要和她说什么，”林青突然特别落寞，“我还是不够自信。看来有时候人不够自信，也是别人不爱你的原因。”说到这里，一串眼泪从林青的眼睛里不争气地流了下来。林青又哭了。

一个女人陷进爱恋的时候，不要试图把她拉出来，因为你根本拉不动她。

“你都不知道那几天我有多想她，我和艾虎分手以为她会开心，我迫不及待地赶回北京就是想和她在一起……她却说，我和她只是上床了而已，我要学着做一个拉拉。”林青越说越伤心，越伤心哭得越凶，眼泪“叭哒叭哒”地掉着。

看着林青难过伤心的样子，方小园心也碎了，她挨着林青，搂着她的肩：“你想我怎么帮你？要不，我去找张素心谈谈，告诉她不能这样对你？”方小园说完这番话后吃了一惊，刚才自己还在劝说林青回到艾虎身边的。

林青摇摇头："她不吃这套的。"

"那……"方小园想了想说，"如果她心里有你，她会吃醋吧？"

林青不解地看着方小园。

"如果她喜欢你，看到别人对你好，和你亲热，她一定会吃醋，对吧？如果她不吃醋，证明她心里根本没有你。你也没有必要再喜欢她了。"方小园说。

"我要和谁亲热？"林青问。

方小园又想了想，说："和艾虎啊。他是你的男朋友。如果张素心看到艾虎和你亲热而无动于衷，那就说明她真的是个冷血无情的人，你也就不要再为她伤心流泪了。"

方小园说着递给林青一张纸巾，林青接过擦了擦眼睛。

"可是，她巴不得我和艾虎和好，所以，我和艾虎亲热，她求之不得呢。"

"那……"方小园咬咬牙，"和我亲热。"她觉得这个主意好，"她不喜欢你，你可以喜欢别的女人嘛，她不吃醋，那就是不在意你，你就忘了她，回到艾虎身边。"

林青看着方小园，对这个主意说不出好和坏，但至少她觉得可行。

"我是说让她吃醋，但也没说去拉拉酒吧啊。"方小园说。

"'酷儿'专场，你不想去见识一下吗？"林青说完斜着眼睛看方小园。

的确，方小园挺想去看看FOOL酒吧什么样的。

"那你快点，这件粉色卫衣很好看的。"

方小园将粉色卫衣递给林青，林青重新穿上，站在镜子前看了会儿，又脱下了。

"要是碰不到张素心怎么办？"

“你去是为了碰到她？”方小园问，“开学这么久没碰到她吗？”

“她的课我都没去，”林青又躺下了，低声说，“不知道如何面对她。”

方小园一下子很替林青难过。爱情真是折磨人。

“自信一点，”方小园拉起林青，替她穿上粉色卫衣，“看看你，这么漂亮，会有很多人喜欢你。张素心不要你，是她傻。”方小园将粉色卫衣拉链拉上，“不要有心理负担，今天周五，我们去 FOOL 酒吧玩玩，碰到自己喜欢的人就去搭讪，管他男人还是女人。”

林青一下子感动了，她紧紧抱住了方小园：“你真好！”

瞬间，方小园觉得自己也“基情四射”。

张素心的车刚驶离东园，对面燕北大学东门外一个穿白色羽绒服的身影引起了她的注意，她觉得像是林青，刹住车，但那个身影一闪进东门内就不见了。

张素心有些失落。

初七的早晨，林青从张素心家里哭着离开后，张素心就后悔了，她觉得对林青过分了些，其实完全可以换一种方式去告诉林青要保护好自己，而不是像现在这样简单粗暴地赶走她。她毕竟比自己小 12 岁，还是自己的学生。

随后的几日，张素心想找机会和林青缓和一下，同时，她也蛮想林青的。但开学到现在，张素心讲了三次课，林青一次也没有来。

张素心接了姚小蔓后来到二货胡同，她很巧妙地将车停在了二货胡同口与人行道的交界处，她正得意自己的停车技术时，姚小蔓扳过她的脸吻在她的嘴上。

“熄火，关灯。我先熄火。”张素心说。但姚小蔓并不理会她，牢牢地吻住了她的嘴。张素心只好一边被姚小蔓吻着，一边伸手将车灯关了，并熄了火。

姚小蔓坐在了张素心的身上，同时撩起自己的上衣，将张素心的手放了进去。

"不用这么着急吧，"张素心说，"我们有一晚上的时间。"

"晚上我得回家，"姚小蔓说，"我老公在家里。"

张素心听了就放心了，她随姚小蔓亲着，配合着她。

"你怎么像狼似的？"张素心笑着说。

姚小蔓根本不理会张素心，手直接伸到了她的衣服里："有多久没见你了。"姚小蔓说，"今天我要你……"

张素心又笑了，她想拿出姚小蔓的手，但姚小蔓死死地压在她的身上……

"你弄痛我了。"张素心突然说。

姚小蔓并没有停止。

张素心猛地推开姚小蔓："你真的弄痛我了。"张素心说完看着姚小蔓诧异的表情又笑了笑，"你的指甲太尖了。"

姚小蔓看了看自己的指甲："我还是没你会做。"姚小蔓抓起张素心的手，看了看，又亲了亲，"还是你来吧。"

张素心拉着姚小蔓到了后座……

"嘭——"不知谁拍打了一下车身，张素心和姚小蔓慌乱地坐起，就看到车窗外两个女人正经过，一个长发穿着白色的羽绒服，一个短发穿着黄色的羽绒服。

"你认识她们吗？"姚小蔓问。

张素心摇摇头，眼睛却看着那件白色羽绒服的背影。

"可能是路过的……"姚小蔓说着又要去亲张素心。

"我们还是进去吧，见见我的朋友，"张素心躲闪着姚小蔓，"你不是挺想认识她们的吗？"

"不，"姚小蔓说，"我就想和你一起，别人不重要……"

张素心已没有了兴致："进去吧……"

姚小蔓看着张素心，抚摸着她俊美的脸："我想我爱上你了。"

张素心微眯了下眼睛。

"我爱你。"姚小蔓又说。

张素心吸了下鼻子，笑了。姚小蔓将张素心的身子向后推了推："下周我老公要去巴黎待一周，来我家吧。"

张素心点点头。

今晚的 FOOL 酒吧比平时不仅热闹，更增添了喜庆。从二货胡同口到 FOOL 酒吧的那条街的地上撒满了彩色纸屑，两边的墙上也挂满了彩条。两串红灯笼从胡同口一直排到酒吧门口。酒吧门口上有一对大大的"囍"字红灯笼，大门两边也贴着一对火红的"囍"字。门左边的墙上还贴有一张红纸黑字的手写喜讯：

为庆祝店家和夫人新婚，今晚 FOOL 酒吧酒水一律五折。

李薇薇穿着一件大红色的旗袍在吧台边招呼客人，钱惠倒跟以往没什么不同，她穿着白衬衣、牛仔裤在门口迎接着熟悉的朋友。酒吧中间的舞池里，一个女歌手抱着吉他自弹自唱着。

方小园很好奇地在 FOOL 酒吧里张望着："哎，那个真是女的，看着跟男人一样。"

林青却没有方小园的好奇，她紧张而害怕，她来是因为张素心，但现在，林青想离开。

"人太多了……要不……我们还是走吧。"林青说。

"来了就待一会儿嘛，"方小园感觉一切都很新鲜，"还没有看到张素心呢。"

FOOL 酒吧里人很多，想找个座位坐下都困难。两人桌、四人桌、卡座……都有人，院子里还有不少人在吸烟。林青越来越不自在，她茫然地在里面走来走去，她不知道要在哪里先找个位置躲藏起来。方小园倒是一点也不拘束，她看到一个卡座上只有两个人，便大方地过去问是否有人。得到答复没有人后，方小园拉着林青就坐下了。

"没想到拉拉酒吧这么好玩，有这么多的拉拉。"

方小园很兴奋。舞池里已换成了四个女子跳着劲舞。方小园随着舞曲晃动着身子。林青则低着头，一副怕人看到她的样子。

"张素心不来也没有关系，一会儿我们也去舞池里跳舞。"方小园说。

"她已经来了。"林青说。

"哪里哪里？"方小园左顾右盼，还是没有看到。

"在哪里啊？"方小园问。

林青看了方小园一眼："刚才外面那辆白色吉普车就是她的。"

"可那车里有人……"方小园立刻明白了，"她真是个下流无耻滥情的人……"方小园很气愤，"刚才不应该只拍一下，应该拿砖头砸……"

林青没有说话。方小园也不说话了，看来林青知道张素心是个什么样的人，只是不愿意承认罢了。

片刻，林青说："我可能不该来这里。我们还是走吧。"

"不走！"方小园拉住林青，"做个自信的人，你要比她还快乐！"

两人正说话时，门口突然一阵喧闹，张素心左手拎着一份礼盒，右手牵着姚小蔓走进了 FOOL 酒吧。

"哈哈……"冲上来抱住张素心的是钱惠，"大美女帅哥，今晚美女很多噢。"钱惠说着看到一旁的姚小蔓忙又改口说，"但都不及这位美女。"

张素心将礼盒递给钱惠："新婚快乐！"然后介绍姚小蔓给钱惠，"这是姚小蔓。"

"钱老板好，新婚快乐！"姚小蔓说。

"咦——"李薇薇过来也抱住了张素心，"想死我了！"

张素心也搂紧李薇薇，在她耳边轻声问道："这婚后和婚前有什么区别？还有激情吗？"

"你讨厌——"李薇薇轻轻地推开张素心。

李薇薇和姚小蔓打招呼时，钱惠突然压低声音问张素心："今天可是第一次见你老人家带人来FOOL，什么情况？"钱惠用下巴指指姚小蔓。

张素心叹了口气说："甩不掉了……"正说着，张素心猛然看见坐在不远处的林青，她惊得"啊"了一声，然后又叹了口气，"甩不掉的人还真多……"

张素心很后悔带姚小蔓来FOOL酒吧，她只是带姚小蔓来看看热闹，见识一下FOOL酒吧，但她怎么也没想到，林青会来。

林青来FOOL酒吧干什么？她想干什么？

张素心和姚小蔓坐进了钱惠预留的大卡座里，卡座里已有几对拉拉和GAY在里面，阿康和小杰也来了。张素心介绍姚小蔓给他们认识。

酒吧聚会总有这类"愚蠢"的游戏，玩骰子猜大小或单双，输了的人不仅要喝酒，还要和旁边的人亲嘴。张素心一直在输，姚小蔓倒不介意她输，因为每次张素心输了都必须来亲她，而她会帮张素心喝酒。

张素心一直在关注着林青，她不认识方小园，她也不知道林青和座位上的另外两位女子是个什么关系。张素心看林青的时候，发现林青也在看她。

从张素心进门开始，林青和方小园就一直看着她。在FOOL酒吧里，张素心和平时那个严谨的张教授宛若两人。在这里她狂放不羁，和所有人调笑，大家叫她"乐乐"。

"看来乐乐是这里的红人啊。"方小园故意说给林青听。她是想让林青更加清楚张素心是个什么样的人。但没想到的是，林青突然抓住方小园的胳膊，说："亲我！"

方小园愣住了："亲、亲你？怎么亲？"

"用嘴亲！使劲亲，就像你平时亲魏强一样。"林青说。

"使劲亲啊……"方小园琢磨半天也没能去亲林青。林青也泄气了，而她对面的卡座上，张素心一次次地和姚小蔓亲着……

林青突然想起，她见过姚小蔓，她认识这个女人。研究生开学典礼上，这个女人曾和她丈夫——著名的企业家沈繁林出现在学校礼堂的主席台上。后来，这个女人跟着张素心去了她的办公室。原来，她俩才是情人关系。

"我真傻……"林青喃喃地说。

"什么？"方小园没有听清。

林青摇摇头。

林青靠在卡座上，她已没有刚进来时的紧张，她手里拿着一瓶啤酒，面前的卡座上还有四个空酒瓶子。

方小园也有些晕了，她碰碰林青："要不要再来半打？今天好痛快，下次可以把艾虎和魏强叫出来一起玩。"

林青一口口喝着啤酒，她有些麻木了："恶心，真恶心……"林青就像很冷似的抱了抱胸，但眼睛却望着对面的张素心。张素心正和姚小蔓深吻着，周围的人在鼓掌、起哄，看着时间，看她俩能亲多久。

似乎，张素心是故意的，她就是亲给林青看的。

"看够了吗？今晚认清她了吧？"方小园说，"不想看就走了。11点了，回家睡觉，明天又是新的一天。"

林青毫无表情地看着对面的张素心和姚小蔓："她俩才是情人关系，我和她只不过是上了床而已。"林青摇摇头，突然恶狠狠地说，"真想过去杀了她。"

"杀她？不值得！"方小园摆摆手说，"跟着她混到毕业得了，争取留京，有个好工作。以后和艾虎好好过吧。"

"我要杀那个女人。"林青指着姚小蔓说，"多么恶心，你看她，手一直放在张素心的身上，嘴就没离开过她……我要过去杀了她……"

林青说着摇摇晃晃地要站起来，方小园忙拉住她，将她按回座位。

"你真喝多了。"方小园说，"是张素心一直在亲那个女人，没看到吗？她就是个淫荡的女人，风流成性、朝三暮四、拈花惹草……"

林青就靠在方小园肩上哭了起来："那你说我要怎么办？"

"忘了她，算个教训。"方小园突然扶着林青的肩郑重地说，"如果你觉得自己喜欢女人，也没有关系，那就找一个适合你的女人，爱你的、专情的、在乎你的女人。"

"你真的这么想？"林青问。

方小园点点头。

"你真是个好朋友。"林青靠在方小园的肩上，轻轻地说，"带我离开这里吧。"

方小园搂着林青离开酒吧时，林青禁不住还是往张素心坐着的卡座望了过去，突然，她发现张素心也在看她们。

俩人这么对望着，直到彼此看不见了……

28／林青夜探张素心

夜晚的北京城清冷而幽静，街灯明亮，道路宽敞。一辆出租车行驶到燕北大学东门外停下了。东门的大门早已关上了，只有侧面的小门开着。传达室里，一名保安正在玩着手机游戏。

出租车后座上的林青似乎已睡着了，她半靠在方小园的肩上。

方小园不忍心叫醒她，轻声恳求司机："师傅，麻烦您跟门口保安说一下，能不能把大门打开，她不舒服，送我们到宿舍门口吧？"

"哪里不舒服？不就是喝多了吗？"司机不愿意地说。

这时林青睁开眼，环顾四周："我就在这里下。"林青挣扎着坐起，要下车。

"你行吗？"

方小园担心地问林青，但林青已下了车，冷风一吹，她清醒了不少。

林青冲方小园挥着手："你快回去吧，魏强肯定等急了。"

方小园依旧担心着林青："不用理他。你慢点。"

林青点头，转身从侧面的小门走了进去。再回头看时，出租车已开远了。

林青站住了，看看手机，快12点了，她突然很难过，站在东门的路灯下，她抑制着眼泪，她记得第一次被张素心带回家时，大概也是这个时间。林青想张素心今晚一定会带姚小蔓回家的，看她们在酒吧里都肆无忌惮地黏在一起，那么回到家里她们会怎样，不难想象。林青好难过，眼泪止不住地流了下来，她本来是想让张素心吃醋的，结果嫉妒的那个人却是自己。

凌晨的天气渐渐寒冷，林青擦擦眼泪，她感觉到了冷，她紧紧羽绒服下意识地向宿舍方向走了两步，但又停住，回头望望东门外张素心家的方向。她犹豫着，最终，她咬咬牙，出了东门，向张素心家而去。

张素心所住的小二层黑着灯，林青在楼梯处停下，向上望去，她知道黑乎乎的台阶上有扇紧闭着的大门。她不知道自己要干什么，但她想与其回到宿舍一个人痛苦地想一晚上，不如就在这里等张素心回家，她要当面问她：既然有了情人为什么还要和她上床？

夜已经很深了，路灯闪亮，零星的车辆行驶在街上。张素心驾驶着白色的北京吉普车缓慢地在一个红灯前停下。她刚把姚小蔓送回家，她一点困意也没有，她想林青怎么会去 FOOL 酒吧呢？她竟然还记得这家酒吧。和她一起的那个女子是谁？她们什么关系？

张素心打开 CD，一首英文歌曲缓慢地在车里回荡：

No more talk of darkness.

Forget these wide-eyed fears.

I'm here, nothing can harm you my words will warm and clam you.

Let me be your freedom, let daylight dry your tears,

I'm here, with you, beside you, to guard you and to guide you,

……

绿灯了，张素心继续向前。今晚和林青一起喝酒的那个女人是短头发，应该是个 T 吧。很明显两人晚上都喝了不少酒。张素心想，林青跟她走了，她们会去哪里？林青的宿舍肯定不可能，那就是那个女子的家了。张素心有些烦躁，一晚上，姚小蔓都跟她腻着，在谁看来，姚小蔓和她的关系都非同一般。

张素心关掉了 CD。林青现在应该和那个女子在一起，她们会干什么？张素心突然很难受，她竟然会嫉妒。想着林青和别的女人在一起，她竟然有种受伤的感觉。

张素心的车很快拐进了东园，她习惯性地打开大灯扫了扫前方，又关了大灯，向她所住的小二层开去。

张素心在院子里停好车，凌晨很冷，地面有些结冰，踏上时发出"咯吱咯吱"的声音。张素心小跑到楼梯处，打开楼梯灯，整个楼梯瞬间亮了。正要上楼时，张素心发现楼梯的最高处，坐着一个人，她吃了一惊。

张素心小心地拾级而上，来到门口，她看到林青坐在地上头靠着墙，紧闭双眼缩成一团。张素心松了口气，她一下子踏实了。

"林青……林青……"张素心轻声叫着林青，林青睁开眼睛，她挣扎着站起，"我……咳、咳……"林青猛地咳了起来。

"你怎么总喜欢堵人家门口呢？"张素心说。

"你……"林青看着张素心，又向她身后看看。

"别看了，我一个人。"

"咳……咳……"林青又咳了起来。

"你来多久了，这么冷的天……"张素心要去抓林青的手，林青躲开了。

"我来是想告诉你，"林青发现自己已想不起来之前想说的话，"我不做你的学生了，我要换研导……"林青说着越过张素心就要走。

张素心拦住了她："都冻成这样了，进屋去暖和一下。"

林青推开张素心："我才不要去你家。谁知道你要对我做什么。"

张素心看着林青，没有说话，只是使劲地将林青抵在门上，吻住她冰冷的唇。林青挣脱着，但张素心越抱越紧。许久，才放开她说："你冻坏了——"

林青用很奇怪地眼神看着张素心："你总是这样很随心所欲地对待喜欢你的女人吗？"

"你喜欢我？"张素心盯着林青。林青躲闪着她的目光，想要推开她，但张素心却又搂紧了她，在她的耳边轻轻地说："进屋吧，不然我俩都会冻坏的……"

张素心打开门，轻轻拉着林青的手向里走着。林青已无力抵抗，她不清楚自己来之前到底想干什么，似乎什么也没想，就是来了，她就是找张素心来了……

早晨，刮大风了。

呼呼的风声围着整个房子在转，林青感觉头是痛的，睁不开眼。

"好大的风……"林青一开口，发现嗓子沙哑、干痛。她强睁眼，床上就她一个人，张素心不在。林青想起床，可是头真的很痛。

"醒了？"张素心用托盘端着一杯热气腾腾的水进来，"姜丝可乐，我刚煮的。昨晚你的身体很烫，估计是冻着了。"张素心将杯子递向林青，"趁热喝了，再捂着被子睡一会儿。"

林青没有接杯子，她看着张素心，特别想看懂她的意思。

张素心端着杯子，吹了吹杯口，然后将杯子拿到林青的嘴边："喝一小口看看，应该不怎么烫了。"

林青接过杯子，喝了一小口。的确不烫，她一口口喝着。张素心一直看着她，直到她喝完了。

张素心接过杯子："你再睡会儿。"说着出了卧室。

林青却没有再睡，她起床了。待张素心再进卧室时，林青已穿好了衣服。

"不是让你再睡一会儿吗？"张素心说，"今天周六，又没什么事。"

"早点回去吧，不打扰张教授了。"林青说。

"那吃了早餐再走吧，"张素心讨好地冲林青笑着说，"我都准备好了。"

林青从没见张素心如此温顺过。

"来啦——"张素心拉着林青到餐桌前坐好，然后她去厨房端出了一瓶牛奶。

"我都烫过了，温温的，正好可以喝了。"张素心说着又拿出一盒巧克力，"喝牛奶吃巧克力，行吗？"

林青点点头，但没有立即吃，她还是想看明白张素心到底什么意思。

　　张素心替林青揭开牛奶瓶上的盖子，拿纸巾擦擦瓶口，插了根吸管在瓶里。张素心做这一切的时候，林青就那么看着她。张素心将牛奶瓶放在林青面前，又将那盒巧克力向她面前推了推，然后看着她。

　　"你怎么不吃？"林青问。

　　"我吃过了。"张素心的态度极好，让林青不习惯而又有些紧张。

　　"我吃完早餐就走了。"

　　"要我送你吗？"

　　林青摇摇头，含着吸管开始喝牛奶。这段时间，俩人都没说话，可以听到吸管"嗞嗞"的声音。

　　"你真不想做我的学生了？"张素心突然问。

　　林青没有回答，一会儿后，她点点头。

　　"林青……"张素心抓住林青的一只手，抓在自己的手中。"林青……"张素心又轻轻地叫了一声，将椅子拖近林青，很近很近，她的腿紧紧贴着林青的腿。林青没有动，只是含着吸管。

　　"林青……"张素心将林青的手放在嘴边吻着，然后看看她，又在她脸旁亲了一下。

　　林青只是含着吸管。

　　"我会对你好的……"张素心轻轻地说。林青抬起头，意外地看着张素心。张素心的脸红了，她咬咬嘴唇冲着林青不好意思地笑了。

　　"你……"林青终于说话了，"为什么这么说？"

　　张素心看着林青，没有回答，而是慢慢凑近林青吻在她的唇上，轻轻地、慢慢地舔去她嘴角的奶汁，舌尖缓缓地在她唇齿间游走……林青深深地吸了口气，她的嘴唇麻麻的，她闭上了眼睛。

　　"一嘴奶味……"迷蒙中，林青的耳边响起张素心的声音，她茫然地睁开眼，就看见张素心正微笑地看着她。林青的脸腾地红了，她娇怒地轻推了张素心一下。张素心"呵呵"笑了。

林青将奶瓶里的吸管继续含住，却没有吸，她从余光感觉到张素心在看着她，她微抬头，果然，热辣辣的眼神，林青的脸又红了。突然，张素心紧紧地吻住了林青的双唇。林青没有任何反抗的力气，她似乎没有了意识，她也不想再说什么了。而在这之前，她非常想问问张素心姚小蔓的事，但此刻她什么也不想知道，什么也不想说了⋯⋯

29／道歉

早晨，东园里，路边一些不知名的小花开得煞是漂亮。燕北大学校园里一片生机盎然，荷花池也尽显绿色。

春天真好。

张素心心情很好，在车驶入校园时还主动与门卫的保安师傅打着招呼。

戴全刚在研究院楼下的停车场里仔细地检查着一辆大红别克车的油漆，那是一辆新车，还未上牌照。

张素心将车停在了附近，她也是想讨好戴全刚。

"嗬，这车漂亮。换新车了，戴教授。"

"给老婆买的。"戴全刚说，"和张主任的宝马没得比啊。"

"车嘛，代步工具。北京这路况开什么车都一样。"

"哪能一样啊。张主任⋯⋯"戴全刚时刻不忘讽刺一下张素心，"开宝马车出门人家对你的态度都不一样。当然，您是系主任，您就应该开宝马。"

张素心原是想和戴全刚搞好关系，见他总是这样，便不再说什么，拎着包进大楼了。

付强正在帮着张素心打扫办公室，他今天还从校园里摘了些刚开的花插在一个空酒瓶里，放了张素心的办公桌上。

张素心进来，看到了桌上的花："好不容易有那么几朵花开了，证明春天来了，你倒好，摘了！"

付强也跟张素心熟了，知道她并不是真生气。

"我错了，张教授。我手欠，看着漂亮就摘了，以后不会了。"

张素心就笑了，坐下，将公文包里的电脑拿了出来。

"对了，付强，你喜欢什么样的女孩子？告诉我，我帮你留意一下。"张素心说，"有 29 岁了吧，该找个女朋友了。"

付强不好意思地笑了，正打算说什么时，李全拎着一个纸袋进来："张主任，哈哈，张主任……"李全看看付强，似乎有些话不方便说。见状，付强立刻出去了。

李全关上办公室的门，从纸袋中拿出两瓶洋酒："张主任，我春节回老家了，没来得及给您拜年。昨天刚回京，今天就来看您了。"

"别，别……"张素心阻止李全往外拿酒，"李教授，您年龄比我大，资历比我深，应该我给您拜年。"

"哪里，哪里……"李全拿出酒，"您一直支持我，早该谢谢您了。"

张素心将酒又放进纸袋："李教授……以您的能力、资历，完全有资格聘教授。"张素心看着李全，"有时候有些东西是自己争取的，自信地把您想要的表达出来，果断、坚持，比送礼更好。"

听张素心这么说，李全愣住了，但随即他又有些感动："谢谢，您批评得对。"

这时门被轻轻推开，露出林青的脑袋，张素心看见了，便招呼林青进来。

"李教授，我还有些工作，不陪您了。"

送走了李全，张素心冲林青眨眼笑着，坐回到办公桌前。林青有些不好意思，她慢慢走到桌旁。

"我来，是想问问张教授有什么事需要交代我去做的。"

张素心轻轻伸出一只手向上打开放在桌上，林青就将自己的手放在了张素心的手心里。张素心握着林青的手："上午没课吗？"

林青摇头，另一只手拨弄着桌上的一本书，打开合上，打开合上……

"中午一起吃饭吧。"

林青点点头："你想吃什么，我打来一起吃。"

"和你一起吃什么都好吃。"

林青就笑了。

"对了，你真希望我……和男朋友合好吗？"林青说着偷偷地看张素心的表情。

张素心略沉思："你自己拿主意。"

"我听你的。"

张素心握着林青的手亲了一下："我想，有个男朋友会保护你的。"

"嗯。我听你的，"林青说，"我晚上会和艾虎见面，你放心，只是一起吃顿合好饭。"

张素心笑着点点头。

"那不影响你工作了。"林青说着想从张素心手中抽出自己的手，张素心却握得更紧了，俩人就又笑了，张素心便松开了手。

林青拿着饭盒离开了张素心的办公室。她很开心，轻快地穿过走廊向楼梯而去，楼梯下，一个打扮精致的女人迎面而上，看到她，林青的表情立刻凝重起来。

姚小蔓左手拎着一个小皮包，右手挎着一个大纸袋，她去张素心办公室的感觉就像是去自己的办公室一样，坚定果断不迟疑。她昂首经过林青的身边，她身上飘着一股非常好闻的香水味，林青不由得侧头看她，尾随着她。

姚小蔓来到张素心的门前，根本没有敲门，只是轻轻一拧门把手，直接进去了，接着门就关上。林青清楚地听到了"咔嗒"的声音，她知道，门被从里面锁住了，她一下子很受伤，一屁股坐在了楼梯边的靠椅上，眼睛直勾勾地盯着那扇门。

张素心看到姚小蔓非常吃惊："不是说好晚上去找你吗？你怎么这个时候来了。"

姚小蔓从包里掏出一个信封，得意地晃晃："给你送支票来了。"

张素心一听就明白了："太辛苦了，你可以直接打到学校的账户上嘛，何苦亲自跑来一趟。"

"给你一个向领导邀功的机会嘛。"姚小蔓转身坐在了张素心的腿上，拿信封轻划着张素心的脸，"怎么谢我？"

张素心拿过信封："你进来时有人看到吗？"

"有人看到怎么了？没人看到怎么了？"姚小蔓咬了咬张素心的耳朵，张素心躲闪着。

"这是你的地盘，就是我的地盘。"姚小蔓说。

张素心想让姚小蔓起来，但姚小蔓却搂住了她的脖子，开始亲她："这里真好，我喜欢你的办公室。"

张素心推开姚小蔓站了起来："会有学生和老师过来找我的。"

"哦……现在做领导了。"姚小蔓不以为然地说，"门我锁上了，没事的。"

姚小蔓又抱住张素心，张素心摸摸她的头："留点激情在晚上不好吗？"

"你这个坏家伙。"姚小蔓松开张素心，拿起那个大纸袋，开始从里面往外掏东西，"这都是给你买的。"姚小蔓掏出一个盒子说，"这是上次给你买的 OMEGA 手表，你扔给我了……这个是我在美国给你买的西装。我喜欢看你穿西装的样子……这件皮夹克，是我在香港买的。一看到它就想象你穿上的样子，肯定帅呆了……"姚小蔓打开皮夹克说，"你要不要试试？"

张素心将皮夹克放进纸袋里："你送我这些干什么？我说过我不要的。"

"不许不要，"姚小蔓撒娇起来，"我送给你的必须要，你是我的小情人……从现在开始，我要拴住你。"

张素心咬咬牙，她想反驳："不要逼我。"

"逼你什么？"姚小蔓搂住了张素心的腰，"逼你爱我。"姚小蔓抚摸着张素心的脸，"我不会逼你爱我，但我想好好爱你。你只要知道我爱你就行。"

张素心拉开姚小蔓的手："你先回去吧，我还有好多的工作。"

"好吧，不打扰你工作了，"姚小蔓拎起包，"晚上早些来，我等你吃饭。"

姚小蔓在张素心的脸上亲了一下后离开了。

张素心把装有支票的信封递给严校长时，严校长吁了口气，打开信封拿出支票看了看："我就知道，女人之间比我们男人好说话。你看——"严校长抖着支票说，"你一出面，支票就来了。"严校长将支票小心地放回信封，"这个姚小蔓你可招呼好了，你知道吗，沈繁林刚刚在法国买下了三个酒庄。大老板了……哈哈，大老板。"

"严校长，如果没什么其他的事，我先忙去了。"

"等等，"严校长叫住张素心，"素心啊，这钱是你要来的，我可以给你两个二等奖的奖学金名额，你看给你的哪个学生，你报上来给我。"

"严校长，还是给困难的学生吧，"张素心说，"我的学生家庭条件都不错。"

"什么不错啊，"严校长说，"只要是学生，都困难都缺钱。甭说了，报两个二等奖上来，一个人给他们 15000 元奖学金。"

"二等奖不是 3 万元吗？"

严校长就笑了："素心啊，你现在也是领导了，学校里很多情况你也了解。这赞助进来了，多少人盯着。我们不可能来多少就给学生发多少，那么多工作人员得工作，每个教授都带有学生，要一碗水端平……哎，你以后要替我分担分担……"

"噢——"张素心虽然没太明白，但还是答应着出去了。

林青拿着饭盒在食堂里转着，她已经没有吃饭的欲望，她脑子里还在想着姚小蔓去找张素心的事。付强打好饭过来："怎么不打饭？"

"噢。"林青依旧无精打采。

"不舒服？"付强打量着林青。

"不饿。"

"我来打吧。"

林青就将饭盒和饭卡递给了付强。

付强很快打了饭过来。

"打了份猪肝和烩炒圆白菜。"付强说，"帮你也打了这个。"

"谢谢。"

两人出了食堂向张素心的办公室走去。

张素心不在办公室，林青赌气地将饭盒放在了张素心的桌上，正准备离开时，猛然看见桌边的大纸袋，那是姚小蔓拿来的。林青探身过去看，发现里面的衣物和手表。林青随手拿起那件皮夹克，看到上面的标签打着 5 万元港币。

付强见林青翻看张素心的东西，便说："那是张教授的东西……"

林青没有理付强，她生气地将皮夹克胡乱地塞进纸袋里，站起就要往外走，刚到门口，张素心就推门进来。

"你们俩都在啊，正好，我有事找你们。"张素心笑着冲林青说，"好事。给你们俩申请了二等奖学金，吃完饭把表填好给我。"张素心说着将手中的表格分别递给付强和林青。

"真的！谢谢张教授。"付强接过表格。

林青没有接，只是站在那里。张素心又向她递了递，林青这才接过表格，但随手放在桌上。

"奖学金应该给最困难的学生，我不困难，我不需要。"林青说。

张素心愣住了，她搜索着林青的表情："这跟经济没关系，是你们学习努力的结果。"

"我不觉得我很努力。"林青面无表情，"你们俩吃吧，我不太饿，我回宿舍了。"

付强不解地看着离去的林青，忙说："她刚在食堂里也说她不饿。"

张素心没有说话，看着桌上的两盒饭，她打开了一盒，也没有了食欲。

初春的夜晚还是有些凉意。艾虎和林青走在燕北大学的校园里。林青很沉默，艾虎时不时去碰碰她的胳膊，然后拿着她的手挽到了自己的胳膊处。

"我打算买辆车。下周末，新国展有车展，我们一起去看看吧。"艾虎说。

"那么远。"林青回答得心不在焉。

"有地铁啊。"艾虎干脆搂着林青，"买一辆你喜欢的车。"

"你自己的车，你自己喜欢就行。"

听到林青说的话，艾虎站住了，扶住林青的肩："相信我，青青，我一定会对你好的，我要让你幸福。"

林青听了突然心里一酸，这话几天前张素心就说过，"青青，我会对你好的"，可是现在，她在哪里？她在陪另外一个女人。谁知道她有多少女人？她除了我和姚小蔓，还有谁？

林青想着，该死的眼泪又流了下来。艾虎慌了，两手不停地帮林青擦着眼泪："青青，青……宝贝儿，怎么了？"

林青只是摇头，干脆窝在艾虎怀里哭了起来。

"宝贝儿、宝贝儿……不哭了……"艾虎心痛地摸着林青的头，"都是我不好……"

林青摇摇头："你没有不好，是我不好。"

"以后我们好好的，好吗？"艾虎说。

"嗯。"林青抱紧艾虎。

张素心在研究院前停好车，刚走进大楼。孙海媚抱着一叠文件过来。

"张主任，正好，这是下午开会要讨论的方案，王副校长交代要仔细阅读。"

"又要开会，这每周开多少次会啊，哪有时间研究学问。"张素心接过孙海媚递过的资料，第一份是2010年教授聘请资格讨论，第二份是东园产业讨论方案。

"这聘教授的名单不是都报上去了吗？"张素心说，"还没定啊？"

"报得太多了，但名额有限。"孙海媚说着去别的办公室了。

张素心边看着资料边往办公室走着，迎面匆忙走来的是付强。

"慌里慌张干什么？"张素心问。

"上课要迟到了。办公室收拾好了，零食放桌上了。"付强说着晃晃手中的饭盒，"中午会帮你打饭来的。"

"要上课就不用收拾了，或者叫林青啊……"

张素心说着才发现好几天没有见着林青了。

"林青也要上课——"付强说着走远了。

办公桌上的酒瓶里插着几朵月季，张素心看着笑了：这个付强，学校里的花快被他摘光了。

张素心拿起茶杯，是付强刚泡的茶。好烫。

林青这几天干什么呢？也没有来找自己。张素心发现自己还真有点想她。

中饭林青也没有出现，张素心本来要问付强，但想到下午上课时会碰到林青，也就没有问了。

下午上课林青没有来，张素心因忙着开会也没有在意。

下午的会议是王副校长主持，无非是大家投票确定这次教授人选，张素心极力推举李全，何主任也同意李全聘为中文系教授。接着讨论东园的房子产权问题。袁明等老派教授们都表示现拥有的东园房子产业应转让给个人。另一部分没有拥有东园房子的教授们提出东园的房子应收回，转让给开发商，重新盖房，然后一部分房子可低价卖给学校的教职员工。房产是个很复杂的问题，关系到每个人的利益，所以讨论很激烈。张素心开始还顺着袁明的意思，强调现在谁拥有东园的房子，产权就应该归属谁。后来见讨论激烈了，也就只听不说了。

会议结束，聘教授的名单定了，但东园的房产问题还是没有结果，大家提议找时间再开会讨论。

回到办公室，张素心给林青发了条短信：**怎么了？下午没见你上课。**

很快，林青回了一条：**不舒服。**

张素心：**哪里不舒服？**

林青：**大姨妈来了。**

张素心就放心了，于是又回了一条：**那你好好休息。有不懂的课题随时找我。**

张素心发完短信就准备下班了，她答应这一周都会陪姚小蔓。

林青看到张素心最后的短信回复，心里又不舒服了。这几天她烦透了，因为张素心和姚小蔓的事，她故意不见张素心，不去听她的课。就是等着张素心来找她，可是张素心只是发了几条短信就完了。林青很不甘心，她想了想，又发了一条：**我刚好有不懂的课题，你现在方便吗？**

张素心看到这条短信时，已坐进了车里，她准备去接姚小蔓，俩人约好晚上去吃泰国菜。

张素心回复一条：明天早晨可以吗？我早点来。

林青又回复：你现在不方便是吗？晚上也行，我可以去你家。

这一来一往地发短信，好慢，张素心直接将电话打给了林青："怎么了，林青。很急吗？"

突然接到张素心的电话，林青一下子没了主意："啊……嗯……有一点点着急。"

"论文现在也不需要你交，不用着急。"张素心说，"明天早晨，我一定帮你解决。"

林青就不说话了。张素心看看表，说："这样吧，你现在过来，但我不能聊太久。"

半个小时后，林青出现在张素心的办公室里。张素心看着她就关上了办公室的门，然后要去亲她。林青躲开了，将一沓打印稿递给了张素心："这是我写的，请张教授帮忙看看。"

"都写完了？"张素心看着林青，接过论文，"写了这么多。"

张素心放下打印稿，又要去抱林青，林青向后退着，张素心还是抱住了她："躲我？为什么？"

"没有躲你，你很忙嘛。"林青说。

"我不忙，就是想你。"张素心抱紧林青，将头埋在她的发间，"真喜欢你身上的味道。"

"是吗？"林青问。

"当然。"张素心亲着林青。

"那晚上我去找你。"林青说。

"嗯……"张素心松开林青，"今晚不行。"张素心看看手表，"我约了人，都晚了。"

"约了姚小蔓是吗？"林青突然说。

张素心一愣，她有些生气："怎么了，我就不能约个朋友？"

"当然可以，您是教授。您怎么着都行。"林青说。

"我们……"

张素心还没说完，林青接过她的话："我们只是上床了而已，我们不是情人。"

张素心又一愣，她没想到林青会这么说话。

"我没这样以为了……"张素心放低声音说。

"你和姚小蔓才是情人，对不对？"林青步步紧逼。

"你……"张素心说，"你监视我？"

林青看着张素心："那我是什么，第三者？"林青想想又说，"好像也不对啊，你应该是第三者。姚小蔓可是有丈夫孩子的。"

张素心彻底被激怒了，林青敢这么跟她说话，她很意外："是，我就是第三者，我愿意！我就是喜欢勾引有丈夫有孩子的女人，怎么着！"

张素心说完拿起公文包，摔门而去。她身后，林青呆住了，她不知道会是这样的结果，她想追出去，但又担心碰到其他的老师和学生。她站在门口，不知所措……

回到宿舍的林青，晚饭也没吃，一直躺在床上，不停地翻看着手机里张素心那短短的几条信息，想着张素心现在在干什么。她很懊恼，一方面恨张素心现在和别的女人在一起，一方面恨自己刚才态度太直接，一点面子也不给张素心。

方小园打来电话问林青周五晚上要不要一起去看电影《阿凡达》，她有四张电影兑换票，她、魏强、林青、艾虎可以一起去看。林青还没有告诉方小园这一周她和张素心之间发生的事。这一周发生的事情太多，变化太大。上个周五她和方小园在FOOL酒吧里，见识了张素心怎样和姚小蔓腻在一起，当晚林青决定不再想着张素心，可是周六林青就和张素心在一起了。但周一因姚小蔓的到访林青有几天没有理张素心，随即今天，在张素心的办公室里俩人发生了争执。张素心摔门而去。

不管怎样，林青挺感激方小园如此关心她，但她真是没有心情去看电影，她挺想告诉方小园这一周她和张素心之间发生的事，但最终她还是没有说。一、她也说不清楚她和张素心之间的关系。二、她不想方小园再担心她。

林青让方小园和魏强去看电影，她说周五晚上她有课。

虽然林青没说，但方小园还是感觉到林青有什么事，她第一时间就想到了张素心。

"你们没什么吧？"方小园小心地问，"你没什么事吧？"

"没有，"林青说，"我很好，就是大姨妈来了，人很疲惫。"

"噢——"方小园就理解了。

挂了方小园的电话后，有一阵子，林青睡着了，迷迷糊糊的，有同学进来又出去，有人接电话的声音，也有人打电话，还有电话铃的声音。晚上9点多的时候，林青醒了，口干舌燥，肚子也很饿。她下了床，想找点水喝，才发现暖水瓶里一滴水也没有。林青拿着暖水瓶打了开水回来，倒了一杯，太烫，林青将杯子放在一边晾着，拿起手机看时，这才发现手机里有两条短信，三个未接电话。两条短信一条是艾虎发来的，问林青周末要不要和他一起参加同事的聚会。另一条是方小园发来的，说如果明天早晨林青精神好些，想看电影的话就短信她。林青真是很欣慰自己有这样一个好朋友，她分别回复短信给艾虎和方小园。她告诉艾虎，他的同事聚会，她就不去了。她谢谢方小园，如果明天她想去看电影，会短信方小园的。

林青回复完这两条短信后才去看未接来电，不看不知道，一看吓一跳，她不敢相信自己的眼睛，三个未接电话都是张素心打来的，分别是7点半，8点，8点半。

林青拿着手机很犹豫，她不确定要不要给张素心拨回去，同时也不确定张素心给她打电话有什么事。她竟然一连给自己打了三个电话。林青心里渐渐舒服些，这说明张素心心里还是有她的，只是要不要给她回电话呢？回电话后说什么呢？而就在林青犹豫的时候，张素心的电话又打了过来。林青立刻就接了。

"老天，你可是接电话了。"张素心说，"我以为你不再理我了。"

"哪敢啊，张教授。"林青说，"我刚睡着了。"

"这么早就睡了，"张素心问，"吃晚饭了吗？"

林青没有回答。

张素心又说："你现在能出来吗？"

林青一愣，不明白张素心的意思。

"我就在宿舍后面的食堂门口，你能下来吗？"张素心说，"我想和你聊聊。"

林青一下子有些紧张，她没想到张素心会来找她："你……在楼下？"

"是的，"张素心说，"能下来吗？"

林青就同意出来见张素心了。

林青从宿舍楼里出来，拐到食堂门口就看到张素心的黑色宝马车。她下意识地左右看看，见没有同学注意到她，这才快步走近张素心的车。

打开车门，张素心冲林青嘻嘻笑着。林青又拘束起来，她不知道张素心要找她聊什么，她刚坐进车里，车立刻开走了。

车出学校上了四环，又上了三环。

"去哪里？"林青不解地问。

张素心只是笑笑，不说话。

林青也就不问了。

半个小时后，车开到一个护城河边，河对岸长长的彩灯缠绕着一排排低矮的别墅式住宅，漂亮极了。

"真美！这是哪儿？"林青说。

"蓝色港湾。这几日是彩灯节。"张素心说，"喜欢吗？"

林青点点头。

张素心抓住了她的手："生我气了？"

林青摇头。

"不生气了哈。我那个大姨妈也来了，有些情绪不正常。"张素心说，"下午在办公室里不该那样冲你发火，对不起……"

张素心竟然是来道歉的，林青太意外了。

"你……"林青看着张素心，她不相信自己的耳朵，"那……"林青想要不要提姚小蔓。

"噢……"张素心说，"晚上的确是约了姚小蔓一起吃饭。但想着你，一吃完饭就来找你了。"

"那你们……"林青说，"她经常来找你。我都碰到几回了。"

张素心看了林青一眼，稍许片刻说："她老公给研究院赞助了些钱，所以……有时，她会来学校……"

"一定要找你吗？"林青轻轻地问。

"林青……"张素心微微皱了下眉头，"有时候工作上见面是不可避免的，"张素心说着又有些理亏，"但我想，以后……跟她……只有工作。"

林青看着张素心，张素心冲她使劲地点点头："你可以相信我。"

"你喜欢她吗？"林青突然问。

张素心扭过头望着窗外："我不讨厌她。"

"那你喜欢我吗？"林青又问。

张素心看了看林青，低头思索片刻，然后又看着林青，"刚才我离开你后，突然觉得特别内疚，"张素心说着低下了头，"后来，想到你会很伤心，就觉得应该来找你。"

张素心看着林青说："是的，我喜欢你！"

林青决定不再去纠结张素心和姚小蔓的事，只要她喜欢自己就行。

30/ 失败

李全没有聘上教授这件事让张素心感觉很失败。她开始重新审视自己在这个学校里的位置和她的工作。

告诉张素心这个消息的是何主任。张素心原是将新学期的课程表复印件送给何主任，顺便告知何主任，她从4月开始每月有一周会去厦门大学讲课。

何主任先是祝贺张素心年轻有才华，现在有不少大学竞相邀请她去做客座教授，接着何主任告诉张素心，这次中文系所聘的教授是林雪莲。

张素心得知这个消息后非常气愤，她记得开会时，被聘教授的名单已经确定了，上面有李全，但不知为何，最后确定的却是林雪莲。

何主任就让张素心别管了，聘上谁其实都是上面说了算。何主任说着用手指指楼上。张素心立刻明白何主任说的是王副校长。

王副校长的办公室在四层，张素心决定去找他。

袁明教授正好在王副校长那里，还是在鼓吹东园房子产权应该归个人所有。见张素心来了，袁明忙拉着张素心一起说："素心，你说，那东园的房子是不是该分给我们？这么些年，维护修缮可都是我们自己掏的钱……"

张素心无心谈这个，她直接问王副校长为什么这次中文系被聘的教授不是李全。

王副校长一听就笑了："李全的确是个很勤奋很努力的人，论资历资格都应该聘他为教授。但林雪莲是从海外引进的人才，所以，校委会郑重考虑，这次还是先聘林雪莲为教授，李全等下一次吧。"

"为什么林雪莲不能等下一次？她进入燕北大学才3年，第一年就评了副教授。李全45岁了，研究生毕业留校至今18年了……"张素心的口气很强硬，袁明轻轻碰了她的胳膊一下，想提醒张素心说话注意分寸，对方可是副校长。

张素心便没有继续往下说。

如果换作别人，王副校长估计早就发火了。但也正因为是张素心，王副校长才语重心长地说："素心啊，刚不是和你说了吗？林雪莲是我们高薪引进的海归人才，给她更多的机会是从全局考虑的。"

张素心不服气了："李全也是人才，怎能说他就比林雪莲差呢？"

"评林雪莲是校委会的决定。"王副校长也有些急了。

"怎么又变成校委会的决定，不是我们大家开会投票评选的吗？"张素心说。

"素心，"袁明看出王副校长有些火了，便示意张素心不要说了，"听王副校长的，这次聘林雪莲，下一次聘李全。不过一个正教授嘛，半年后就又可以聘了……"

张素心咬咬牙，总觉得不公平，但又不知要怎么说服王副校长。

"行了，都决定了，也不是王副校长有权更改的。"袁明拉着张素心往外走，"王副校长，您先忙着，我们走了。"

袁明将张素心拉出了王副校长的办公室。

"真是年轻，血气方刚。"袁明说着笑了起来，"要会克制，跟领导要学会妥协……"

但张素心认为这不是妥协的问题，而是不公平。她决定去找严校长。袁明一听忙拉住张素心，并直接把她拉到了二层。

"多大的事，也要去惊动严校长，"袁明说，"回办公室，上上网，喝口水，一会儿就没事了。"

张素心没有说话，她觉得很窝火。

"好了啊，想想东园的房子产权问题，这才是大事。"袁明叮嘱张素心。

袁明走后，张素心正打算回办公室，猛然见李全从卫生间里出来，张素心一下子很尴尬。

显然，李全已经知道了自己没聘上正教授。他冲张素心点点头，准备越过她回自己的办公室，但走了一半，还是停了下来。

"您说得对，张主任，有些东西就该自己争取。"

"啊——"

"我会努力的。"李全说。

张素心突然很难过，她点点头，向自己的办公室走去。

后海说是"海"，其实是一个巨大的人工湖。地处北京市中心，旧时是皇家独享的一泓清池。

张素心、林青和付强各骑着一辆自行车，沿着湖边慢慢骑行。太阳暖暖的，湖边垂柳拂岸，清波荡漾……后海人不少，走路的、骑车的、遛鸟的……在银锭桥头，张素心停了下来："湖边坐会儿……"

三个人将自行车架到一边，坐在了湖边的石头上。远处，有男子在放风筝。

天气真好，出来骑车真爽。张素心想。

张素心是吃午饭的时候临时决定出来骑车的。本来早晨为了李全的事，她心里就很不爽。接着，午饭前，妈妈方心打来电话，批评张素心太年轻，没有城府。教职员工聘教授谁能上谁不能上跟能力没有关系……

张素心很郁闷，怎么她在学校里有一丁点儿事，妈妈立刻就知道了。自己就像一个被线牵着的风筝。

现在的一切，是自己想要的吗？

张素心第一次开始如此认真地审视自己的工作。

吃午饭的时候，张素心问付强和林青下午有没有课，如果没有课跟她出去晒太阳。

碰巧俩人都没课，于是，午饭后，张素心开车带着林青和付强到了后海，三个人租了三辆自行车边骑边晒太阳。

"下周你们俩就开始助教上课了，准备好了吗？"张素心问。

"准备好了，我会讲好的。"付强很兴奋，也很自信。张素心很欣赏他这一点。

"你呢？"张素心看向林青。

"我好紧张，"林青站起来转了一圈，"讲不好怎么办？"

张素心和付强看着她笑了。

"都会有第一次的。"张素心说。

林青走过来紧贴着张素心坐下："我还是好紧张。"林青的头不禁靠在了张素心的肩上。张素心一惊，下意识地往后让让，看看付强，还好，他没有在意林青的这个小动作。

银锭桥旁的一家烤肉坊里不断传出烤肉的香味，张素心看看表，5点半了，不知不觉他们在后海待了一个下午。

"你们饿吗？"张素心指着"烤肉坊"说，"我请你们吃烤肉吧。"说着拍拍手站了起来。

张素心将车停在了燕北大学东门门口，付强下了车，林青犹豫着也下了车。张素心从车窗里伸出脑袋说："你们早点休息，今天陪着我累坏了。"但眼睛看看付强又意味深长地看了看林青。

林青的脸就红了，咬咬嘴唇，点点头，和付强一起进了东门。

院子里，张素心停好车在车里坐了一会儿后才下的车。走到楼梯口，开灯时，灯泡闪了一下就熄了。灯泡坏了。还好，一层住户的灯很亮，从窗口渗出的灯光完全可以看清楚向上的楼梯。

张素心走到门口，借着手机的亮光打开门进去。

张素心泡了一壶红茶，刚在躺椅上坐下，就听见拍门声，接着有人叫喊着："查水表了，查水表了……"

张素心就乐了。她快速来到门边，刚打开门，林青像只小兔子一样跃到她怀里，两人吻在了一起。

张素心拥着林青坐在沙发上："谁要你来的？"张素心故意说。

"谁想来啊，不是某人拿眼睛暗示啊暗示啊……"林青正说着，张素心将她放倒在沙发，胳肢着她。

林青"咯咯"笑着，抬头亲着张素心。

"今晚在这里陪我？"张素心说。

"这么晚了，你想赶我走啊。没门！"林青说。

张素心隔着衣服用牙齿轻咬着，林青"嘻哈"笑着叫着，轻轻推着张素心。张素心抬起头，亲了亲林青。

"你想我怎么做？"张素心问。

林青有些气喘，她欠起身子，在张素心耳边喃喃轻语："我想你亲我，不停地亲下去……"

张素心跪在沙发下，脱去了林青的牛仔裤，粉白的内裤上有一朵漂亮的红玫瑰。张素心看着坏笑着……

早晨，张素心和林青抱着睡觉。张素心在后，林青在前。突然，手机声响起，张素心略动了一下，但抱着林青更紧了。接着，又有手机声响起，林青睁开眼睛，是她的手机在响。

电话是艾虎打来的，林青拿着手机出了卧室。

张素心也去看自己的手机，发现有钱惠的短信：**应广大拉友的强烈要求，从本周开始FOOL酒吧的"酷儿"专场增加了周六的"单身之夜"，希望更多的拉拉朋友能在FOOL酒吧里找到自己的心仪伴侣。**

张素心看着短信笑了，不就是多加了一晚"酷儿"专场，需要搞这么大的动静吗？

张素心接着睡，她真不想起床。

林青打完电话回到床上，重新窝进张素心的怀里。

"艾虎的电话，他说周六来接我。"林青说。

张素心闭着眼睛没说话，过了好久，才睁开眼睛，下了床。再回到卧室时，发现林青已铺好了床。

"你动作太快了。我还要睡呢。"张素心说。

"9点了，我要上课了。"林青穿好衣服。

张素心叹了口气，她挺不想去上班的，但下午又要开会。张素心有时不明白，每天都要开会，但最终能决定事情的就那么几个人。妈妈说在这座大学里，只有进了校委会，才算真正有了话语权。

可这一切，是自己追求的吗？

张素心打开衣柜开始试衣服。

"你说我怎么回复他？"林青问。

"回复谁啊？"

"艾虎啊。"

张素心走到林青的身边，摸着她的小脸："你也不能总不见他吧，他毕竟是你的男朋友。"

"你想我见他？"林青反问张素心。

张素心从屋外取回两瓶鲜奶，问林青："你是就这么喝，还是要我热热？"

"我想喝热的。"

张素心就将牛奶拿进了厨房。

张素心将奶锅接了一锅凉水，放在炉子里烧着，然后将两瓶奶放了进去。

林青从后面抱住了张素心的腰："说嘛……你想我见他吗？"

"想不想见，是你自己的事，我无所谓的。"张素心说。

"你无所谓？"林青走到张素心的面前，"我们见面，他会……要求我……"林青没有说下去。

张素心明白林青的意思，她突然有些烦躁，避开林青的目光："那是你们的事。"

"我们的事？"林青看着张素心，"你觉得跟你没关系是吗？"

张素心觉得自己说得有些过了，她忙说："我不是那个意思，这种事情——"张素心看着林青，"你要我怎么办？"

林青抱住张素心："我愿意和你一起，我只想和你一起……"林青说着有些委屈，"你不要……再说和你没关系了，行吗？"

看着林青似乎要哭出来的样子，张素心一下子又有些过意不去，忙说："好了好了，我不再那么说了。"

林青见张素心哄着自己，又一下子很感动，她搂紧张素心的脖子："我只想和你在一起，我只想和你做……"

张素心顿时也被打动了，她吻着林青："我觉得吧，你不见他不妥，但见面也不一定要做的。可以找很多理由，什么大姨妈来了、精神不好、压力太大……"张素心看着林青，"我肯定不愿意你和他做。但是，有个男朋友至少能保护你。"

"你真这么想？"林青看着张素心，"你真不想我和他分手？"

张素心被林青看着有些心虚，她双手相握又打开："最好不要走到那一步。"

"多久，这样要多久？"林青追问一句。张素心就有些烦了，牛奶已热好，她用抹布从奶锅里拿出了两瓶牛奶，出了厨房。

林青立刻感觉到张素心不开心了，她跟着出了厨房："你说多久就多久，你说怎样就怎样，我都听你的，只要能和你在一起。"

听到林青的话，张素心皱皱眉头，但随即又笑了。

"喝牛奶吧。"张素心说，"我去拿蛋糕，我买了蛋糕。"

31/ 单身之夜

周六，林青终还是决定去见艾虎，但没要艾虎来接她。

艾虎租住的公寓紧挨着西直门，坐地铁就到了。林青到达的时候，没有立刻去艾虎的家，而是在小区里坐了一会儿。她很犹豫，又有些害怕。她不明白自己究竟怕什么，但总觉得这样对艾虎很不公平。小区内，三个五六岁孩子在一块空地上溜着旱冰，一圈圈绕着林青所坐的木椅，溜冰鞋磨擦地面的"嗞嗞"声让林青更加烦躁。她拿出手机，翻看着。7点了。

昨天晚上，林青是和张素心一起过的。她们先是在必胜客吃了比萨，然后回家在沙发上相拥着看了两部投影。林青很留恋那种窝在张素心怀里看投影的感觉，她很喜欢张素心的一些小动作，她发现自己真的是爱上了张素心。现在，离开张素心才一个多小时，她就开始想她了。张素心在干什么？她有吃晚饭吗？她真的不介意我来找艾虎吗？我现在和她算什么呢？

林青正想着，手机跳了一下，闪出一条短信。是艾虎发来的：**宝贝儿，你到哪里了？**

张素心没有给她发短信。林青将张素心以往的短信都调了出来，反复看了两遍。她一定还是在意我来找艾虎的，只是嘴里不说罢了。林青忍不住还是想知道张素心此刻在干什么。

晚上你一定要吃东西噢。早点休息。想你！

林青给张素心发完这条短信后，不禁叹了口气，呆看着空地上溜冰的孩子。

两分钟过去了，张素心没有回短信。小区里多了些散步的老人，也有情侣。林青想，或许我应该陪张素心吃了晚饭再来找艾虎。她一个人肯定不会吃饭，或胡乱地吃点没有营养的快餐。

手机闪了一下，来了条短信，林青忙打开，仍然是艾虎的：**宝贝儿，我煲了你爱喝的鸡汤，第一次做，但不知道味道如何。**

林青有些失落，快10分钟了，张素心都没有回复她。是不是我一走她就睡了？今天从早晨起床她就很懒散的样子，倦倦的，老想躺着。林青又叹了口气，想打电话问问张素心吃饭了没有。电话拨了一半又停了下来，如果她在睡觉还是不要吵她。

林青正胡乱想着，手机又一闪。终于，张素心回短信了：**放心。**

虽然只有两个字，但林青一下子就放心了，也舒心了不少，她站了起来，背好双肩包，向艾虎所住的那栋楼走去。

很显然，艾虎为林青来吃晚饭下了点功夫，他不仅煲了鸡汤，还蒸了条鱼。

"这都是你做的？"林青不相信地看着桌上的菜。

"当然，当然，当然……"艾虎虽系着围裙，但仍不禁紧紧抱着林青亲了两下，搂着她来到桌前，"怎样？"艾虎指着桌上的清蒸鲈鱼和清炒芥蓝说，"我都是跟着菜谱做的，第一次做，看相不太好啊。"

"哪里……看着挺好的。"林青说得有些心虚。

"你去洗手，我把鸡汤端进来……"艾虎放开了林青。

林青洗了手再回到饭桌前时，艾虎已将碗筷摆好，饭也盛好了。

"先喝碗鸡汤。"艾虎殷勤地将一小碗鸡汤摆在林青面前，"尝尝我煲得如何？有点烫啊……从早晨 10 点煲起的……"

林青用小勺喝了一小口鸡汤，味道真是不错，她不相信地看着艾虎："煲得不错嘛。"又喝了一小口。

艾虎就有些得意："喜欢喝我以后每周都给你做，"艾虎说着又夹了一块鱼给林青，"尝尝这个，清蒸鲈鱼。"

林青就吃了那块鱼，味道也很好，林青不禁"啊"了一声，又吃了根清炒芥蓝，然后看看艾虎又看看桌上的菜："做饭难吗？"

"不难！"艾虎说，"我买了本菜谱，里面什么菜都有……"

"噢，我也要学着做饭，"林青说，"好学吗？"

艾虎越发得意了："偶尔闲时做做饭也是很有趣的。不过你不用学，我做给你吃。"

"我还是想学……"林青想，学会了可以给张素心做顿饭吃。

和艾虎吃完晚饭，林青争着去洗碗，艾虎也没有坚持，但似乎还是觉得林青和他有些见外。艾虎走到林青的身后，感觉到林青的紧张，不像过去那种迎合、默契，艾虎犹豫了一下，便走到林青的旁边，拿起一块干布，擦拭着林青洗干净的碗碟。

"最近学校里忙吗？"艾虎问。

"是。"林青的确有些紧张，她想着接下来可能要和艾虎发生的事，"这学期开始做助教了……"

"真的，那以后可以留校当教授了。"艾虎说。

"当教授还没想过，能留京就行了。"林青说。

"和……导师处得不错吧？"艾虎其实是想说"和同学处得不错吧"，可又不想让林青误会他怀疑她。

问到导师，林青更是莫名的紧张："还行吧。你呢？公司怎样？"

"近期没那么忙，所以今天才得空给你做饭吃。"艾虎说，"对了，我订了辆车，马自达，大红色。"

"挺好的……真好。"林青说得言不由衷。

林青坐在沙发上胡乱地调着电视，最终还是调到了湖南卫视。《快乐大本营》里何炅、谢娜等人正在那里和某个韩国歌星调侃着，林青觉得无趣，便又换到了电影频道。

艾虎坐在林青侧面的小沙发上，林青感觉到他一直在看自己，觉得很难受，她想走，但刚站起，就被艾虎按倒在沙发上。

艾虎亲着林青，林青开始还忍着，但很快开始挣脱着艾虎。

"怎么了，我们很久没做了，你不想吗？"艾虎喘着粗气说。

"我不想！"林青还是挣脱艾虎站了起来。

"你不想？你怎么会不想，除非……"

艾虎没说完，林青打断他："我不想你这样。"

"怎样？"艾虎问。

"不想你这样粗暴。"

"我粗暴？我一直都这样。"艾虎说，"你过去一直都很喜欢的……"

艾虎说着又开始亲林青，林青不忍心推开艾虎，但又不想这样继续。艾虎的动作越来越粗暴，他几乎是撕扯开林青的衬衣，露出穿着内衣的胸部。

"艾虎！"林青抓住了欲亲吻她胸部的艾虎。

"怎么了？是不是有人比我温柔？"艾虎要继续，林青使劲推开他站了起来。

"不喜欢听你胡说八道，我学校里还有事，我先走了。"林青去拿双肩包，但手还未触及，艾虎一把将林青连同双肩包抱在怀里，俩人跌倒在沙发上。

"艾虎……"林青一下子有些急了，声音都带着哭腔，"我不喜欢你这样……"

艾虎就没有再使劲，他慢慢地松开了林青。林青回过头来，看到艾虎的样子，又很内疚。她摸着他的头、脸，不禁要去亲他。艾虎躲开了，站起，在茶几上拿了一支烟点燃。

"对不起，我只是很想你。"艾虎吸着烟说。

林青难过地点头，她决定还是走，她待不下去了。

林青背起双肩包："学校里真有事。"林青试探着再次想去摸摸艾虎的脸，但最终还是没有。

"你好好的。我会给你电话。"林青走到门口说。

艾虎点点头，始终站在那里吸着烟，没有去看离去的林青。

林青到达张素心家里时，天已经黑了。她站在楼梯处，往上看着二层楼梯深处的那扇门，突然感觉到一阵踏实。

"我爱你，我只想和你在一起，被你抱着……"林青边上楼边给自己鼓劲，"我要和艾虎分手，我不想再受这种折磨。这是折磨我，也是折磨艾虎……你一定要同意我和艾虎分手……"林青走到了二层那扇门前，站定，重复着见到张素心要说的话，"你放心，我一定会保护好自己的……"

林青先是轻轻敲门，但敲了几声后，她加大了力度，接着由敲门变成拍门……有一分钟的时间，里面没有丝毫动静。林青又叫了几声张素心的名字，仍然没有动静。

张素心不在家。林青拿出手机，但打了四个电话都没人接。林青不禁担心起来，她会去哪里？不会有什么事吧。

林青下了楼梯。张素心是去父母家了，还是去吃晚饭了？

林青来到院子里，突然她呆住了，那辆白色的北京吉普车不在院子里。

林青不相信地坐在了一旁的石椅上。

FOOL 酒吧里，钱惠和张素心面对面坐着，她们中间的桌上摆了三排小酒杯，钱惠在每一个小酒杯里倒满了调制后的酒。

"自己看着罚吧。"钱惠说，"多久没来了，一天罚三杯。"

"哈！那不得喝醉了。"张素心说，"我还开着车呢。"

"醉了就睡这儿。"钱惠指着舞池里、周围的女人们说，"这么多单身，你想不醉都不行……"

张素心拿起一杯一饮而尽，感觉味道不错，又端起一杯，递给钱惠："你也来，不然我不喝。"

钱惠推开说："这三排都是你的，这是罚酒。"

"凭什么罚我？"张素心指着吧台处正看着她俩的李薇薇说，"你再欺负我，我告诉薇薇去。"

钱惠笑得更欢了："你去告啊，那可是我老婆，你觉得她会向着谁。"

张素心想想也是："那我得找个能帮我的。"张素心说着起身四周看看，终于看到舞池里的一个短发女子似曾相识，于是过去将她拉到了座位上。

张素心得意地冲钱惠笑着："怎样？"

"你牛。"钱惠说，"那就快喝了。"

张素心端起一杯酒递给短发女子："好久没见了。"

"你也不找我。"短发女子接过酒杯。

张素心也拿起一杯："这不来了？"张素心和短发女子碰碰杯后，俩人一饮而尽。钱惠坐在对面看着她俩，她俩每喝完一排酒，钱惠就倒满了那一排的空酒杯。

张素心和短发女子一连喝完了三排，张素心呼出一口热气，亲了短发女子一下："你真棒，要不要接着来？"

"今晚都听你安排。"短发女子笑着说。

"行啊——"钱惠将面前的空酒杯倒满酒，"今晚喝倒为止。"

"OK，不醉不归！"张素心答应着，和短发女子各端一杯酒敬钱惠。于是钱惠也端起一杯酒和俩人碰了碰后，一饮而尽……

桌上的三排酒又喝尽了，钱惠发现没酒了。

"我再去调点，"钱惠指着张素心说，"我马上来，不许走开！"

张素心就笑了，她拿起一支烟，正准备点燃时，短发女子却拿走了她嘴边的香烟，然后吻向了她。张素心顺势搂着短发女子靠在了椅背上……

钱惠拿着满满一瓶调制好的酒，还未走到张素心的座位边，就看见张素心座位前站着一个女子，她一言不发地盯着座位上陶醉在亲吻中的张素心和短发女子。

钱惠奇怪地绕过那个女子，走到张素心的对面坐下。又仔细看看那个女子，然后推了推对面的张素心。

张素心睁开眼睛冲钱惠说："来来，倒酒，再喝！"

钱惠没有说话，只是用嘴努努一旁的那个女子，示意给张素心。张素心侧头一看，她惊得站了起来。

"你……啊……"张素心想冲林青笑笑，但没能笑出来，想说什么，最终什么也没说。

"你认识她吗？"短发女子问张素心。

"呃……"张素心依旧看着林青。林青掉头往酒吧外走去。

"哎……"张素心始终没有说出一句话。

"她谁啊？"钱惠看着有些慌乱的张素心问。

"啊？——啊！"张素心突然想起什么，拿出手机。手机里好几条未接来电，都是林青打来的。张素心微皱着眉头。

"还喝吗？"钱惠问。

"啊？啊，喝，倒酒。"张素心虽然这么说着，但似乎已没有什么心思喝酒了，她喝得不紧不慢。

许久后，桌上手机一闪，有短信进来。张素心忙打开，就看到了林青发来的短信：**可能我们在一起真的是个错误。我不会再缠着你了，你去过你喜欢的生活吧。**

看到短信，张素心突然坦然了，她收起手机，将它放进口袋里。"倒酒。"张素心对钱惠说，"今晚不醉不归。"

32／成为今天的张素心

> 我可怜的爱人啊
> 我并不是天生说谎的女人
> 我不知道你对我是不是真
> 我怕自己爱得太傻爱得太真
> ……

北京飞往厦门的航班起飞后，张素心戴上耳机，耳机里是辛晓琪的歌《说谎的女人》。

> 你说我的表情
> 常常撒上一层糖衣
> 甜在你的眼睛
> 却酸进你的心
> ……

从这个月开始，张素心每月有一周时间在厦门大学做客座教授，要做两年，这周是第一周。

离开北京一段时间也好，理理思绪，这些年处事率性而为、放荡不羁，已不是原来的那个张素心了。

自己怎么会变成现在这个样子。张素心闭上眼睛，飞机的"嗡嗡"声渐渐地将她带入往昔。

9 年前，也是这样的季节，也是在这样的一架飞机上，只不过，那架飞机是从伦敦起飞的。当时，张素心蜷缩在走道的一张椅子里，半侧着身子，抱着腿，紧闭双眼。那时已是夜里，周围很静。

突然，有人轻轻拍着张素心，睁开眼，温柔漂亮的空姐冲她笑着问："你是不是不舒服？"

"没有。"张素心吸吸鼻子，还真有些堵。

"商务舱有个空位置，你可以过去。"空姐轻轻地说。

"噢。"张素心醒悟过来，随着空姐去了商务舱。

她叫李蕾，29 岁，国航空姐，她有一张很甜美的脸，和温柔细软的声音。她递给张素心一杯热牛奶："喝杯牛奶会好点。"

"谢谢。"

张素心其实是紧张，马上要回家了，回北京，回到过去。三年的伦敦生活像梦一样，一转身她就离开了，离开了 Alva，离开了 Helen，离开了牛津大学的一切……只是她回得去吗？

"你是回家吗？"李蕾问。

"是。回北京，"张素心说，"我是去英国读书的，毕业了。"

"为什么不留在英国？"

"留在英国？"张素心轻皱着眉头。一周前，她请同学们吃饭，她要回国了。同宿舍三年的 Annie 没有来，她不愿意和一个同性恋交往，她不肯原谅张素心是一个同性恋。

"英国有什么好的。"张素心的眼里显出些许落寞。伦敦最让她留恋和记忆的地方"Pink cool bar"也在20多天前关闭了。Alva被人打断了鼻梁,准备和女朋友去加拿大……伦敦还有什么。Helen已回到了老公身边,继续过着相夫教子的贵妇生活。而张素心呢?英国留给她的,除了牛津大学的双博士学位证书外,就是一身的伤痛。

"你看上去很不开心,我以为你不愿意回国,"李蕾说,"多数人都不愿意回去。"

"我愿意回去,"张素心老实地说,"我是公派生,必须回去的。"

飞机平稳匀速前行,李蕾本来坐在头等舱和商务舱之间的一个位置上,两舱之间都拉着帘子。因商务舱人不多,后来干脆和张素心一起坐在商务舱里。

两人聊着天,都无困意。

"要不要喝杯香槟?"李蕾突然轻声问。

张素心想了想:"好呀。"

两人来到厨房,各种酒水还真不少。李蕾倒了两杯香槟,递给张素心一杯。

"你手好凉。"接香槟的时候,李蕾碰到了张素心的手。

"冷气太足了。"张素心不愿意让李蕾知道自己不喜欢伦敦,但又很不愿意回到北京。

此刻,张素心的心情很复杂。

"公派生就必须回去吗?"

"我父母年龄大了。"

"回去做什么?"

"教书吧,应该是。"

"不错,哪个学校?"

张素心想了想,还是说了:"燕北大学。"

"哇,名牌大学,那你就是教授了。"

“现在还不是。”

不知为什么，和李蕾聊过后，张素心放松多了，再加上喝了几杯香槟，她的脸上渐渐有了笑容。并且，开始和李蕾开起了玩笑。

“怎么就你一个人？其他空姐呢？”

“睡觉呢，”李蕾手指向上，“上面可以睡五个人。”

“真的，是躺着还是坐着？”

“当然是躺着。”李蕾说着笑了。

张素心也笑了：“原来飞机也跟火车一样，有卧铺啊。”

“是我们有，呵呵。”李蕾的脸凑到张素心眼前逗她。

张素心突然伸手捧住了李蕾的脸，但随即又松开了：“有个脏东西。”张素心从李蕾的脸上真的捻下了一小团绒毛，并给她看。

李蕾没有说话，略低头沉思了会儿，然后冲张素心笑了。

“你有男朋友吗？”李蕾突然问。

张素心思索着：“没有。”她看着李蕾，李蕾也看着她。

“你这么漂亮，在伦敦没有男生追你吗？”李蕾说，“刚才看你那么痛苦地躺在椅子上，以为你失恋了。”李蕾又强调一句，“你的表情就像是失恋了。”

“是。”张素心说，“你有男朋友吗？”

“我？”李蕾看着张素心，片刻才说，“你觉得呢？”

厨房出去对着的是卫生间，飞机上的卫生间虽窄得限制了俩人的动作，但却似乎更完美地将两人结合在一起。

说不出是谁先主动的，其实那已不重要，俩人似乎都找到一个发泄点，急切地吻在一起后，同时想到了卫生间。

李蕾的胸很美，皮肤光滑，她似乎比张素心更急切地想要她，幸好是夜里，乘客们都已睡去，俩人在卫生间里待了好久。张素心坐在马桶上，李蕾半裸着上身坐在她的身上。张素心一直将脸埋在李蕾的胸前，突然，一阵悲伤，她落泪了。

“怎么了？”李蕾柔柔地问。

张素心摇头，只是一遍遍亲吻着她，因为很快她就回家了，她要回家做个父母眼里的"正常孩子"。

早晨的时候，香港到了。张素心要从这里转机回北京，告别前，向李蕾要了手机号，但回北京后，她打过几次没有打通，就没有再打。

再以后，张素心很忙。

同学、朋友，妈妈的同事、爸爸的同事，几乎每天都在见客。随后，张素心被聘为燕北大学中文系讲师，开始了她的职业生涯。

再见李蕾是一年后。

张素心回京一年了，她循规蹈矩，像过去一样按妈妈的要求生活着，虽然她知道那并不是她想要的生活。这一年里，在妈妈的安排下已相亲了四次，这天是第五次相亲，介绍人安排他们在东方新天地的咖啡厅里见面。妈妈说，素心啊，29岁了，不要再挑剔了。女人过了30岁就该是别人挑我们了……

那天正赶上东方新天地开业一周年庆典，好多的人，乱哄哄的。咖啡厅里人也很多，相亲的男士来得早，占了一个大沙发座，张素心想礼貌性地和相亲的男士聊聊天后就可以告辞了。

"请问，这座位有人吗？"

一个短发女子端着两杯咖啡过来问相亲男士旁边的空位能否坐时，张素心却注意到她身后的那个女子非常面熟。她有一张很甜美的脸。

"嗨……是你吗？"那张甜美的脸来到张素心的面前，声音极其温柔细软而带有惊喜，"真的是你。"

"李蕾。"张素心飞快地叫出了女子的名字，同时有着说不出的激动。

"名牌大学教授。"李蕾想不起张素心的名字，却记得她的身份。

"张素心，我叫张素心。"

很自然地李蕾就坐在了张素心的身边，而那个短发女子坐在了相亲男士的旁边。

"你不是说要给我打电话吗？"李蕾说。

张素心没有说自己打过但没打通，她只是笑笑，随即介绍相亲男士给李蕾，李蕾也介绍短发女子给张素心。那是张素心第一次见钱惠，胖胖的，极短的头发，T恤扎在牛仔裤里，很中性的皮鞋。典型的T打扮。

初次见面，钱惠对张素心就怀有戒心。多年后，她们成了朋友，偶尔说起这段相识，钱惠依然会认为张素心抢了她的女朋友、她的空姐。

"要知道我是在你之前就认识李蕾了，而那天你和她不过是第一次见面。"张素心这样辩解。

那天晚上，张素心就去了李蕾住的酒店。

酒店里，李蕾告诉张素心她结婚四年了，她在青岛有家有丈夫。

开始，张素心很失落，被这突然的消息打击。但很快，她就想通了，她觉得李蕾至少是诚实的。她完全可以永远不提这事，甚至有可能骗张素心一辈子。

李蕾只在北京待一晚，第二天要飞青岛。

张素心有一年没有和女人如此亲密接触，她怀念这种感觉，她需要她。

简单点或许是最好的。既然彼此需要，还啰嗦什么呢？

张素心应该是从那个时候开始上网约女伴的，然后去酒店开房，很简单，彼此没有任何负担。后来，爸爸妈妈搬到别墅后，她开始带女人回家。

"各位旅客，飞机即将到达厦门高崎国际机场……"

厦门到了。张素心才发现耳机里一直循环放着这首歌：《说谎的女人》。

我曾把爱情紧紧抱着

汗湿我新衣

却从未得到男人一次诚意真心

所以原谅我这说谎的女人

……

33／和好

上课的时候，林青才知道张素心去了厦门大学。

本来林青不打算来听张素心的课的。

10天前，那个周六的晚上，林青在FOOL酒吧里，看到与别人调情的张素心后，一个人走在北京二环路的街头。突然的，林青开始审视自己这25年来的生活、学习和爱情……她想自己到底想要什么，想干什么，还有她的未来。

林青从二货胡同一直走到鼓楼大街，开始她边走边落泪，她爱张素心，她恨张素心……她凭什么要对她百依百顺？她想从张素心身上得到什么？

爱情？

很显然，张素心不爱她。

那她为什么还要一厢情愿地委屈自己？

林青是在鼓楼大街给张素心发的短信。她想或许张素心根本不会在意这条短信，她继续和她所喜欢的女人们调情，但林青必须要告诉她，如果没有爱，她不会再和张素心在一起。

发完这条短信后，林青决定不哭了。或许这就是她和张素心之间最好的结局，现在是这样的结局，也可能几个月后，甚至几年后仍然是这样的结局。

那就这样结束吧。

林青想到这里，又忍不住地流泪了，她这才发现，原来自己是这样地舍不得张素心。她留恋张素心，留恋她的怀抱、她的吻、她的微笑……

那天夜里，林青就是这样从二环走到三环，又走到四环……到燕北大学东门时已是凌晨3点，她走了近4个小时，竟然一点也不觉得累。这个时候，林青收到了艾虎的短信。短信里艾虎向她道歉，说他爱她，他不能没有她。

看到这条短信后，林青在东门的路灯下稍站了片刻。清冷寂静的东门，除了保安室里昏睡的保安外，没有一个人。林青有些口渴，她看了看东门附近那几家大门紧闭的店铺，然后沿着燕北大学的围墙向南门走去。

在燕北大学南门的7—11超市里，林青买了一包中南海、一个打火机和6罐燕京啤酒，她拎着这些东西又走回到东门，然后走到了燕北大学图书馆前的操场边。坐下后，她开始吸烟、喝啤酒。

这个时候，天边已经泛白，清晨的阳光透过云层向外挤着，圆圆的太阳如一个小光点映在云端。

林青一口气喝了两罐啤酒，且无一丝醉意，她很清醒。

到了早晨，林青淡定了许多，通过一夜的行走和思考，她想明白了一些事情。

以后，我的事情我自己做主。

做出这个决定后，林青给艾虎回了条短信：**艾虎，我们分手吧。是我的错，我爱上了别人。**

短信发出去的时候，太阳彻底出来了，又是一个大好的晴天。林青关掉了手机，她明白张素心是不会给她回短信的。

"我不会在意你了，张素心。"

林青眯着眼看着笼罩着整个校园的阳光，感觉从未有过的解脱。

周二的上午，有张素心的课，林青决定来听课是因为她想明白了，她是学生，她的目的是毕业留京。来上课前，她不断地提醒自己，学生就应该上课，而不管谁是老师。

但林青万万没想到，讲课的人是付强。这时，林青才突然想起，张素心说过她要去厦门大学做客座教授这件事，只是没说什么时候。

没有看到张素心，林青有种说不出的失落，她甚至有些走神。开始想厦门大学离北京有多远，张素心在那边会干什么……然后，林青又责骂自己不争气，难道自己还想她吗？她决定从此忘了张素心。

沸腾川菜馆是一家连锁餐厅，在北京有些名气。林青去的是当代商城后面的那一家，方小园要请她吃饭。

林青知道方小园这么郑重地要请她吃饭，一定是说艾虎的事。她和艾虎分手也有 10 天了。

还有几天就是五一劳动节，当代商城外挂满了各种打折、促销的广告，什么 300 减 150，200 减 100……商城门口还搭建了一个舞台，说是下午 2 点有著名影星要来走秀。

舞台旁有一块巨大的 Swatch 手表造型，几个打扮成手表模型的女子在给过往的行人递宣传单，林青接了一张，上面介绍 2010 年夏季最新款 Swatch 手表。有一款银白色表链的手表林青春节期间在济南的商场里见过，1180 元一块。林青很喜欢，当时试戴过，但觉得贵了就没有买。

而今天，又推出了一款表面稍大些、很中性的 Swatch 手表，定价 1580 元，与林青春节时看到的那款银白色表链的手表正好是一对。

促销员见林青在看宣传单，忙给她介绍说 Swatch 手表今天促销，买一对 8 折。

8 折！林青拿起那对手表在手腕上比画着。她记得 6 月 8 日是张素心的生日，这块手表很配她，1580 元，对于做学生的林青来说，太贵了。

"买一块 8 折吗？"林青问。

促销员摇头说："一对才打 8 折，一块不打折。"

林青看着手表很犹豫，她是真的喜欢这块手表，夏天戴一定好看，并且好配衣服。

促销员见林青反复试了几次这两块手表，就知道她喜欢，便又说："Swatch 手表通常不打折的，也就今天打折。"

林青算了一下，两块手表 8 折要 2000 多块钱，相当于她两个月的生活费。林青将手表拿起又放下，再拿起……咬咬牙，她决定买下来。

付了款后，林青就后悔了。她和张素心已经分手了，并且张素心穿的衣服戴的手表都是名牌，她又怎么会戴这样廉价的手表呢？

林青想退货，但促销员说，促销的手表，没什么质量问题不退货。

林青一下子很懊恼。

林青到沸腾川菜馆时，方小园已点好了菜。

"你可算来了。"方小园说，"我替你把菜先点了。福寿螺、馋嘴蛙、水煮鱼……都是我们爱吃的。"

"太多了，"林青笑了，"你想我也成个胖子。"

"是的，"方小园说，"有福同享嘛，不能就我一个人胖啊。"

说笑的工夫，菜上齐了，估计也都饿了，顾不得说话，两人闷头吃了一会儿。

"刚才你没来，我就想，你肯定害怕我带来艾虎。"方小园擦擦嘴。

"他好吗？"林青问。

"怎么可能好啊。"方小园说，"一直追问我你爱的那个人是谁，是不是叫付强。"

林青不说话，用勺子捞了些水煮鱼放在方小园的碟子里。

"你……你和……那个女教授……"方小园是想问林青发生了什么事，也想问她和张素心的事。但这时，她突然看到林青脚边的纸袋子，便伸手去拿。林青并没有阻止她，反而拿起纸袋递给了她。

方小园看到纸袋里是两块 Swatch 的手表，便看了林青一眼："情侣款，买给她的？"

林青依旧没有说话，从方小园手中接过纸袋放回脚边。

"你还真爱她。"方小园叹了口气，"我不说什么了，只要你自己觉得快乐。"

方小园继续吃碟子里的鱼，林青也夹起一只牛蛙，小心地吃肉吐骨头，将骨头放进碟子里。然后又夹起一只放在碟子里，也给方小园夹了一只。

"你想过以后吗？"方小园突然说，"你父母会怎么想？她父母会怎么想？你们……不结婚生孩子的……"

"没有以后……"林青说得很平淡。方小园又吃了一惊，她有些缓不过劲来，也有些想不明白，看看林青，又看看碟子里的牛蛙。

"你……"方小园有些着急，"你不是和艾虎说你爱上了别人吗？"

"是。我爱上了张素心，但我们分手了。"林青依旧说得很平淡，但不知为何，说完后，她微皱了下眉头，眼睛一下子红了。

"什么时候的事？"方小园见林青要哭的样子，立刻也跟着难过起来，"那你还给她买手表？"

林青摇头。

"你干吗又要和艾虎分手啊？"方小园问。

"我不想骗他，我也不能再骗他。"林青冷静了些，"我想自己决定一些事情，我的事情我自己做主。"

方小园琢磨着林青的话，沉思片刻，问："你为什么和张素心分手呢？"

"她——她不爱我！"林青说着，终究还是忍不住哭了起来。

"林青，林青……"方小园忙过去搂住了林青的肩，"不哭，不哭……她不值得你爱！"

林青很快又冷静下来，擦擦眼睛，冲方小园笑笑："放心，我没事。"

"好吧，无论你做出什么决定，我都支持你，"方小园又说，"朋友嘛。无论你爱谁都不妨碍我们做朋友。"

看着方小园，林青突然觉得自己很幸运，有这样一个朋友。

"今天我请客，"林青说，"一定我请。"

张素心终于出现在讲台上了。

看着台上讲课的张素心，林青突然有种想流泪的感觉。

好想她。林青捂着嘴，一直看着张素心。

张素心似乎跟以往讲课没有任何不同，依旧幽默、条理清晰。下课后，付强主动帮张素心清理讲台上的电脑和公文包。

"下个月的备课做好了吗？"张素心问。

"做好了，我打印了一份，放您办公桌上了。"付强说着回头冲林青招招手，林青在座位上没有动。

"作为一个好讲师备课很重要。"张素心说。

付强听着点头，他很自然地将张素心的公文包拎在了手上。出教室的时候，张素心站住了，看着座位上的林青，停顿片刻说："你来，我有工作交代给你。"

张素心说完走了。

林青又在座位上坐了一会儿，这才离开了教室。

在张素心的办公室里，张素心把自己的上课时间安排交代给了付强和林青。

张素心每月的第一周会在厦门大学讲课，这一周燕北大学研究生的课程由付强代讲。

"从我第一天做讲师开始，我就这样要求自己，再熟悉的作家或他们作品，讲课前我都会备课，认真浏览他们的作品，严格要求自己不仅仅是对学生负责，也是对自己负责。"张素心说。

付强点头："我一定会好好备课的，张教授。"

"你帮我去图书馆借几本书过来。"张素心打开笔记，"文艺复兴时期欧洲文学作品……嗯……《疯狂的罗兰》《巨人传》《羊泉村》《乌托邦》《理查三世》……"

付强记下了，便出去了。

付强一走，办公室一下子紧张起来。林青看着桌子一角，不知道张素心接下来要干什么。

张素心径直走到办公桌前，打开电脑。

"林青，本二的'中国当代文学'下周就要开始讲课了，你的备课方案还没有给我。"张素心说。

"啊、啊……在、在邮箱里，回头我打印给你。"林青说。

"现在就打印给我。"张素心说，"今天我要把这些全部确定下来。"

张素心让开了办公桌，她的脸上没有任何表情。

"好。"

林青走到电脑前，进入邮箱，下载文件。张素心则拿着付强的备课资料坐在办公桌的对面看着。

林青往打印机里加纸，打印机"嗞嗞"开始打印的时候，林青突然听到张素心的声音。

"我想你，"张素心说，"我能向你道歉吗？"

林青的大脑一下子有些迟钝，张素心总是不按规矩出牌，让她措手不及。

"不用了，现在这样很好，我是学生，你是教授。"林青说。

张素心突然扔下手中的资料站起，走到林青的身边，吻在了她的唇上。

林青没有任何反抗，她根本就不想反抗。她甚至很主动地缠住了张素心的舌头。她太想念她的吻了，她有10多天没有见到张素心了。

她们吻了很久，打印机早已停止了工作，百叶窗帘已合上，门已上锁。两人倒在沙发上，怎么也吻不够。

"知道我有多想你吗？"张素心轻轻抚摸着林青的脸，手指慢慢划过她的胸，停在她的肚子上。打开衬衣纽扣，吻在她的胸前，继续向下的时候，林青抓住了她的手。

"我和男朋友分手了。"林青说。

张素心一愣，看着林青："为什么？不是说……"

"这是我的事，"林青打断了张素心的话，迎着她的目光，"以后，我自己的事情，我自己做主。"

"真的？"

"真的。"

"那你愿意做我的女朋友吗？"张素心问。

林青也一愣，搜索着张素心的眼睛。

"真的？"

"真的。"

"你真的要我做你的女朋友？"林青意料之外的惊喜。

"真的。如果你愿意做我的女朋友，我很荣幸。"

张素心吻着林青，解开了她牛仔裤的纽扣……

34／双子座生日

张素心明天又要飞厦门。她在床上整理着要带走的衣物，T恤、衬衣、拖鞋、牛仔裤、钱包、信用卡、身份证……林青一旁看着她，很不情愿的样子。突然，林青过来从身后抱住了张素心。

"又有一周时间看不到你了。"林青落寞地说。

张素心拍拍她的手："一周很快就过去了。"

"几号回来？"

"9 号。"

林青便松开了张素心，走到一边，从包里拿出了一件东西，递给张素心。

"给你。"

"什么？"

张素心接过，是一块 Swatch 的手表。

"送给我的？"张素心问。

林青嘟囔着："本想你生日那天送你的，可你又不在北京。"

张素心这才想起 6 月 8 日是自己的生日。

"又老了一岁。"张素心摇摇头打开盒子，拿出手表，将它戴在手上，"好看吗？"

"你觉得呢？"林青问话的同时，特别担心张素心不喜欢或瞧不上。

"真漂亮，我很喜欢。"张素心说着亲了亲林青，"谢谢。你生日哪天？"

林青不说话，又抱紧张素心，很舍不得她。

"告诉我嘛，"张素心说，"我很容易查到的。"

"18 号。"林青说。

"真的？"张素心笑了，"我们都是双子座。"

林青点头。

张素心说："那正好，我可以赶回来给你过生日，告诉我，你想要什么礼物？"

"我就想和你在一起。"林青说。

看着林青，突然，张素心想到什么。

"你下周有课吗？"

“有一节你的课，可你在厦门，付强会替你讲课。”

“跟我一起去厦门，我们一起过生日。”张素心看着林青，“好不好？”

“可……我不上课了？”

“从来没有翘过课吗？”张素心笑了，“我不信你没有翘过课？”

“好像没有翘过你的课。”林青说。

“噢，傻瓜。”张素心一把抱住林青，“我亲自给你讲，给你一个人讲，VIP待遇。”

“好啊。”林青醒悟过来，“我还没有去过厦门呢。”

“那还等什么，回去清行李。我来订机票。”张素心说着冲林青眨着眼睛。

张素心从来没有想过自己会和一个女子来一次这样的旅行。林青也没有预料到会和张素心一起旅行。

虽然张素心是来工作的。

厦门大学是中国最美的大学。

林青和张素心一起住在学校的宾馆里。张素心上课的时候，林青也去听课，听张素心讲欧洲文学。这一周，张素心有4节课，主要讲文艺复兴时期的欧洲文学，她讲得很细。“在中世纪教会的神学统治下，古希腊罗马文化被埋没了将近1000年。到了14世纪，特别在15、16世纪，古代文化才重新被欧洲人重视，出现了一个研究古代文化、复兴古代文化的热潮。在这种‘复古’运动中，欧洲的文化科学发展到一个空前繁荣的时期。这就是欧洲历史上有名的‘文艺复兴’……”

不得不承认，张素心讲课很精彩，她将文学和作家、作品穿插着，她介绍了意大利文学、法国文学、西班牙文学、英国文学，她着重讲了塞万提斯和莎士比亚……听张素心讲课，林青不仅喜爱她，更是敬佩她。

不上课的时候，和张素心一起在厦门大学校园里散步。在咖啡馆里喝咖啡，在芙蓉隧道里看别人的涂鸦，晚上去学校旁边的夜市里吃福建小吃。

林青想起这段时日，都会觉得像做梦一样。

6月8日这天，她们去了鼓浪屿。

早晨，张素心戴上了林青送的手表："瞧，我们是一对儿。"张素心将自己戴的手表和林青戴的手表放在一起比画着，然后对林青说："今天也给你过生日，我们俩一起过生日，'双子座生日'。"

林青听了心里美滋滋的，她希望每年都能够和张素心一起过这个"双子座生日"。

鼓浪屿是一个可以让你忘掉时间的地方。

"我爱你，张素心。"

那天早晨，张素心8点半至10点半有一堂课。上完课，她就和林青打车去了厦门轮渡码头，坐船去了鼓浪屿。

鼓浪屿上有很多小店，她们一家家逛着。累了，去奶茶铺喝酸奶，去小店里吃鱼丸、海蛎煎，晚上她们租住在一座别墅式的家庭小旅馆里，那是一家可以看到日出的小旅馆，在日光岩附近。小旅馆不大，是座私宅，二层半。一层为旅馆，二层店家自住，三层是一间小阁楼，阁楼的窗子向东，店家说早晨可以看到日出。

张素心和林青就租住在小阁楼里。

日光岩很美，在这里可以俯视整个鼓浪屿。

张素心和林青在日光岩一直待到日落，夕阳西沉的瞬间，林青说："我爱你，张素心。"

张素心惊了一下，看着林青。

"我爱你，张素心，"林青看着张素心，"你呢？"

"我……"

"你随意。"林青很快说，然后笑了，"我不需要你的任何承诺。

我只要你知道我爱你就行，"林青说，"生日快乐！"

是谁说的，人生最好的旅行，就是在一个陌生的地方，发现一种久违的感动。

爱上一个人有时只需要一秒钟。

张素心抱紧林青："生日快乐！"

早晨，林青从卫生间里出来，晨曦从窗外射进，照着床上的张素心。被单遮盖着她腰部以下的部位。她的双手向上扬着，右手绕过头顶伸向左边抓住左手。因为两手向上伸着，她的腹部向里深陷，露出两块胸骨。她的双乳饱满而富有光泽……阳光下，她的身体那样的美。林青忍不住过去抚摸和亲吻着她的身体……张素心一下子醒了，她收起双手，抱住了林青。

"你要干吗？"

"我想要你。"

张素心皱了皱眉头。

"是不是 T 都不喜欢别人碰她？"林青问。

"什么 T 不 T 的，"张素心问，"你见识过几个 T？"

"有你一个就够了。"林青说，"我今天一定要占有你。我要你成为我的女人。"

张素心笑了："好呀。"

"你想要我怎么做？"林青俯身下去吻着张素心的身体，"这样对吗？你教我。"

张素心还是笑，不答。

"你不是教授吗？你教我嘛。"

张素心抱着林青："好吧。你要用心学噢。"

"你要认真教噢。"

俩人都笑了。

张素心使劲将林青按倒在床上："我才是那个进攻的人。"

张素心吻向林青。

张素心拎着行李箱来到家门口："回家了，终于回家了。"

开门的时候，林青也上楼来了，她将头靠在张素心的身上。

"真不想回来啊。"林青说。

"你这个贪玩的小孩子。"

张素心和林青亲了一下，然后打开门，把行李箱放进去，回头让林青进屋。林青摇头，却张开了双臂。张素心转身弯下腰，林青趴了上去。张素心将林青背进了屋内，大门随即关上了。

楼梯下，从院子走过来的人是付强，他怀抱着一大束红玫瑰，他不敢相信自己看到的。

付强抱着花在台阶上坐了一会儿，然后将花放在了门口，离开。但很快，他又回来，拿走了那束红玫瑰。

35／相爱

"我爱你，我爱你，我爱你……"

每当激情时，林青都会反反复复说着这三个字。张素心一次次吻遍她的身体，虽然，她从没有说出那三个字，但她一直在做。

"你身上的气味真好闻。"张素心喜欢将头埋进林青的胸前，吸着她的体香，她发现自己已经深陷在这个身体里。

有时候，她们会坐在阳台的躺椅上，看落日。

张素心喜欢从身后抱着林青，将头搁在她的后颈处。抱着林青的时候，张素心觉得很踏实。

"会多久？"有一天，张素心抱着林青的时候，林青突然问，"我们会多久？会永远吗？"

几天前，林青和方小园聊天，她告诉方小园她和张素心在一起了，她说我真的不敢相信，我们又在一起了。

方小园就问她，你们会多久，会永远吗？

其实这也是林青一直想知道的，她不停地对张素心说"我爱你"，就是想得到张素心同样的一个承诺。但其实她不知道，她越是担心和张素心不长久，越是证明她对同性恋不够坚定。

"你不确定是吗？"方小园问林青，"你还是不确定她是否爱你？"

林青摇头。

"你说过她最瞧不起不自信的人，你还是不够自信。"方小园说。

"她没有给我自信的承诺，我怎么自信？"林青不明白。

方小园就没有再说了。

"我们会永远吗？会吗？"林青又问。

张素心没有回答，夕阳将天边染成一抹紫红，她的眼睛眺望远方，但目光却没有焦点。

林青回过身来，看着张素心，特别想从她的眼里看到答案，但她看到的，永远是耐人寻味的眼神。而这眼神，总是让林青坐立不安，她为得不到回报的爱情而坐立不安。

于是张素心就吻她，将她抱得更紧。

一个耐心等待了这么久的人，你不用怀疑她的爱。

本来张素心是想说这句话的，很多的时候，她也想像林青那样说出那最简单的三个字——"我爱你"。但她不敢，她怕说了，她就不属于她了。

"要求太多便会忘记现在。我们一起努力地感受现在的幸福不好吗？"张素心偏偏最后说出了这句话，"'永远'是个多么虚无缥缈的词，不要相信'永远'，这个世界没有'永远'。"

"我就会'永远'爱你，"林青着急地分辩着，"我会的，相信我！"

"好的，好的，我相信。"

虽然这么说，但张素心知道任何东西都会有一个期限，"永远"

只是一个概念。承诺"永远"的人，同时是在许诺谎言。

　　好日子总是过得飞快，一晃就要到暑假了。

　　张素心刚将车开进研究院停车场，就看到李全正在卸自行车后座上的一个纸箱子。看到张素心的车过来，李全便冲她挥手。

　　张素心停住车，李全小跑过来："张主任，正好你来了，省得我搬上楼了。"

　　"怎么了？"张素心看看李全，又看看他自行车边上的那个纸箱子，以为李全又要鬼鬼祟祟地送她什么名牌钱包呀酒什么的，"你又要干什么？"

　　李全却不理会她，过去抱着那个大纸箱子来到张素心车前："把后备箱打开，我帮你放进去。"

　　"什么呀？"张素心只是问，并没有打开后备箱。

　　一辆银色雅阁开了过去，戴全刚从车里探出头来，阴阳怪气地说："嗬，嗬，李教授，这是干什么？"

　　张素心脸一下子红了，她怕别人说她收受下属的礼物，正要解释，李全却大方地说："噢，戴教授，老家腌制的咸鸭蛋和鸭子，送给张主任和老校长吃点。"李全随即又跟张素心说，但似乎故意让戴全刚听到，"老家洪湖的鸭子和鸭蛋是全国最好的，咸鸭蛋个个蛋黄冒油，蛋白还不咸……"

　　"真的？那得尝尝。"张素心说着打开后备箱，她知道李全刚评上了教授，想谢她，但也没想到李全突然变得如此坦荡，不像过去那样畏畏缩缩的。

　　李全将纸箱子放进后备箱时，戴全刚已下车，他走过来说："那也送点我尝尝嘛。"

　　"戴教授别逗我了，咸鸭蛋不值钱，您看不上的。"李全说着，张素心笑了起来，她喜欢李全现在这种状态，一个人就应该这样自信。

"还真是，不是天上飞地上跑的人间稀罕物，不要送戴教授。"张素心说着锁上车上楼去了。李全也离开了办公楼前。戴全刚生气地看着俩人离去的身影。

办公室收拾得很干净，但却没有看到付强。

张素心打开电脑，又看看手机，有妈妈的短信，让她有空回家一趟。

张素心给妈妈回电话，问什么事，但方心坚持要当面和张素心说。张素心想正好将咸鸭蛋和鸭子送给爸爸妈妈，就答应晚上回家吃饭。

门外，有轻轻的敲门声传来，张素心说"进来"，但门外还在敲门，于是张素心大喊了声"进来"。

付强小心地推开门，看见张素心一个人像松了口气似的："噢，您一个人啊。"

"不是我一个人还有谁？"张素心觉得奇怪，以往，付强进这间办公室比她还随便，今天却如此小心翼翼地敲门。

"你怎么了？"张素心问。

付强将一沓打印稿递给张素心："这是我做的下学期的备课资料。"

张素心接过："这么早就给我，不是还有一个暑假吗？"

"您不是常说勤奋、严格要求自己不仅是对学生负责，更是对自己负责吗？"付强规规矩矩地说。

张素心看了付强一会儿，觉得他很奇怪，但也懒得去琢磨他。她翻看着付强厚厚的一沓打印稿，看到上面红笔黑笔标注清晰，章节有条不紊，不由感叹："付强，你会是个好教授的。"

"谢谢您夸奖。"

林青推门进来，看见付强，便跟他打着招呼。付强客气地回应着便要离开。张素心叫住他。

"付强，好久没一起吃饭了，晚上我们一起去我爸妈那里吃饭吧。"张素心说着冲林青笑了笑。

"不……我就不去了。"付强看看林青又看看张素心，"你们去吧，我晚上有事。"

"有什么事啊，吃个便饭而已，看你紧张的，"张素心说，"我爸爸还挺想你去帮他种菜呢。"

"下次，我今天真约了朋友。"付强说。

"交女朋友了？"张素心故意地调侃付强。

付强的脸立刻红了，没有说话。

"行，下次再叫你。"张素心说着。付强就出去了。

付强刚离开，林青就过去吻张素心。

"你不要太大胆了，这可是办公室。"

张素心搂过林青的腰，林青顺势坐在了张素心的腿上。

"我知道。"林青说，"晚上真要和你一起去你父母那里？"

"嗯。"

林青突然有些紧张。

"放松些。有我呢。"张素心安慰着林青。

张数看到张素心带着林青回到家里，他的心紧了一下，他有种很不祥的预感。看到父亲的表情，张素心也有些后悔单独带林青来。还好，随后张数只关心他的菜园子，张素心便和林青一起将咸鸭蛋和鸭子拿进了厨房。

林青开始有些紧张，但随后也自然了，帮着方心洗了些菜，吃饭前又帮着张素心摆饭桌端菜。

只是，吃饭的时候，方心突然问林青有没有男朋友。这着实吓了张素心一跳，她看看张数又看看方心，她知道爸爸一定不会将她的事告诉妈妈的。

林青回答有，但不久前分手了。

方心又追问为什么分手了，这时，张数说小孩子恋爱分手很正常，吃饭吧。方心就没有再问了。

吃过晚饭，方心和张数将张素心叫到书房，而把林青独自留在了客厅。看着父母严肃的表情，张素心很忐忑。

方心和张数告诉张素心，暑假教育局组织一批大学教授去欧洲大学访问，名额有限，本来燕北大学是何主任去的，但考虑到何主任即将退休，便由张素心替代何主任去。

方心叮嘱张素心，这是一次很重要的访问，领队是教育局副局长。

"你一定不可以出差错，明年何主任就退休了。"方心说，"素心，你大了，你不能让父母再替你操心了。"

这一次，方心说得很温和，张素心也就接受了。

离开父母的家后，张素心很沉重，特别是临走前，妈妈说，素心啊，还是交个男朋友吧，我让王阿姨再给你物色几个，行吗？

方心难得地在征求张素心的意见。

张素心突然很愧疚，她看看爸爸说："好的。"

回去的路上，林青看出张素心心烦意乱，便问："怎么了？有什么事吗？"

张素心摇头，前面堵车了，估计是发生了车祸。张素心看着长长的车流，感觉前面的路好难好难……

如果这辈子只爱自己一个是很轻松的。一旦爱上他人，人生就会变得纠结辛苦。同性恋如此，异性恋亦如此。

"跟我有关吗？"林青担心地问。

曾经发誓再也不会犯爱上别人的错误，但身边的这个小自己12岁的女子，张素心想不能让她受伤害，必须保护她。

"没有。"张素心想了想说，"暑假，我要随教育局去欧洲访问，我们要分开一段时间。"

"噢。你忙你的，"林青说，"暑假我报了一个驾校。"

"好。"张素心抓起林青的手重重地亲了一下。

36／李薇薇怀孕了

北京国际机场 T3 航空楼出口处，张素心推着行李出来，远远就看到林青在冲她招手。张素心回身跟旁边随行的几个人打了招呼后，便冲林青而来。

"不是说好在车里等我吗？"张素心说。

"想你嘛。"林青说着要抱张素心，张素心暗示她旁边还有不少教育局的熟人，林青便接下了张素心的手推车。

"这次欧洲之行，收获如何？"林青边走边问。

"挺大的，"张素心说，"参观了别人的学校，才知道我们的大学太急功近利了。"

停车场里，张素心看到了自己的白色吉普车。

"怎么不开那辆黑色宝马？"张素心问。

"刚拿的驾照不敢开太好的车。"林青帮着张素心将行李放进后备箱。

"吉普车没有轿车好开。"张素心问，"你开还是我开？"

"我开来的，还是我开回去吧。"

俩人一坐进车里，林青就去亲张素心："想我吗？"

"想。"

"真的假的？"

张素心就笑了："当然真的。"

"那亲我。"林青说。

张素心看看四周，在林青嘴上亲了一下。

林青摇头，依旧伸着脑袋："不行，不满意。"

张素心就笑了，推开林青："开车还不老实。"

林青也笑了，发动车子，汽车出了停车场。

张素心穿着短裤、T恤在院子里晒衣服，林青在阳台上边吃冰激凌边看着她，洗衣机里还在洗着衣服。"叮咚"，张素心的手机有短信进来，林青进屋拿起手机到阳台上本来准备叫张素心的，看见手机里蹦出发短信的人名是姚小蔓，而短信内容也显示在手机页面上：**小流氓，在干吗？**

林青便犹豫了，将手机又放回原处。过了一会儿，"叮咚"，手机又有短信进来，林青忍了好久，终还是过去拿起手机，是一个叫钱惠的人发来的短信：**好久没见，周六晚上的单身Party，来吗？**

张素心晒好衣服上楼进屋，林青不想隐瞒。

"刚才你手机有短信进来，我不是有意看的，它自己蹦出来的。"林青说。

张素心就拿起手机，看完后又放回桌上。

林青跟在她身后，憋了半天才问："那……钱惠是谁？"

张素心回头看她："你真想知道？"

林青想了想又摇摇头："算了，我不想知道，"然后又嘟囔着，"谁知道又是你哪一个女朋友。"

张素心笑着上前拍拍她屁股："小心眼样儿。钱惠是FOOL酒吧的老板，人家都结婚了。"

"噢，我见过。"林青想了起来。

"放心吧，我不会去的。就在家陪你。"张素心去洗衣机里拿洗好的衣服。

"我可没有不让你去FOOL酒吧啊。"林青突然说。

"我也不想去。"张素心又装了一盆衣服准备下楼。

"你可以去，但要带上我。"林青在身后说。

张素心就站住了，看林青。

林青不好意思地偎过来，撒着娇说："反正周六嘛，去玩玩也没什么。"

"你真想去？"

"嗯……"林青扭扭捏捏的，"你总得告诉大家你有女朋友了吧。"

张素心看着林青，似乎明白了些什么："要向全世界宣布，张素心名花有主了，是吗？"

"是的。"林青又偎进张素心的怀里。

"行。周六姐带你逛拉拉酒吧，"张素心在林青的嘴上亲了一下，"你要闪亮登场，惊艳四方。"

FOOL 酒吧的一个卡座里，钱惠和李薇薇望着对面的张素心和林青好半天，李薇薇才说："你俩太配了，绝配。"

钱惠也肯定地点头应和。

"哈！"张素心很不屑地说，"憋了半天，就憋出这么一句话来。"

钱惠看着林青说："上次你一出现，我就觉得你俩不对劲。果然……"

林青不好意思地笑了，向张素心靠靠，握住她的手。

李薇薇突然捂着嘴想呕吐，离她近的林青扶住她。李薇薇推开林青，向卫生间跑去。

"不用管她。"钱惠说着，但林青还是跟进了卫生间。

"她怎么了？"张素心问。

钱惠却很开心地说："怀孕了，两个月。"

"真的?！"张素心不相信地看着钱惠，"说说你们怎么做到的？哎，钱惠，你怎么让薇薇怀孕的？"

"人工授精。"钱惠得意地说。

"你做的？"张素心不相信。

"当然是我做的。"钱惠捂着嘴低声说，"一个哥们儿的精子。"

"你真牛！"张素心很羡慕，她拿起酒杯，"来，恭喜你们，就要当妈妈了，这可是天大的喜事。"

钱惠和张素心碰杯："你有女朋友这也是大喜事。从此，我再也不用担心你抢我女朋友了。"

"哎，我什么时候抢你女朋友了。"张素心不服气了。

"怎么没有了？李蕾！"钱惠说。

"她也不是你女朋友。我可是先认识她的。"张素心说，"再说了，不是她，我们还成不了朋友，你也找不到李薇薇了。"

正说着，林青扶着李薇薇走了过来。

"回家休息吧，"张素心说，"这样多难受。"

李薇薇摆手："回家更烦，还不如在这里。"

李薇薇抓住林青的手："你们太般配了，什么时候你们也结婚生孩子。"

张素心皱皱眉头，看着林青尴尬地笑了。李薇薇知道自己说错了，忙捂着胸口靠在钱惠身上。

方小园说林青现在有了女朋友也不约她了，林青说没约是因为方小园结婚了。

"让你安安静静地过二人世界，怎么也不对了？"林青说。

"可是我想你了。"

听方小园这么说，林青就约她出来吃饭。

方小园瘦了。"怎么结婚还瘦了，不会有什么情况吧？"林青上下打量着方小园，并摸摸她的肚子。

"讨厌。"方小园笑着，"瘦了不好吗？"

"好，"林青说，"过得真快。一晃一年就过去了，再转年我就毕业了。"

"能留京吧？"方小园问。

林青想了想："应该没问题，心心可能会希望我留校。但我不想和她做同事，而且还是上下级关系。"

"心心……还宝贝儿呢。"方小园抱紧双肩，"真肉麻。她是你的上级不更好吗，可以罩着你。"

"哎，你知道吗？"林青突然来劲了，"她有个朋友就是我们去的那家拉拉酒吧的老板，和她女朋友结婚了，并且，女朋友还怀孕了，逗不逗？"

"怎么怀孕的？"方小园不解。

"人工授精。"林青说，"她还有一对朋友，是 Gay，两人也结婚了，收养了一个儿子。"

"你和她也会结婚吗？"方小园问。

"没考虑，我想先工作了再说，"林青想了想又说，"但我觉得心心可能会想结婚。她这个人吧，嘴硬心软。你看啊——虽然嘴里她常说没那么喜欢孩子，但有一天我们在西单看到一种叫'摇摇乐'的拍照机器，就是将两个人的照片放进去，来测算这两个人如果生个孩子会长什么样。我们俩就拍了照进去后测出来一个小女孩，鼻子眼睛像她，嘴巴像我。你知道吗？"林青说着突然乐了，"不过是个游戏，可心心将那张小女孩的照片小心地放进了钱包里。"

"看来她很喜欢孩子。"方小园说。

"当然喜欢，她自己就像个孩子，"林青说，"她常常照着镜子突然说'啊，我真漂亮！'，我都乐死了，竟然有如此自恋的人。"

"除了说你的心心，你还有别的话题吗？"方小园说，"看得出你很爱她。"

"嗯。"林青点点头。

"你确定你爱她？"

"我确定她爱我。"

"你很自信。"

"是的。"

"艾虎呢？你爱他吗？"方小园突然问。

林青一下子愣住了。脸色阴沉下来。

"你……都知道了是吗？"林青看着方小园。

方小园点点头："我昨天碰到艾虎了，他都告诉我了。"

林青一下子手足无措，反复地搓着双手，似有很多的纠结解不开。

"你准备怎么办？"方小园问。

"不要说了。"林青低下了头，"我爱张素心，她也爱我。"

37／出轨

夕阳很美，映红了半边天。

阳台上，张素心用三脚架支着相机拍着夕阳。拉长镜头后，镜头里，很清晰地呈现出燕北大学东门的影像，张素心调好焦距，"咔嚓咔嚓"按着快门。

突然，通过镜头，张素心看到一辆大红色马自达轿车停在了东门门口，一个女子从车上下来，然后一个男子跟下车，将一个双肩包递给了女子，随后男子上车，车开走了。女子在东门前站了会儿，看着马自达车远去，这才穿过马路向东园走来。

张素心放下相机，沉思片刻，又忍不住举起相机，拉长焦距，再看时，那女子进入东园后就看不见了。

张素心收起相机，靠在阳台的躺椅上，点燃了一支烟。

林青进屋时，张素心闭着眼睛快睡着的样子，手里的香烟已燃尽。

"昨晚是不是又熬夜了。"林青从张素心手中拿开烟头，扔进烟灰缸里。

张素心睁开眼睛，看着逐渐落下的夕阳。

"还没吃饭吧。"林青抱住了张素心，"我刚进来看到东园门口新开了一家秘制烤肉坊，想不想去吃？"

张素心摇头，依旧看着夕阳。

林青从包里拿出一个橘子剥皮："那你想吃什么？"

林青剥好橘子，掰了一瓣要放进张素心的嘴里，张素心躲开站了起来："你去哪儿了？"

"西单图书馆。"

"你怎么回来的？"

"坐地铁。"林青说着将那瓣橘子放进嘴里。

"地铁挤吗？"

"挤，每天都那样。"林青又要给张素心吃橘子，张素心却点燃了一支烟。

"最近上课怎么样？学生好教吗？"张素心问。

"还好吧。都事先备好课了，所以讲起来没那么费劲，"林青说，"何况有你这样一位优秀的导师在指导我。"

"看来将来你可以留校了。"张素心问，"毕业后想留在学校吗？"

"嗯……不太想和你做同事。"林青冲张素心挤眼撒娇，但张素心似乎并不领情。

"不想当老师，那你想干什么？"张素心问。

"嗯……"林青将身子靠在张素心身上，"我想当编辑……你觉得行吗？"

张素心看着林青，吸了口烟，半晌才说："没什么不可以的，燕北大学中文系研究生毕业，很容易找到编辑工作的。"

林青又吃了瓣橘子："我想去燕北大学出版社做编辑，你觉得行吗？"

张素心没有说话。

"行吗？"林青又追问了一句。

"我还真不知道，你可以试试。"张素心淡淡地说。

"你帮我啊——"林青撒着娇，"你是中文系主任。"

"我不是主任。"张素心推开林青来到阳台，看着远处的燕北大学。

林青疑惑地看着张素心，也跟到了阳台。

"如果，"张素心想了想说，"我这里得不到你想要的东西，我不反对你去别的地方找。"

林青愣了，突然有些伤心地推了张素心一下："你怎么了？你今天怪怪的。"

看着林青委屈的样子，张素心长长地吐出一口气："我应该可以帮你——"张素心说，"我可以帮你搞定工作，可以帮你搞定北京市户口。你还想我帮你什么？房子现在是不可能分的了。"

"能留京，有北京市户口就行了。房子以后自己买。"林青说。

"艾虎买房了吗？"张素心突然问。

林青一惊，看着张素心，不明白她想说什么。

"他买车了吧？"张素心又问。

"噢……"林青开始琢磨着张素心话中的意思，"他……是买了辆车。"

"什么车？马自达？"

林青看着张素心，半晌才犹豫地说："刚才是艾虎送我回来的，我不说……只是不想你误会。"

张素心点点头："为什么要他送你到学校门口，不到这里？"

"我不想让他知道我来你这里，"林青分辩说，"你不是总要我保护好自己吗？"

"是，你保护得很好。"

"别胡思乱想了，我爱你……"林青想过去抱张素心。张素心又躲开了。

"我知道你爱我，你会永远爱我。你不止一次地说过。"张素心说。

"你到底怎么了？"林青越来越忐忑，"和艾虎只是……前不久方小园结婚，我们碰到过一次。"

"是吗？"

"后来……你去欧洲，我学车期间，艾虎送我去过几次驾校。"

"是吗？"

"嗯……在这之前，有天方小园来电话说艾虎跟人撞车了。"林青说着眼泪都要掉下来了，"我、我不是要瞒你。我只是怕你知道……会……"

"会怎样？"

"会……"林青始终没有说出来，她满脸愧疚，惴惴不安。

张素心走近林青，直视着她。林青眼神闪烁，飘忽不定。

"会怎样？"张素心轻轻地问。

林青终究扛不住哭了起来，张素心大失所望，看来她的推测是对的。

"是……后来我想他一个人在北京也没有人照顾他，我就去看了他一次。"林青哭着说。

"是吗？就看了他一次？"张素心不再看林青，思索着该拿她怎么办。

"也不是，"林青越哭越伤心，"有那么两次还是三次，我也不记得了，我只是想安慰他。"

"所以就和他上床了是吗？"张素心说。

林青一愣，看着张素心，想否认，终还是承认了。

"那纯粹是冲动，是……一时冲动，事后，我跟他说不能再这样了。"林青已经满脸是泪了。

"但后来又上床了是吗？"张素心不紧不慢地说着。

林青只是抽泣着流泪，伸手想去抓张素心的胳膊。张素心甩开了她的手。

"做了几次？"

林青只是哭着摇头。

"次数太多记不得了是吗？"

"原谅我……我再也不会了。"林青使劲地抱住了张素心，"我爱你，我只爱你……"

张素心挣脱着，林青就是不松手。无奈的张素心一把抓住她的头发扯开了她，但随后，又强迫自己冷静了下来。

"林青，我想，是时候你继续你的生活，我继续我的生活了。"张素心说。

林青不明白地看着她。

"我们分手吧，"张素心说，"北京市户口、工作，我都给你，你已经得到了你想要的，你可以回到艾虎身边了。"

"不，不不，那不是我想要的。我只想要你。"

"你也已经得到了。"

"我只想和你在一起，原谅我，我保证不再和艾虎见面了。"林青跪下来抱住张素心的腿，"不要赶我走，我只想和你在一起。"

"不要再说了，我不想弄得大家不愉快，还是体面一点，你自己走吧。"

"不，我爱你，我知道你也爱我。"

"我们俩不合适的，你对于我来说太年轻了。我 37 岁了，而你才 25 岁，"张素心说，"我俩其实真的不合适，还是一个星座，在一起注定会相互伤害。"

"如果我坚持不走呢？"

"不要让我讨厌你，不要让彼此难堪，"张素心冷冷地说，"我不爱你，我已经不需要你了，你还留在这里有什么意思呢？"

林青渐渐止住哭声，她站了起来："你是害怕了对不对，害怕我将来嫌弃你？"

张素心走近林青："同性恋是没有结果的，你想一辈子被人唾弃，永远没有任何机会吗？……去和艾虎结婚吧。你是可以和男人一起的。"

"你呢？"

张素心冲着林青淡淡地一笑，微闭了下眼睛，她的表情漠然而冷酷："我现在离开这间屋子，希望回来时，你已经离开了。"

张素心将手机和车钥匙抓在手上，离开那间屋子时说："我不想再看到你。"

多年前有个女人对张素心说："Sisi，我有家，有丈夫，有儿子，你一开始就知道，你为什么还要来找我？"

每次做爱后，Helen 都会这样说一通，然后又会抱紧张素心："吻我，不要停……不要停下来，我愿意在你的吻中死去。"

那个时候，张素心表现得很理解 Helen，她想她之所以矛盾，是她一方面爱着张素心，一方面又受到婚姻的束缚。

"如果你这么痛苦，我们不要再见面了，"张素心说，"Helen，我爱你，但我不愿意看到你这样。"

"你爱我就不要离开我，你知道我需要你……" Helen 说，"每次我看到你，都希望你能留下，永远留下……"

但张素心知道，很快，Helen 又会处于一种强烈的自责中："两个女人是不会有结果的，同性恋是没有前途的。知道吗？ Sisi，我邻居的女儿和她同校的一个女孩在一起，我邻居知道后，把女儿送到了少教所。"

和 Helen 的那段日子，张素心也很混乱。她爱 Helen，但有时也被 Helen 的矛盾心情纠扯着。

"不要和一个已婚女人纠缠。她会伤害你的，"Alva 说，"离开她，会找到更适合你的爱人。"

张素心知道 Alva 的提醒是好意，其实这件事她也一直在犹豫，她不愿意伤害 Helen。

"是我的错。你应该回到你丈夫身边，"张素心说，"我们分手吧。"

"我一个人在牛津郡的乡村别墅里，我想见你，"Helen 说，"你必须来，我丈夫好像已经怀疑我了……"

张素心在 FOOL 酒吧门口站了一会儿，看着门上的那一串红色的小灯笼，还有灯笼中间那个小小的绿色圆形小牌，"FOOL"——英文直译"傻瓜、受骗者、受愚弄的人"。

张素心走进 FOOL 酒吧，钱惠一眼就看到了她。

"来得正好，我正和薇薇视频呢。"钱惠将笔记本电脑从吧台下拿到吧台上，"薇薇，张素心张教授乐乐同学来了……"

"嗨，乐乐，今天又不是周末，怎么来了？"薇薇在电脑里说。

张素心看看李薇薇又看看钱惠："当初你们是怎么想到给酒吧起名叫'FOOL'的，这名字太好了。"

"你怎么了？"钱惠看到张素心的神情不对，第一反应，就是去拿酒。

"FOOL——每个进酒吧的人都想把自己变成傻瓜。"张素心接过钱惠递过来的酒喝了一小口。

"发生什么事了？怎么就你一个人？林青呢？"李薇薇在电脑里问。钱惠示意她不要说话。

"人生中，总有那么一个人，让你心痛到不能自拔。"张素心淡淡地说，"25 岁那年，我去英国牛津大学攻读博士学位。在那里，我确定了自己喜欢女人……在牛津大学的第三年，我爱上了一个有夫之妇。这是个错误，一开始就知道自己会受伤，却还是义无反顾地去爱她。只是因为觉得爱就应该真诚，爱就意味着付出。但却忘记了，人是自私的，很多人为了保全自己会做出很决绝的事。"

张素心停了下来，喝光杯中酒，钱惠又给她倒上。

"你看上去很糟糕。"钱惠说。

张素心摸摸脸，淡淡地笑着："文学作品中对爱情的定位很唯美，说一个人的灵魂分成了两半，一半一生都在找另一半，这就是爱情。其实所有的爱情都是建立在谎言上的。"张素心看着钱惠，指指电脑里的李薇薇，"你们是怎么做到的？"

"什么？"

"相爱。"

"这很简单，只要一步步地向前走，真诚真实地爱护对方。"钱惠说，"你和林青怎么了？傻瓜都看得出来你在恋爱。"

"我们分手了，"张素心说，"她回到了她男朋友身边。"

张素心又喝干净了杯中的酒，钱惠要给她倒时，她拦住了，接过酒瓶，拿着酒杯离开了吧台。

钱惠看着张素心坐在了角落里的一个卡座上，自顾自地喝酒。

"你应该过去和她聊聊，她是我们的朋友。"李薇薇在视频里说。

钱惠点点头，拿了个空酒杯走到张素心的对面坐下。张素心往钱惠的杯里倒满酒。

"我毕业那一年6月，一个男孩因同性恋被同学们讥笑嘲讽而卧轨自杀的事件，震惊了整个英国。"张素心说，"《泰晤士报》整版报道了这件事，事情起因是两个男孩在教室里接吻，被另一个同学看见后告诉了他们的父母，于是这两个男孩中的一个被父亲打了一顿，而另一个不忍同学的讥笑和歧视卧轨自杀了……"

"后来呢？"钱惠问。张素心摇摇头。

这件事对张素心和Helen的触动很大，特别是Helen，她害怕了。她决定断绝与张素心的这种关系。但她断绝的方式非常自私，她只考虑到了自己。

Helen对张素心说，你是同性恋，我不是。我今天这样，都是你造成的。

"我都不知道她那么讨厌我。其实她只需要告诉我不再来往就行了，而不是告诉我的同屋。她大概以为我会纠缠。她让我好难堪。我当时真的很受伤。我知道同性恋和所有的恋情一样，也是很伤人的。"

"所以以后就不再相信爱情。"钱惠说。

"不是不相信，是不想再去拥有它。"张素心突然很气愤，"她跟我的同屋说我是同性恋，等于在别人面前扒光了我的衣服。说我勾引她，破坏她的家庭……我的同屋虽然没说什么，但是后来就搬离了那间宿舍。我们再也没有联系……你相信爱情。相信吗？不必相信。假的，都是假的。"

说到这里，张素心特别难过，她只是不想让自己显得太软弱，她抓紧双手，咬着牙，紧闭双眼，然后又努力睁开眼睛："我曾发誓不会再犯这个错误……终究我还是个傻瓜……"

眼泪终于还是控制不住地流了下来，张素心笑着去擦它。钱惠递给她一张纸巾，不再说话，只是给她倒酒。或许这样的时候，每个人都想把自己变成傻瓜。而最快速让自己变成傻瓜的就是酒精了。

凌晨，FOOL 酒吧打烊的时候，钱惠发现张素心睡在卡座的沙发上，她走过去，在她身上搭了一件外套，然后关闭了酒吧里所有的灯。

38/ 艾虎求婚

北京的秋天是很美的，但也很短暂。

转眼到了 12 月，这一年眼看就要过去了。

立冬前，气候干冷，时不时有强风刮过。

早晨，天灰蒙蒙的，一阵阵狂风卷起地上的尘土，纷纷扬扬，有半个塑料袋在风中飞舞。一名清洁工奋力地蹬着一辆装有扫帚等工具的三轮车，她的头部用毛巾紧紧裹着，只露出两只眼睛。突然一阵狂风袭过，三轮车仿佛刹住般站住了，而身后垃圾车里的扫帚也被吹下了车。清洁工只好下车，找到扫帚放回三轮车里，并用铁锹压住。

　　卧室里，门窗关得严严实实的，窗帘也拉得紧紧的，但仍可以听到屋外狂风的呼啸声。张素心裹着被子趴在床上熟睡着，突然"咣当"一声巨响从屋外传来，张素心惊得抬起了头，她看看四周，又看看一旁床头柜上的闹钟，7点了。张素心摸摸空着的被子，翻了个身，躺了一会儿就起床了。

　　张素心穿着大衣戴着帽子打开门，正好一阵风过来，帽子被吹了起来，张素心用手捂着，关门锁门，然后快速下楼。刚走了一半，突然腿下踩空，张素心跌下楼去。

　　张素心坐在楼梯下，揉着右脚腕，很疼。她强忍着站起，觉得自己很倒霉。

　　坐在车里，张素心揉揉脚，开车离去。

　　燕北大学人文学院研究院前，张素心停住车。打开车门，右脚刚挨地便痛得"啊"了一声跌坐在车上。付强正骑车至此，忙扔下自行车跑了过来。

　　"怎么了，张教授？"付强问。

　　"早晨下楼跌了一跤，"张素心摸着疼痛的右脚腕，"刚开车还不痛，谁知这会儿这么痛。"

　　付强轻捏着张素心说痛的地方，刚一碰张素心便又"啊"了一下，看来很严重。

　　"好像肿了，"付强说，"我送您去医院吧。"

　　"医院？"张素心摆摆手，"哪有那么严重，先扶我上楼。一会儿还有课呢。"

　　付强扶着张素心一瘸一拐地进了办公室，在沙发上坐下后，张素心脱去靴子，才发现整个脚面已肿得老高。

　　"这不行，得去医院拍片子，万一骨折了怎么办？"付强说。

　　"上完课再说吧，去医院也就是擦药。"张素心说。

　　"那您等我一会儿。"付强说完转身走了。

张素心套上鞋，挣扎着走到办公桌前，整理备课资料。一刻钟的工夫，付强气喘吁吁地回来了，满头大汗。

"我买了正骨水，我给您揉揉。"

付强喘着气说完，不等张素心回复，就将她扶到了沙发上。要脱袜子时，张素心有些不好意思："把药给我，我自己来。"

"我帮您会快一些。"付强说。

张素心就不再坚持。付强单腿跪在地上，开始脱袜子，上药，替张素心揉着脚面。看着付强那么仔细地干着这一切，张素心内心突然一阵酸楚。这是个很不错的男人，只是，她不可能爱他，更不会去伤害他。

轻轻的敲门声，林青推门进来。看着受伤的张素心和正帮她揉脚面的付强："怎么了，脚怎么了？"

林青要去摸张素心的脚，但手还未触及就被张素心挡住了。"付强正擦药呢，"张素心冷冷地说，"你有什么事吗？"

付强立刻感觉到了张素心的冷漠，他抬头看看张素心，又看看林青，低头继续擦药。

林青有些尴尬地站起，晃晃手中的一沓打印稿："找您几次都不在，我的论文。"

"搁桌上吧，"张素心想了想又说，"给付强吧。"

张素心对付强说："付强，以后这几个研究生的论文你来看。我太忙了，"张素心看着脚，"应该可以了吧？"

张素心的脚面已揉红了，她感觉舒服多了。

"可以了，付强。你把手洗洗，一会儿陪我去上课。"张素心说。

付强用纸巾擦着手，看看林青："要不，让林青陪您去吧。"

"说你就是你了，"张素心有些不耐烦，"你有劲，她扶不动的。"

中午，风弱了许多，太阳出来了。艾虎开着车缓慢地进入燕北大学东门，车后座上有一大束红玫瑰。艾虎是来向林青求婚的，这是方小园出的主意。

艾虎抱着红玫瑰进入宿舍区的时候，立刻引来了不少围观，平静的校园对此类八卦是很关注的。

林青正躺在床上，为张素心不理她而懊恼。

跟张素心分手有三个月了，张素心一点机会也不给她。开始她以为张素心使使性子，过十天半月就好了。但没想到，这次分手，张素心很坚决。这三个月，张素心躲她躲得很巧妙，她将一些课程交给了付强和另一个博士生，另外她现在每月有半个月时间待在厦门大学。这三个月林青一共只见到张素心两次，今天算一次，而上一次，张素心正给付强交代上课内容，说完之后，她就去了厦门。那一次，林青连和她说一句话的机会也没有。

今天，她和张素心虽然说话了，但很明显，张素心已彻底和她断了。

林青很难过，她不知道怎样能挽回张素心。

艾虎敲门时，是同宿舍的女生开的门，她一见艾虎的红玫瑰立刻尖叫起来，随即开始起哄，大叫着林青。

林青在上铺坐起身子，张着嘴看着艾虎和他手里的红玫瑰。

"林青，嫁给我！"艾虎一手举着红玫瑰，一手举着钻戒。

林青在上铺，她不肯下来，艾虎仰着头，脖子很累，手很酸。

"林青，下来啊。"

同宿舍的女生要上去拉林青，林青就自己下床了。

"你这是干吗，艾虎？"

林青心里说不出的滋味。拒绝、不拒绝都不合适。她只是站着，手背在身后。

"接玫瑰啊。"同宿舍的女生说。

艾虎跪了下来："嫁给我！我对你是真心的。"

"你起来说话。"林青侧着身子，不看艾虎。

艾虎没动，只是举着玫瑰花和戒指。同宿舍的女生比林青还着急，将林青拽到艾虎跟前。林青只好去拉艾虎："起来吧，起来说话。"

"你不同意，我就不起来。"

这都是方小园教艾虎的。方小园知道林青和张素心已彻底分手了，她是想帮朋友。她知道林青是个好面子的人，公众场合不会不给艾虎面子。

林青只好接过玫瑰花，艾虎就站了起来，打开戒指盒，取出戒指要给林青戴上。

林青忙阻止他："戒指先不要，我们还需要再谈谈。"

旁边又有同学开始起哄，屋外也站有不少同学，都以为求婚成功了，有人在鼓掌。

"林青，相信我，我爱你。"艾虎继续要给林青戴戒指。

"这戒指我先拿着。"林青将戒指放进盒子里，"大家可以散了。"林青举着戒指盒对围观的同学说。

同学们渐渐散去。林青说："艾虎，你也先走吧，我想一个人静静。"

"中午一起吃饭吧。"艾虎说。

"我累了，"林青又爬回上铺，"我会给你打电话的。"

艾虎站了一会儿，就告辞了。

艾虎走后，林青烦躁地看着桌上那束红玫瑰叹了口气。

付强打了两份饭从食堂里出来就看到了艾虎，他稍愣了一下，避开艾虎，拿着饭盒快速地过了马路。艾虎紧紧地跟上了他。

"等等，我能和你说几句话吗？"艾虎在付强后面叫着。付强只好站住了。

"我们之间没什么好说的，"付强不想和艾虎啰嗦，举举手里的饭盒说，"天冷，饭要凉了。"

"我就说两句。"艾虎说。

付强就等他说。

"我刚向林青求婚了，"艾虎说，"她同意了。"

"那恭喜你了。"付强说着要走，艾虎又拦住他。

"我告诉你是想让你知道，林青最终还是爱我的，所以，请你不要再骚扰她。"艾虎说。

付强本来要走，但还是忍不住停下了，他转身对艾虎说："林青是否爱你跟我没关系，但我想让你知道，我爱的那个人决不是林青。"

付强说着快速走了，他要给张素心送午饭去。

艾虎看着付强的背影沉思片刻，又回头看看林青的宿舍楼，他做了个决定。

办公室里，张素心看着一沓打印稿，付强端着饭盒进来，在张素心的办公桌旁铺上报纸，然后将饭盒放在报纸上。

"先吃饭吧。"付强说。

张素心仍然看着那沓打印稿："你先吃吧，我很快就看完了。"

付强便端着另一份饭盒坐在了办公桌的对面。

张素心很快看完了打印稿："挺好的，你的备课资料都可以印成册子当教材了。"张素心说着将打印稿放在一边，将饭盒连同下面铺着的报纸拖到跟前。

"那还不是您指导得好。"付强连说带拍着马屁。

"我下周又要去厦门大学了，几个研究生先辛苦你带着。"张素心开始吃饭。

"好的。您放心吧。"付强吃着饭，犹豫着要不要说林青的事。想了想还是决定告诉张素心。

"刚才在食堂外碰到林青的男朋友了。"付强轻声说着。张素心吃饭的动作慢了下来。

"他说，他向林青求婚了，"付强看了看张素心，"林青答应了。"

"挺好。"张素心冲付强笑笑，快速吃着饭。

付强突然好难过，并且越想越难过，他的眼睛也红了，深吸了下鼻子。

"你怎么了？"张素心问。

"没什么，"付强说，"一会儿，我再帮您揉揉脚吧。"

张素心点点头。

39／辞职

冬至那天，北京下了这个冬天的第一场雪。雪不大，薄薄的一层。雪停后，天一直阴阴的，感觉雪没有下透。周末的时候，天总算晴了。

下午，林青去澡堂里洗了澡，趁着天晴，将衣服也洗了。晚饭后，她精心打扮了一下，便出了宿舍。

林青知道张素心从厦门大学回北京了，她明白有些事情在学校里是解决不了的。

有人说：放弃一个很爱你的人，并不痛苦；放弃一个你很爱的人，那才痛苦。

林青不想再这样等待下去了。

离开燕北大学向南不到 200 米就是地铁站。林青坐上了地铁，她身后不远处，一个戴着黑色绒帽白口罩的男人是艾虎。他在跟踪林青。

林青在南锣鼓巷站出了地铁，在一个小卖部买了一包烟和一个打火机。艾虎跟着林青穿过一条很长的巷子，走到一个胡同，快出胡同口的时候，林青拐弯进入另一个胡同后就不见了。艾虎有些疑惑，四下搜寻着。那个胡同叫二货胡同。

艾虎也买了包烟，他决定在胡同口等着。他发现进入这个胡同的都是女人。

1

FOOL 酒吧里，张素心正在吧台旁和李薇薇玩骰子猜大小，张素心又输了。罚酒的时候，钱惠过来："跟薇薇玩你肯定输，她现在旺得很，你想想啊——"钱惠说着摸摸李薇薇圆圆的肚子，又起身亲亲她的脸。

张素心吧嗒了一下嘴巴，说不出的感动和羡慕："有 6 个月了吧。"

"嗯，"李薇薇抚摸着肚子享受着幸福，"我们刚知道是个男孩。"

"真好，准备去哪里生？"

"香港，过了新年，我和我妈妈先过去。"李薇薇说，"等快生了，钱惠再过来。"

张素心停下来，看着忙碌的钱惠和李薇薇："真佩服你们，这么复杂的事情处理得井井有条。"

"你也很棒，"李薇薇说，"看你的状态好多了。"

张素心笑了："我有很强的自我治愈能力。"

三个人不紧不慢地聊着天，张素心继续和李薇薇玩着骰子，钱惠在吧台边调着酒，陆陆续续有客人从酒吧外进来。有和钱惠熟悉的，进来时会跟她打招呼，同时问候李薇薇。

林青从酒吧外走了进来，钱惠愣了一下，看了眼正玩着骰子的张素心，没有说话。林青在酒吧转了一圈后，停在了张素心的身边。

"老板，我要一瓶杰克丹尼。"林青说。

张素心和李薇薇都愣住了，不知道林青要干什么。

"对不起，我们这里的杰克丹尼是一杯杯地卖。"钱惠说。

林青就拿出 500 元钱放在桌上："这能买几杯？"

钱惠看了张素心一眼，收起其中的 200 元钱，拿了两个杯子放在林青面前，然后分别倒上了杰克丹尼。

林青将其中一杯酒推向张素心："张教授，能请你喝杯酒吗？"

2

张素心笑而不答。

"噢，应该是乐乐。"林青纠正说，"能请你喝杯酒吗，乐乐？"

张素心依旧笑而不答。钱惠扯扯李薇薇，李薇薇知趣地收起骰子。

"在这里应该可以和我说话吧，"林青说，"这里也不是学校。"

张素心用手指点点林青的左手："听说你订婚了，怎么没戴戒指？"

"你消息真灵通，"林青喝着酒，"这是找乐子的地方，谁会傻到告诉别人自己订婚了呢。"

"聪明，你终于做了个正确的决定。"张素心说，"去吧，如果你喜欢女人，这里很多，这个周五的夜晚不会寂寞的，去找乐子吧。"

张素心说完离开了吧台，去舞池跳舞去了。

林青一口口喝着酒，喝完了一杯，又拿起另一杯。

"她爱你。"李薇薇突然说。

林青看了眼李薇薇，又回头看着舞池里和别人跳舞的张素心，然后将杯里的酒一饮而尽。

"老板，再来一杯。"林青说。

钱惠看看林青，又看看李薇薇。

林青将100元钱放在吧台上："你们的酒不是限量卖吧？"

李薇薇过去给林青倒了一杯酒，然后将100元推还给她。

"不要伤害她！"李薇薇又说。

林青一愣，微皱了下眉，端着酒杯离开了吧台。

张素心跳累了，拉着一名女子坐在卡座里。

"你跳得真棒，你出汗了。"

张素心用手抹着女子额头上的汗。林青过来，坐在了她们的对面。

"你走开，我要和她说几句话。"林青不客气地对张素心身边的女子说。

女子一愣："你谁啊？找抽吧你！"

钱惠忙过来拉开了那个女子。

"没找到合适的吗？"张素心说，"不要太挑剔，这个夜晚很快就过去了。"

"你找到合适的了吗？"林青问。

"我通常临走前才决定带谁回家。"张素心说。

"你觉得两个人之间有爱吗？"林青又问。

"当然有，"张素心说，"我一直在找，找一个懂我的人，我爱她，她也爱我。"

"那你现在在干什么？"

"跟你一样，找点乐子。等着带一个合适的女人回家。"

林青笑了，喝着杯里的酒，略带着醉意，说："你可以随便带一个女人回家。那么今晚……你愿意带我回家吗？"

白色吉普车开进了东园，停在了院子里。张素心和林青一前一后地上楼。

张素心打开门，按亮客厅里的灯，将棉服扔在沙发上。

"喝什么？橙汁？"张素心问。

"好。"

张素心从冰箱里拿出一瓶都乐橙汁，打开递给林青。然后又拿出一瓶啤酒打开后，一口气灌下了小半瓶。

张素心用手背擦了擦嘴，解开了衬衣纽扣，冲林青张开了双臂。

"你是做了再洗，还是洗了再做。"

林青没有说话，快速上前吻住了张素心。

屋外，天气很冷。楼梯一角，艾虎戴着帽子，缩着身子，一口一口喝着一瓶二锅头。

24

清晨，阳光毫不吝啬地射进屋内，照着床上裸睡的两个人。

林青半侧着身子，面向阳台。张素心在身后紧紧贴着她的身体，右手从她的脖子下穿过，左手从腋下过去抱着她的胸。

门外传来送奶工放牛奶的声音，林青微微地睁开眼，看看前方，转身窝进张素心的怀里，亲了亲她的下巴，然后又睡了。

张素心也醒了，她看了看闹钟，起身穿睡衣。

林青睁开眼，疑惑地看着张素心："不再睡会儿吗？"

"我想你该走了。"张素心依旧很冷漠的样子。

林青看着她，突然向上伸出双手："抱抱我……"

张素心犹豫着，终还是走了过去，林青一下子将张素心拖进被子里。

"不是什么事都由你决定的。"林青将手伸进张素心的睡衣内。

"你要干什么？"张素心躲闪着。

"我要强暴你！"林青说着张素心笑了，她害怕胳肢，但林青似乎没有放过她的意思，两只手在张素心的腋下、腰间快速挠着，张素心已无力还击，只能被林青压在身下……俩人吻在了一起。

门外，艾虎拿起一瓶牛奶，用手中的跳刀去掉上面的封皮，一口口喝着。喝完了一瓶，又拿起一瓶。在第二瓶喝完后不久，他听到大门"咔哒"一声打开了，林青走了出来，但随即她吻住送她出来的张素心。

"我可以来找你吗？"林青问。

"你可以去 FOOL 酒吧找我，通常周五的晚上我会去那里。"

张素心说着，林青又去吻她。突然，张素心推开了林青，眼睛望着墙角处坐着的一个人。

随着张素心的目光，林青也回过头来，接着她惊得捂住了嘴。

艾虎坐在墙角里把玩着手上的一把跳刀，他的脚边倒着一个二锅头空酒瓶子和两个空奶瓶。

"艾虎，你、你怎么在这里？"林青问。

艾虎没有说话，斜眼看着她俩，弹出手中的跳刀。

张素心一惊，下意识地将林青拉在身后。

"你在这里多久了？"张素心轻轻地问，又迅速打量着地上的空酒瓶和空奶瓶。很显然，艾虎在这里待了很久。

艾虎缓慢地站了起来，腿有些麻，他稳了稳，也让自己冷静些，但又无法克制，他走向两个惊慌的女人。

"艾虎……"林青不知说什么好，她紧张地看看张素心。张素心又将她拉在身后。

"艾虎……"张素心也不知道该说些什么，她慌乱地推开房门，"进屋说吧，外面冷。"

"说什么！"艾虎还是没忍住，他抓住了张素心的衣领，"你们都干了什么？你对我老婆做了什么？她是我未婚妻你他妈知道吗？！"

艾虎手里的跳刀在张素心的脸上飞来飞去，她微闭着眼睛。

"艾虎，不要乱来……不要乱来……"林青抓住艾虎，哭了起来，"不要乱来，艾虎……"

林青的哭声起了点效果，艾虎松开张素心，搂过林青："这是我老婆，"艾虎看着林青，"是不是？"

林青害怕地点头。

"我的未婚妻？"

林青再次点头。

"她一直很爱我，我们一直很相爱，"艾虎说着有些难过，他再次看着林青，"是不是，林青？"

林青只是点头。

"那你对她做了什么？她不再喜欢我。"艾虎问张素心，又举起了刀。

"艾虎……不是……"张素心摇头，说不出话来，她想让艾虎放下刀。

"不是什么？"艾虎依旧拿刀指着张素心，"难道昨晚不是你把我的未婚妻带回家的吗？张教授，我们一直很相爱……她一直很爱我。因为你……"艾虎看着张素心，顿了顿，同时咬咬牙，"你骚扰她？你一定强迫她了。你利用工作职务诱惑她，对不对？张教授——"

张素心吃惊地看着艾虎："不，不、不，不是这样的。"

"艾虎，不要乱讲，不是这样的……"林青说。

"那是怎样？！"艾虎大声吼着，他又看向林青，"怎样？"

此时的林青已手足无措，惊慌、害怕、紧张……她摇着头，只是死死拽着艾虎："艾虎，不要乱来……艾虎……"

艾虎并不理会林青，他使劲将张素心抵在墙上，张素心痛得咧了咧嘴。

"都是你！你一直在诱惑她……骚扰她、强迫她……因为你，她要和我分手……"

"艾虎，不要乱来……求你了……"林青的哭声越来越大。

艾虎"突"地松开了张素心："我不打女人，但我要告你性骚扰我的未婚妻，利用职务一直在诱惑她！"

艾虎说着拉着林青下楼去。

张素心惊呆了，一下子也慌乱起来："不是这样的！"张素心在身后叫着，"不是这样的——"

张素心追下楼，拦住艾虎和林青。

"艾虎，不要冲动，听我解释。"张素心看看林青。

林青也抱住艾虎："艾虎，冷静点……"

一楼有邻居从窗口往外看着。张素心略退了退，想让场面自然些。

"冷静？"艾虎对林青说，"本来你好好的，你很正常的，你一直爱我。"艾虎说着又伤心起来，"如果不是她，你还会像过去一样爱我……都是因为她——诱惑了你，勾引了你……"

"我一定要告你!"艾虎冲着张素心恶狠狠地说,"我要让你身败名裂!"

王副校长难以想象他听到的。艾虎告张素心利用研究生导师的职务,诱惑强迫了他的未婚妻林青和她发生关系。这是一件看上去很恶劣的事件,但却让王副校长心一喜。他看着沉默皱眉的张素心,看着愤怒的艾虎,看着手足无措的林青。王副校长在心里盘算着,这并非是一件难摆平的事情。说严重是个丑闻,说不严重不就是导师和学生发生了性关系吗?但这件事对于张素心而言,从此他就有了她的把柄,她就必须得迁就顺从他了。

王副校长摆出一副严明公正的样子,他想这里面最弱的那个人就是林青了。

"她性骚扰你了?"王副校长问林青。林青没有说话,眼泪顺着她的脸往下流着。

"你未婚夫告张教授性骚扰你、诱惑你发生性关系,你知道这件事的严重性吗?"王副校长缓慢地说,"如果事情成立,这是件极其恶劣的丑闻,足以让张教授身败名裂,一辈子都抬不起头来,不可能在教育界待了,"王副校长意味深长地看了张素心一眼,"这将是一生的污点。"

张素心一惊,抬头看王副校长。王副校长接着跟林青说:

"如果没有此事,那么,你和你的未婚夫就是诬陷、诬告张教授。这也是极其恶劣的事情,一个学生诬告她的教授性骚扰她。"王副校长看着林青,"这是对燕北大学的污辱。那么,学校为了严正纪律,只能开除你!"

林青一惊,她惶恐地看看张素心,又看看艾虎。

王副校长觉得已经达到了自己想要的效果,他放缓了口气,说:"我是一个追求事实的人,也是一个讲道理的人。有一点,你们放心,今天的一切谈话都是隐私,不会公开。"

"青青，大胆说出来，不然你会被开除的。"艾虎说。

林青依旧流着泪，不说话。

"林青同学，"王副校长说，"这是个很严肃的事情，你的回答关系到燕北大学的名誉，也关系到你自己的名誉，一定要想清楚了。"

"你不要逼她。"艾虎指着张素心说，"是她，她诱惑我的未婚妻和她发生性关系。昨晚……"艾虎说着很委屈很受伤，甚至觉得很窝囊，但又很气愤，"我亲眼看到她带我未婚妻回家……"

"回家又怎么了？"王副校长装作不解的样子，"两个女人想聊聊天也很正常。"

"我怀疑……"艾虎说着看看林青，"我怀疑我未婚妻很久了，这段时间我一直跟踪她。昨晚我在……"艾虎说着又看了张素心一眼，"她家门外待了一夜……"

张素心一惊，有些泄气，她摸着额头，微闭了下眼睛。她知道自己惹上大麻烦了。

"让她自己说，这件事要听当事人的。"王副校长说，"林青同学，你实事求是地说，张教授有没有性骚扰你？'是'还是'不是'？"王副校长盯着林青，低声说，"我要听真话，否则你会被开除的。"

"青青，"艾虎扶着林青的双肩，"已经到这份儿上了，你不用替她隐瞒，告诉校长，张素心是不是性骚扰你了？你只要说'是'还是'不是'。"

林青摇头。她满脸是泪，此刻除了哭，她不知道自己还能干什么。

"青青——"艾虎急了，"你会被开除的！"

王副校长有些失望，他看了张素心一眼，再次说："林青同学，你只要说'是'还是'不是'。"

"你不要老问她，"艾虎冲着王副校长指着张素心大声说，"你问她！她才是罪魁祸首。"

王副校长不急不慢地说："我会问的，双方我都要核实。素心——"王副校长轻声说，"你是名优秀的教授，毋庸置疑……"

王副校长话还未说完，艾虎冲过去问张素心："你性骚扰了我未婚妻，是不是？你不能否认，这是事实。"

张素心站了起来，她不想回答艾虎的质问，她走到窗前。艾虎还要上前问，王副校长喝止住他："艾虎同志，这是我的办公室，既然你来了这里，这件事，就交由我来处理。"

"你怎么处理？你在包庇她。"艾虎不服气地说，"我要去教育局告你和你的学校，还有她！"艾虎指着张素心说。

张素心惊得回过头来。林青一下子停止了哭泣。

王副校长拉住艾虎："坐下，年轻人！你做事太冲动，会害了你未婚妻的。"

艾虎坐下。

"你希望这件事情沸沸扬扬吗？你希望所有人包括媒体知道这件事吗？"王副校长也让张素心坐下，他又看了看林青。

"这件事情传出去对谁都不好，不仅她……"王副校长指指张素心，又指指林青，"还有她，"王副校长又指指艾虎，"还有你。你希望别人知道你的未婚妻和一个女人在一起吗？"

艾虎张了张嘴："可、可是你，要解决啊。"

王副校长松了口气，他看到张素心感激的目光，他有些得意。

"当然要解决……"王副校长递给艾虎一支烟，自己也点燃了一支烟。

"林青，还是回到刚才的问题，"王副校长说，"你只要回答张教授是不是性骚扰你，'是'，我们来解决；'不是'，你和你的未婚夫就是诬告，你将会被开除。"

"我——"林青张着嘴，看着王副校长。

"青青，你好不容易考上了研究生，你说过你想留在北京，你想要一个北京市户口。"艾虎急切地看着林青，"如果开除了，这些都没有了。"

"我——"林青低下头，她已经不知道如何是好了。

王副校长步步紧逼："林青，你的未婚夫说得对。留校和北京市户口这些都是可以商量的，但如果你被开除了，这些都没有了。"

林青握紧双拳，身子抖了起来。

张素心看着有些心痛："艾虎——"张素心问，"你想怎样？"

艾虎咬牙切齿地说："我想要你身败名裂！"

艾虎转身蹲在了林青面前："青青，我知道你是被逼的，我没有怪你，我们和过去一样。你只要说'是'还是'不是'。"

"是……"林青轻轻地说，声若蚊蝇。

"什么？"张素心不敢相信自己听到的，她呆呆地看着林青，"你说什么？你说我性骚扰了你？"

林青不说话，只是哭，艾虎搂着她安慰她。

"'是'什么？"王副校长再逼一步。

"她都说'是'了，"艾虎冲着王副校长大声说，"是她，"艾虎指着张素心，吐出一口恶气，"性骚扰了我的未婚妻。"

"素心，我不会听一面之词，不会冤枉一个好人，也不会放过一个坏人。"王副校长转向张素心，"没有的事情不用承认，有些学生为了北京市户口、为了留校不择手段，这种事一直都有发生。对这类学生，学校会开除她的学籍！"

张素心无言以对，所有的难堪似乎在瞬间抵达，她已不想回答，已不想说什么了。

"林青同学，"王副校长再次说，"张教授可是享誉全国、品行兼优的著名教授，你对你的言辞要注意。"

"什么品行兼优的狗屁教授，她就是个卑鄙的同性恋，利用研究生导师的职务勾引自己的学生上床。"艾虎看着张素心，搂紧林青，对王副校长说，"青青不是同性恋，如果没有人诱惑她，她不会背叛我的。"

王副校长突然也想弄明白这件事："那林青，你有和张教授发生性关系吗？你不用说'是'或'不是'，你就点头或摇头。"

林青看着艾虎又看看张素心，轻轻点了下头。

张素心皱紧眉头，她咬紧牙关，事情越来越偏离轨道，她有些待不下去了。

"是吧，她性骚扰我未婚妻了吧。"艾虎说。

王副校长没有理艾虎，依旧问林青。

"林青同学，你说你们发生关系了。在哪里？什么时候？有几次？第一次是怎么发生的？……"王副校长问。

"我、我们……"林青抬头看看艾虎，又看看王副校长，她不敢直视张素心，她不知道该怎么办了。

"你们发生关系了？第一次在哪里？怎么发生的？"王副校长还在问。

"第一次……我们……"

"对。"张素心突然说。

所有的人都停住了，看着她。

"是，"张素心说，"不要逼问她了，是的，我性骚扰了我的学生林青。不止一次。"

所有的人都惊呆了。她要毁了自己吗？

"是的，"张素心冷静下来，她低下头，"我性骚扰了我的学生林青，我不配做一名教授，我对不起这个职业，我辞职。"

王副校长愣住了，这不是他想要的结果。

40/ 分手

张素心永远记得那个晚上。

在英国牛津郡的一座乡村别墅里，张素心被 Helen 推出房间外："快走，Sisi，我丈夫回来了……"

那个有些秃顶的英国男人，举起路边的垃圾桶砸向她开的那辆车……

她记得当时满脸是血的 Alva 大声地喊："Sisi，快跑。快跑，Sisi……"

慌乱的张素心发动汽车，却怎么也打不着，于是，她扔下汽车跑了。

那个晚上，受到强烈惊吓的张素心躲进了艺术学院的地下杂物间里。杂物间不过三四平米，但张素心仍觉得太大太不隐蔽，最终，她在窗帘后坐了一个晚上。

第二天，是她的博士毕业典礼。临近中午的时候，Alva 带着张数在地下杂物间里找到了她。

此刻，张素心坐在客房阳台的地上，这个地方是这套房子里最小的空间。

10 个小时前，在王副校长的办公室里，张素心说完"我性骚扰了我的学生林青，我不配做一名教授，我对不起这个职业，我辞职"这句话后，就离开了王副校长的办公室。打开门时，她感觉林青站了起来，但艾虎随即拉住了她。

走到办公楼外，张素心仰头看着寒冷阴霾的天空，眼泪再也忍不住地夺眶而出。她不敢相信这一切是真的，她不确定到底发生了什么事，或许这只是梦。

顺着校园小路，张素心走到了莲花池。莲花池边寒风凛冽，池水冻结，整个莲花池如同铺上了一层厚厚的白银。

张素心围着莲花池走了一圈又一圈，寒风将她的脸吹白了，鼻子吹红了，但她一点也不觉得冷。她敞着大衣，任由风将大衣吹得东飘西荡。

手机突然响起，是妈妈打来的。电话里，方心让张素心马上回家。

挂断手机，张素心明白刚刚所发生的一切不是梦，都是真的。她猛地将手机扔了出去，手机带着一条抛物线甩向池中，在白色的冰块上发出"嘎嘣、嘎嘣"的脆响。这时，瑟瑟的寒风中飘起了雪花，干燥阴冷，一场暴风雪就要来临。

一个小时后，张素心来到了昆湖别墅，她知道有些事情是躲不过去的。

"告诉我，到底发生了什么事？"方心严肃而激动。当严校长含糊其词地告诉方心，张素心要辞职的事时，方心吓坏了，到底发生了多么严重的事情，能迫使张素心辞职呢？

"说你喜欢女人？怎么可能？"方心说，"这是诽谤！"

方心非常激动，说着说着就喘不过气来。

"冷静，冷静。"张数一旁劝慰方心冷静一些，但方心如何能冷静得了。

"这个'林青'就是你带回家的那个女生吧？"方心说着责怪地看着张素心一眼，"现在的女孩子真不要脸，连女教授也不放过。她不过是想要一个北京市户口，给她就是了。"方心喘了口气，放缓语气，"严校长说了，你请个病假。我也觉得你应该休息一段时间……有病看病，我给你找个心理医生。"

张素心愣住了，看着妈妈："为什么要给我找个心理医生？"

方心看看张素心："我这是为你好，找个心理医生给你开导一下。你会好起来的。"

"我没病，"张素心说，"我不需要心理医生。"

"你怎么没病？你——"方心说不出口，"你不正常知道吗？"

"我怎么不正常了？"张素心说，"是的，我喜欢女人，但不代表我有病。"

"你——亏你说得出口，"方心看了张数一眼，"都是你宠的，你管管！"

25

"素心，听你妈妈的。"张数劝说着。

"妈妈，我不用请病假。我已经决定辞职了，不会改变的，"张素心说，"我不用看心理医生，我没病，我只是喜欢女人而已，跟喜欢男人没有任何区别。"

"啪！"方心打了张素心一个耳光。长这么大，妈妈这是第一次打她。

"你不要说了，你丢尽了我的脸！"方心说，"你怎能如此不知廉耻？"

"廉耻？我丢尽了您的脸？"张素心低头笑了，"是，我就是喜欢女人，我喜欢亲吻女人，我喜欢抚摸女人，我喜欢和女人做爱……"

"住嘴！"张数大声吼着。

张素心抬头，才发现方心已经昏倒在张数的怀里。

林青在沙发上躺着，她手里握着手机，身体僵硬。旁边沙发上的艾虎正一口一口吸着烟。

"别想了，我都替你摆平了。王副校长答应只要我们不再提这事儿，你可以提要求，留校留京都行，"艾虎想了想又说，"你有什么想法？"

林青皱着眉头，她根本没有听艾虎说什么。她看着手机，她想张素心现在怎样。她怎样了，发生了这么大的事，她一定恨死自己了。

艾虎接着说："我怀疑你、跟踪你是不对，但能为你做的我全都为你做了，你知道这事我有多丢脸吗？"

林青将手伸进嘴里咬着，事情太突然，发生得太快，她到现在都没能想明白，到底怎么回事？她就记得张素心离开时的表情，心灰意冷、绝望……林青将手指都咬出血了。艾虎忙过去拉住她的手："我没有怪你的意思，毕竟对方是个女人，我也不会嫌弃你……"

林青的眼泪又止不住地流了下来。她真的很想知道张素心此刻在哪里，怎样了。

"能让我自己待一会儿吗？"林青哀求着。

艾虎看看林青，又看看墙上的钟："我给你煮碗面吧，都下午了。"

林青点点头，拿着手机进卧室了。

进到卧室后，林青就躺在床上给张素心打电话，但手机一直是忙音。林青就躺上床胡思乱想起来。

张素心会去哪里？她会怎样？她真的要辞职吗？

"对不起，对不起，对不起……"林青的眼泪顺着眼角往下流着，"我该怎么办？我要怎么办？我怎么办才能帮你？……"

林青隔一会儿打一下手机，忙音忙音忙音，永远是忙音。

张素心不接电话，她一定恨死我了。

林青又将手指放进嘴里咬着，一个手指咬出血了，她又去咬另一个手指，但仍不解恨，她开始用手指抓脸……艾虎进来时，看到林青脸上的划痕，吓坏了，上前抓住了林青的双手。

"不要这样，青青。我真没怪你。"艾虎看着林青受伤的脸，也很难受，"我煮好了面，去吃点吧。"

艾虎拉着林青下床，想缓解下气氛，说："外面下雪了，可冷了。"

林青听了向窗外望去，雪花纷纷扬扬，在空中飞舞。林青又想，张素心是否回家了？这么冷的天，她会去哪里？她要怎么办？

餐桌上，摆着两碗面。艾虎将一碗面条摆在林青面前，又递给她一双筷子："趁热吃吧。"

林青看着面条，又看看艾虎："为什么早晨你要出现？为什么有事不先找我说？为什么？"

"青青——"艾虎坐在林青对面，他也很委屈，他叹了口气，"你是我的未婚妻，我关心你，我担心你，我怕你受伤害……"

"我不是你的未婚妻，我从来就没有答应过你的求婚。"

"你收了花和戒指，就是我的未婚妻……刚才当着张素心的面，你自己不也承认了吗？"

说到张素心，林青又一阵难过，眼泪又流了下来。她放下筷子，她吃不下。她从包里翻出了艾虎送给她的那枚婚戒："给，还给你。"林青将那枚戒指放在餐桌上。

艾虎看林青这样，知道她也受到了惊吓。

"你想过你的父母没有？你想过别人会怎么看你？别傻了……"艾虎说，"我是在帮你。"

林青看艾虎，突然问："她真的辞职了？"

艾虎叹了口气："青青，现在你只能往前走，不能回头。不然你什么都没有了……还有可能被开除……并且，无论你再做什么，她都会恨你。"

林青依旧看着艾虎。

"不要怪我做这些，我都是为你好。"艾虎抓住林青的手，"只要你以后好好和我过日子，我既往不咎。"

林青琢磨着艾虎的话。

"你必须跟她彻底断了，"艾虎说，"你帮不了她。"

林青一惊。

"是的，"艾虎拿起那枚戒指又递给林青，"跟她彻底断了，然后嫁给我，这是保护你的唯一选择。"

林青没有接戒指，她重复着艾虎的话："和她断了，彻底断了……你说得对，或许这是唯一能帮她的。"

林青喃喃地说着，她站了起来，去拿自己的羽绒服。

"你要去哪里？"艾虎急切地问。

"你刚才不是要我和她彻底断了吗？我这就去。"林青说，她的脸上没有任何表情。

晚上 9 点的时候，张素心从医院里出来。妈妈已经脱离了危险，但不想见到张素心，她就离开了病房。

医院外，雨夹杂着成团的雪花铺天盖地，寒风中张素心通体透凉，浑身哆嗦，她感觉自己要生病了。张素心坐进车里，让自己暖和了些，她决定去 FOOL 酒吧。似乎这个时候，那里是唯一能给自己温暖的地方。

张素心一进 FOOL 酒吧，就看到了吧台旁坐着的林青，她抓住她，将她拖出酒吧外。

"滚！你还有脸来这里。滚！我不想再看到你。"张素心拖着林青到了二货胡同，将她推向胡同口。

林青伤心地哭了起来："我不放心你……想看看你。"

"看我怎么倒霉是吗？"

林青摇摇头，她非常愧疚，她知道一切都已无法挽回。

"你还想要什么？北京市户口、留校，你都得到了。你还要怎样？"张素心冲林青大声嚷着，但嗓音沙哑。

雨夹雪越来越大，寒风一阵阵从胡同口吹进，张素心的头发淋湿了，风将大衣吹开。林青不禁想过去帮张素心系上大衣的扣子，张素心用力推开她。

"是的，我都得到了。"林青大声说。

"那你还不赶快和你的未婚夫去狂欢庆祝？！"

林青看着张素心，很心痛也很心酸，她咬咬牙："我必须来找你，要和你说清楚，这也是艾虎的意思。"

张素心安静了，愣愣地看着林青。

"艾虎？你男朋友？你未婚夫？"张素心大声吼着，"你为什么不制止他？"

林青难过地看着张素心。

"你说过你会保护自己的，你说过你不会给我增加麻烦……你说过……"张素心的眼泪也流了下来，"你说过太多……"

"对不起……"林青哭着说。

"为什么说我骚扰你？"张素心抬头看着林青，"我骚扰你了？我勾引你了？"

"是，"林青说，"是的，你一直在勾引和诱惑我，一直都是……"

林青上前抱住张素心，她浑身冰凉凉的，林青摸着她的脸："你怎么这么凉？你好冷。"林青抱住张素心，紧紧地抱着她，暖着她的身子。

"你为什么不否认？"林青问，"为什么？"

张素心任由林青抱着她，眼神茫然地望着前方："我不愿意，看到你为难……不愿意从你嘴里听到我们的第一次……我不愿意……"

"为什么——"

"因为我爱你——"张素心说完挣脱开林青，向 FOOL 酒吧的方向走去。

林青笑了，她的头发也被雨雪打湿了，脸上分不清是雨水还是泪水。她向前追赶两步，拉住了前行的张素心，慢慢走近她，从背后紧紧地抱住她冰凉的身体。

"啊——"内疚和悔恨的泪水止不住地往下流，林青抱紧再抱紧怀里的这个身体，她是那么瘦弱，她那么需要温暖，她真想一直抱着这个身体，给她温暖。

"你本是弱不禁风的女子，何苦把自己装扮得如此坚强，为了这强大的外表，你得掩藏内心多少的恐惧。"林青忍住泪，整个脸埋在张素心的颈窝里，抱紧她凉凉的身体。许久许久，林青慢慢地松开张素心，绕到她的面前，吻住了她的双唇，久久地吻着，然后松开了她，向后退去。

"你说得对，同性恋是没有结果的。并且，我是可以接受男人的，我不爱你了，你对我已不重要了……"

林青满脸是泪，张素心看着她："那你哭什么？"

"我要走了……"林青痛哭起来,"我要离开你……以后,我会和艾虎继续我们的生活,你不要再来打扰我,"林青擦擦脸上的泪,"请你……请你一定好好地过你自己的日子。"

泪水雨水雪水纷纷落在张素心的脸上,她只是看着林青,听她说。

"想想,我 36 岁的时候,你都 48 岁了。你对于我来说太老了……"林青看着张素心,最后再看看她,"你本就是个无情无义的人……你就应该做到无情无义……"

林青说完转身要走,她的手却被张素心抓住了。她想挣脱,却很无力。于是,林青再次回过头来,吻住了张素心,这次的时间更久。

雨雪中,俩人热吻着,无数的纠结和无奈。

林青松开张素心时,她们的眼泪已和雨雪连在了一起。张素心仍闭着眼睛做亲吻状,林青将她往后推了推:"我真的要离开你了,我不能和你一起了。你要是恨我,就一次恨个够。"林青再次上前抚摸着张素心满是泪水的脸,"我什么也帮不了你,只能让你更恨我一些……"林青松开张素心,后退着,然后向胡同口跑去。

张素心一直闭着眼,直到林青彻底消失在胡同口。她突然停止了落泪,用手掌抹了抹脸上的泪水和雨水,转身向 FOOL 酒吧走去。

FOOL 酒吧里,四五个女子在舞池里扭动着身子。

"你怎么让她走了?"钱惠拦住张素心。

"只要她好就行了。"张素心脱去湿漉漉的大衣,脱去衬衣,踩着强劲的音乐进入到舞池。

灯光闪烁,舞池里跳舞的人渐渐多了起来。张素心随着音乐左右摇摆,她的身体渐渐泛出了汗水。舞池里的彩屑随着人们的舞动飘向空中,落在她裸露的上身,黑色内衣在灯光下异常耀眼。

她美极了。

随着汗水越来越多，她越来越热，越来越压抑。突然，张素心拨开人群，冲出舞池，冲出 FOOL 酒吧，冲进了雨雪交加的二货胡同。她张开双臂，冲着黑暗的天空大喊了一声"啊——"，然后跪了下来。

漫天飞舞的雪花和雨滴洒落在她的身上，雨水、雪水、汗水在她裸露的上身汇在一起，向下流着。

狂风仍不断地从胡同口涌进。

钱惠抱着张素心的大衣跑了过来，包裹住了她的身体。

凌晨 2 点的时候，钱惠和李薇薇将张素心送回了家。

"你需要我留下来吗？"钱惠问。

张素心摇头。

"你一个人行吗？"

张素心点头："快回去吧，我没事，薇薇还挺个大肚子。"

"你真的一个人行吗？"

张素心摆摆手，送她们离开。

关上大门的时候，张素心又感觉到一股强大的伤痛袭来，泪水止不住地流了下来。她想找个地方坐下来，客厅太大，房间太大。她进了卫生间，也感觉太大。最后，她在客房阳台的地上坐下了。她觉得这里很小很安全。

"是你自己离开的，我不会再给你接近我的机会了……是你自己离开的，我不会再给你接近我的机会了……是你自己离开的，我不会再给你接近我的机会了……"

张素心一晚上都在说这句话。

牛津大学博士毕业前的一个月，Helen 向张素心提出分手了。她分手的方式很决绝，她告诉张素心："你是同性恋，我不是。我有丈夫有孩子。你不该勾引我……"随后，Helen 打电话给张素心的同屋 Annie，让她转告张素心不要再来纠缠她。

这件事对张素心的打击很大，她怎么也没有预料事情是这样结束的。Alva 安慰她，结束也好，不然可能受到的伤害更大。张素心虽然很难过，但毕业前的繁忙缓解了失恋的伤痛。

学院里的毕业典礼安排在 7 月中旬，谢尔登尼安大剧院（Sheldonian Theatre）。张数和方心早早地办了签证，准备来牛津大学参加张素心的毕业典礼。

毕业典礼的前一天，张素心向 Alva 借车去伦敦机场接爸爸妈妈。在机场的时候，接到了 Helen 的电话，她在牛津郡的一座乡村别墅里，她说她的丈夫似乎已经知道了她和张素心的事。她要立刻见到张素心。

晚上 9 点，张素心安顿好父母后，在别墅里找到了 Helen。

"我丈夫今天去巴黎，早晨突然问到你，说近期为什么你没来找我。"Helen 看上去很不安，"他问我们是不是有矛盾。"

Helen 看着张素心，接着说："我说你要毕业了，要回国了。他说从巴黎回来想请你吃饭。"

"这并不代表他知道我们的事，再说，我们已经分手很久了。"张素心说。

"哪里久，才一个多月。我好想你。"Helen 突然抱住了张素心，"今晚留下来陪我行吗？"

"Helen，我们已经分手了。"张素心说，"我一会儿要赶回去。明天是我的毕业典礼。"

别墅外传来汽车的声音，Helen 透过窗子看到从车里下来的人后惊慌起来："Sisi，是我丈夫回来了，你快走……"Helen 将张素心推出了房门。

张素心开着车刚停在了 Alva 的楼下，突然有个秃顶的英国男人，举起路边的垃圾桶砸向她开的那辆车……张素心吓坏了，这时，满脸是血的 Alva 从房子冲出来，冲着她大声叫着："Sisi，快跑。快跑，Sisi……"

第二天，Alva 带着张数在地下杂物间里找到了张素心，抱歉地对她说，昨晚那个英国男人以为那辆车里坐着的是 Alva。

"他不是来找我的？"张素心一直以为那个秃顶的英国男人是 Helen 的丈夫派来的。

"他是来找我的。"Alva 摸摸被打断的鼻梁，"我和他的妻子上床时被他看到了，他打伤了我，我就跑了。他又追到了我家……所以说不要和一个有夫之妇纠缠在一起。"

张素心也下意识地摸了摸自己的鼻梁。

"我毕业后准备和女朋友去加拿大，我们要重新开始。"Alva 说，"知道吗，'Pink cool bar' 就要关门了，这里已经没有我们生存的空间了。"

41/ 挣扎和纠结

张数一直牵挂着张素心，那是他心爱的女儿。从小到大，他一直在试图理解和宠爱她。他可以想象这件事对张素心的打击有多大，他多么想像儿时那样，将受到欺负的张素心抱在怀里，让她的小脑袋偎在他的胸前，跟她说："有爸爸在，不怕。"

但此刻，张数明显感到力不从心，真的是他老了，女儿大了。

张数一直没有离开病房，他一直守着方心。

方心因张素心的事气晕后，张数和张素心一起将她送到了医院。在医院，直到方心醒来，张数没有责备张素心一句，他知道，那时的张素心比谁都痛苦。后来，方心稳定了，她不想看到张素心。张素心就走了。其实那时，张数挺想劝方心让张素心留下，因为发生了这么大的事后，张素心在他的眼前让他放心些。至少，不用像现在这样担心着张素心，不知道她怎样了，不知道她去了哪里，不知道她一个人要如何度过这个夜晚……

夜里方心醒了，让张数挨着她一起睡在病床上，说躺椅睡久了腰会痛。张数就上床侧身挨着妻子躺下。躺下后，方心就握住了张数的手，握得紧紧的，张数感觉到方心的手里有汗，他立刻明白妻子是想知道张素心怎样了，她和他一样担心着张素心。张数挺想告诉方心，他偷偷打过张素心的手机，都是忙音。但他没说，他怕说了方心更担心张素心了。

"小丫头大了，不懂事又不省心，让她走她就走了，也不想自己的妈妈病着……赶她都不应该走。"张数这样安慰着方心。

方心的眼泪一下子就掉了下来，她轻声抽泣着。张数忙帮她擦着眼泪："放心，明天一早我就把她骂来。"

方心没有说话，只是轻轻地点点头。

后来，借着上厕所的工夫，张数又向东园张素心的住处打了几次电话，没有人接。张数心里很慌乱，他突然想起多年前，在牛津大学地下杂物间里发现张素心时的样子，恐惧、慌乱、紧张……张数的心一下子有些发堵，他强忍着。他不能让妻子看到他这样。

这个不懂事的孩子，你到底怎么了？你告诉我呀。张数在心里一遍遍默念着：你千万不能有任何事情，你可千万不能出事……

张数再回到病房时，发现方心的眼睛一直追随着他，就知道方心和他一样在紧张着张素心，和他一样想知道张素心现在在哪里，怎样了。同时，张数感觉到方心极其后悔赶走了张素心。

"明天早晨，你去找找她吧。"方心突然说。

"没事，我刚打通电话了，她说不想让你看着烦。等你好些，她就来看你。"张数说得心都要哭了。

早晨的时候，张数又往东园打了电话，还是没有人接。去帮方心买早餐的时候，张数想，如果中午还联系不上张素心，他就去找她。可是，他一离开，方心必定会知道他去找张素心了，那么也一定会更担心着张素心，她的病情肯定也会加重。张数犹豫着，是不是先请个人去找找张素心呢？

　　中午，儿子张钢和儿媳林莉莉来看方心，张数就决定请林莉莉去东园找找张素心，但是在跟林莉莉说这件事之前，张数又往东园打了电话。电话响了三声后，有人接了，一个陌生的女人声音。开始，张数以为打错了电话，忙说声"对不起"就挂了电话。但随后，张数又觉得自己没拨错电话，于是，他再次打了过去，还是那个陌生女人接的。张数便问她是谁，女人问张数是谁，张数说他是张素心的父亲。对方犹豫片刻，告诉张数她叫姚小蔓。她说张素心病了，现在的状态接不了电话。张数停顿了一下，说："请你帮我照顾她，谢谢！"

　　得知张素心在家后，张数如释重负，但同时，又非常纠结。

　　整整一夜，张素心都窝在客房阳台的地上。客房阳台没有暖气，只是靠近房间的墙面有些暖意。张素心就靠着这面墙，坐在地上。地上很凉，但张素心并没有在意，她一直想着发生的这一切。真是太快，措手不及。她想林青太自私，也太绝情。她想自己太傻，嘴里说不相信爱情，而行动上又太重感情……张素心坐在阳台的地上，直到整个人都凉了，身体有些麻木了，她才觉得需要暖和一下。她挣扎着起身，在房间里转着圈，她找到了两瓶杰克丹尼，其中有一瓶喝了三分之一。她又找到了一瓶橄榄。她拿着这三瓶东西重新坐回客房阳台的地上，然后就一直坐在地上，喝杰克丹尼吃着橄榄……她不知道自己什么时候睡去了，只觉得头晕晕的，身体往旁边一歪就躺下了。

　　当听到敲门声的时候，张素心以为地震了，"轰轰"声像有人拿锤子敲她的头，痛极了。她感觉自己在水里，在一潭淤泥中，在挣扎，不想陷入……

　　张素心挣扎着到了客厅，然后清楚地听到了门外有人敲门，并伴随着叫喊："素心，素心……在家吗？是我，小蔓——"

张素心一下子热泪盈眶，莫名的感动和冲动让她快速地来到门边，打开大门，上前抱住了姚小蔓，然后，整个人又泄了气般瘫倒在姚小蔓的脚边。

"素心，你怎么了？……"姚小蔓一下子手忙脚乱，将张素心拖到了沙发上，"你吓死我了，你好沉了……"

张素心看着她不想说话。

"发生什么事了？"姚小蔓问。

张素心口干舌燥，她想喝水。家里没有开水，姚小蔓用电壶烧着。她说张素心的脸色非常难看。

张素心看看自己，真的很脏，在地上躺了一夜，她脱去大衣，她想泡个澡。姚小蔓就帮她在浴缸里放好了水。

张素心泡澡的时候，水开了，姚小蔓泡了一壶茶，她正准备将茶端进卫生间时，突然听到卫生间里张素心的尖叫声。姚小蔓一惊，放下茶杯冲进卫生间，就看到张素心赤身裸体水淋淋地站在浴缸前，而浴缸里的水已被染红。

"血、血……我、受伤了……我、流血了！"张素心惊恐地说。

姚小蔓也一惊，但她随即明白了，她上前抱住了张素心："素心、素心，是你来例假了……没事的，我们不泡澡了，我们冲个澡。"

张素心冲完澡躺回到床上后就睡了，姚小蔓看着她惨白的脸，一下子好心痛，张素心从没有这么柔弱过，她到底发生了什么事？

就在这时，桌上的电话响起，睡梦中的张素心皱了下眉头。姚小蔓犹豫着，她不想让别人知道她在这里。但电话一直响着影响张素心的睡眠，姚小蔓就接了。电话是张素心的父亲打来的。

姚小蔓突然来找张素心是她老公沈繁林有一个朋友的孩子想考燕北大学中文系的研究生，沈繁林本打算找严校长的，但姚小蔓建议说县官不如现管，谁都知道张素心将接任中文系主任的职务，并且，张素心未来的前途恐怕不仅仅只是一个燕北大学中文系的主任。沈繁林觉得妻子说得有道理，便请姚小蔓帮忙办这事。

姚小蔓满口答应，她正好借这个机会和张素心亲热亲热。但奇怪的是，整整一天一夜，打电话都找不到张素心。姚小蔓想反正是帮老公，光明正大，于是就直接到张素心家里找她来了。

姚小蔓一直认为这就是自己和张素心的缘分，她来找张素心，偏偏碰到张素心病了。

张素心是真病了。她高烧 41 度，她有时闭着眼睛皱着眉头落泪，有时睁开眼睛看着姚小蔓："抱抱我——"姚小蔓就过去抱着张素心，她的身体滚烫，姚小蔓感觉像抱着一个小火炉一样。但很快张素心又晃动着脑袋很不舒服的样子，在床上翻过来翻过去，寻找着舒服的睡姿。

姚小蔓不知道什么事会让张素心变成这样，她决定去打听一下。

有些人说让你不要说出去，他也会保守秘密时，其实最有可能说出秘密的那个人就是他了。秘密就是这样被传播的。

姚小蔓冲王副校长撒了会儿娇后，王副校长就以一个领导担忧下属的口气说出了张素心的事。姚小蔓故作惊讶地表示没想到，当然，她也的确很惊讶，特别是当听到张素心辞职的事后。

放下电话，姚小蔓回到卧室，看着床上脸烧得红扑扑、呼吸重重的张素心。现在是她最弱的时候，她最需要人的时候，偏偏自己在这个时候来到了她的身边。姚小蔓突然有些想入非非，或许这就是她和张素心之间的缘分。

姚小蔓决定带张素心去医院，这么烧下去不是办法。

但没想到，张素心怎么也不愿意去医院，她头脑还算清醒。她要姚小蔓赶紧回家，她没有说发生了什么事，她只是说不用管她，她吃点药睡一觉就好了。

姚小蔓想张素心不愿意去医院也好，去医院动静太大。那就给她买点药，先吃药再说。

姚小蔓向张素心要了家门钥匙，她锁上大门，下楼走到操场，打听到东园出去就有一家药店。她要去给张素心买点退烧药，但她不知道，她锁门下楼去药店买了药，又回到了张素心家里的这段过程中，有一个女人一直在跟着她。

42/ 痛的领悟

"你、你真的承认她性骚扰了你？"方小园问。

林青点点头。

方小园张大了嘴巴："你真的这么说的？你、你这是诬陷她，甚至可以说是……"方小园没有说出"出卖"两个字，她感觉太重了，但还是忍不住说，"你总说你爱她……但我觉得她比你爱她更爱你。"

"我知道，"林青说，"我知道自己犯下了难以宽恕的大错……"

林青一直知道自己错了，在王副校长的办公室里，在被艾虎和王副校长左右而被动地承认了张素心性骚扰她时，她就知道自己错了。

"所以，我刚刚和她分手了。我告诉她，我是可以接受男人的，我不爱她了。"林青说着重重地叹了口气，吸了吸鼻子，忍住了眼泪，"我还告诉她，她对于我太老了……我请她以后不要再来骚扰我，我要和艾虎好好地过日子……"

"你真这么说的？"方小园问。

林青点点头。

"你那么爱她，却又亲手毁了你们的爱情……为什么?！"方小园本不想说，但忍不住还是说了，"你不觉得你太自私了吗？"

林青没有说话，只是将手指伸进嘴里使劲儿咬着，原本就有伤的手指立刻溢出了血。方小园惊呆了，她抱住了林青。林青挣脱她，又用指甲抓着自己的脸，脸上立刻有了几条指甲印。方小园抓住她的手，又紧紧抱住她的身体："林青、林青……你不要这样……我知道，你是想让她彻底恨你。"

那个雪夹雨的夜里，在狂风呼啸的二货胡同，在 FOOL 酒吧外，林青和张素心分手后，她没有回到艾虎那里。她先是站在寒风瑟瑟的胡同口号啕大哭，她悲切的哭声惊得行人驻足，惊得风停止了，惊得雨小了，雪花也渐渐没了……然后，她拦下了一辆出租车，去了方小园的家。

方小园很吃惊林青会来找她，而事先没有一个电话，却是在这样寒冷的冬夜里。

林青的脸上有明显的划痕，十个手指都破了。方小园不知道发生了什么事，她示意魏强回卧室去，而她将林青带进了客房。她知道林青一定发生了很严重的事。

但方小园万万没想到的是林青犯了一个她一生都不会原谅自己的错误，将她最爱的人推向了绝路。方小园轻轻抚摸着林青脸上的划痕，又拿起她的手指头看着。刚才林青进屋的时候，方小园看到她脸上的伤，又听她说上午被艾虎发现了她和张素心的事后，便以为她的伤是跟艾虎打架弄的。现在方小园才明白林青脸上的划痕是她自己抓的，而手指也是她自己咬破的。

方小园待林青稍安静了些，便站了起来。

"你要去哪儿？"林青一把抓住了方小园的手。

"噢……"方小园轻轻拍着林青的肩说，"我去看看有什么酒，我们俩喝一杯。"

林青便松开了方小园，躺到了床上。方小园看了她一眼，出了客房。

冰箱里有几罐啤酒，方小园拿了出来，回客房前，她顺便去了趟卫生间。在卫生间里，方小园给艾虎打了电话，告诉他林青在她这里。方小园让艾虎放心，她会照顾好林青的。

艾虎只是轻轻地说了声"谢谢"，就没有说别的了。放下电话后，方小园又很疑惑，发生了这么大的事，艾虎似乎对林青在哪里并不在意，并且也不着急要接回林青。

　　方小园又到卧室跟魏强说，今晚有可能在客房陪林青，让他早点睡。然后，方小园拿着啤酒回到客房，进去后才发现林青已经睡着了，折腾了一天，她累坏了。

　　方小园听着林青轻轻的鼾声，帮她脱去鞋子，给她盖上被子，又在床边坐了一小会儿，这才关灯，离开了客房。

　　早晨，方小园起床打好豆浆、煮好鸡蛋，又让魏强下楼去买了油条和包子回来。

　　方小园去敲客房的门。林青不在房间内。客房的床和被子叠得整整齐齐，林青走了。

　　方小园忙打电话给艾虎，她不确定林青是什么时候走的，她猜测林青回学校了。艾虎得知林青已离开方小园家时，他停顿了片刻，然后说："回学校我就放心了，下班后我去找她……"

　　艾虎语气淡淡的，他再次谢过了方小园，他的表现让方小园觉得，他似乎已没有那么在乎林青了。但方小园不知道，昨晚那个雨夹雪的夜里，在二货胡同里，在林青和张素心分手的那个时刻，艾虎一直躲在旁边。他看着林青和张素心相拥，看着她们相吻，看着她们无奈地别离，看着林青在胡同口大声痛哭……直到林青上了出租车，艾虎才离开。

　　这个夜晚，艾虎并没有睡好，他一直拿着林青还给他的那枚戒指，拿起又放下，拿起又放下，他一直思索着他和林青的未来，他的未来。

　　离开方小园家后，林青没有回学校，她来到了东园，在张素心住的那栋二层小洋楼前站了一会儿。她向上看着楼梯深处的那扇大门，她想，张素心现在怎样？她在家里？她好吗？

院子里，看到张素心的黑白两辆车，林青稍放心了些，知道她在家里。

林青在张素心的楼下站了一会儿，又去旁边的操场上坐了会儿，感觉到冷了就去操场边的小卖部里待一会儿，暖和些后又到那栋小洋楼前站一会儿，接着又去操场。她反反复复地走来走去，她既不敢上楼找张素心，也不愿意离开，她不知道自己要干什么，想干什么。

中午的时候，林青决定离开了，这时，她看到一辆黑色保时捷跑车缓缓地开了过来。林青没见过这辆车，但潜意识里觉得这辆车与张素心有关。果然，那辆车直向张素心住的小洋楼开去。林青立刻跟了上去，她看到从车上下来了一个女人，一个她又嫉妒又恨的女人——姚小蔓。

林青便不打算走了，她在操场那里等着。她看到姚小蔓出来买药，于是她知道张素心病了。

林青悄悄跟在姚小蔓的身后，看到她买了退烧药，还买了卫生巾……晚上，姚小蔓又出来了一次，买了粥和点心。

林青一直待到姚小蔓离开。她想去看看张素心，但终究还是没有勇气上楼。

晚上 7 点多的时候，姚小蔓又给张素心量了体温，37.8 度，还算行。

"我晚上不能在这里陪你，我老公在家。"姚小蔓看着张素心吃了些粥后说。

张素心点头："放心回去吧，我会照顾自己的。"

"这是药，一会儿再吃一次。"姚小蔓说，"我明天再来看你。"

张素心摇摇头："不用了，烧退了就没事了。"

"这些药，你要坚持吃。还有晚上再量一次体温，明天也要量。"姚小蔓说着突然想起什么，"你的手机为什么老打不通？"

张素心这才想起自己将手机扔进莲花池了，她拉开床头柜的抽屉拿出一个银色手机，开了机："那个手机丢了，你打这个手机吧。"

"嗯，"姚小蔓再次叮嘱，"记得吃药、量体温。"

张素心点点头，姚小蔓就走了。

姚小蔓一走，张素心又感觉到空空的屋子里那巨大的痛楚，她又难过起来。

卧室还是太大，张素心穿着睡衣下了床，慌乱的身影在整个屋子里走来晃去，哪里都待不下去……

张素心又来到客房阳台上，还是这里窄小，能够容纳她。张素心刚要坐在地上，卧室里的电话响了。

张数的电话打得很及时。

听到张素心的声音，张数放心了："你和朋友一起？"

张数以为姚小蔓还在张素心这里。

"我一个人在家。"张素心说。

"听说你病了，"张数问，"严重吗？什么病？"

"就是有些发烧，已经退烧了。"张素心问，"妈妈好吗？"

"已经好多了，再观察两天就可以出院了。"

"我来接她出院。"

"好。"张数想了想问，"你好吗？"

"我很好。"说话间，张素心已感觉浑身无力，她躺回床上。

张素心只说她很好，她会来接方心出院，却没有说要来医院看方心。张数知道，她一定病得不轻。

"你好好的。你好我们就好。"张数说。

"明白。"张素心有些哽咽，"挂了，爸爸。"

放下电话，张素心的眼泪"唰"地流了下来。

43／请妈妈原谅

张素心看着躺在床上的方心，她跪了下来："妈妈，我想请你原谅我。我让你伤心了……"

方心惊讶地看着张素心，示意张数扶她起来。

但张素心跪着没动。

这是一个阳光明媚的日子。

早晨，爸爸张数打来电话，说方心出院了。因医院临时通知的，所以就没让张素心来接。张素心想，妈妈一定还在生她的气，所以才不要她来接。张数又接着问张素心身体如何，张素心说好多了。张数这才说你妈妈想和你聊聊。张素心就知道方心要说什么，她也知道这个谈话是躲不过去的。

"好的。我下午回来看妈妈。"张素心说。

"中午来吧，你嫂子和你哥哥也在呢。"张数说。

张素心一下子就明白了爸爸的好意，看来让哥哥嫂子接妈妈回家是爸爸的意思，有哥哥嫂子在，妈妈不至于不给颜面地教训她。

今天是张素心生病的第三天，天气很好，她精神也好了许多。放下张数的电话后，张素心洗了个澡，穿着厚厚的睡衣，端着一杯热气腾腾的咖啡站在阳台上。阳光透过窗子直射进来，暖暖的。在家里躺了三天，她的身体恢复了些。张素心喝着咖啡看着窗外，左侧可以看到操场的一角，前方有两排五栋小洋楼，右侧的围墙过去是马路，马路对面是她工作生活了37年的燕北大学。

她的事估计已在校园里沸沸扬扬了？大学校园不是一个能藏住秘密的地方，严谨呆板的校园里，这类桃色新闻是很能让人兴奋的。尤其新闻主角是一位仕途一帆风顺的年轻教授，还是位女教授……并且，张素心根本不相信王副校长能像他自己说的那样，"张素心的这件事到我这里为止"。否则，她生病的第二天，付强不会突然来看她。张素心从付强的眼神中已经判断出，校园里，还有另外一场无形的暴风雨在等待着。

当有人向你一拳击来的时候，绝不要躲。因为你躲了可能会被打得更惨，并会错过还击的最佳时刻。

张素心甩了甩头，无论怎样她都必须面对，无论怎样她都要坚持下去。操场旁的小路上，一个人影晃晃悠悠地过来。看到这个人，张素心皱起了眉头，她不想见到这个人。

这个时候，林青来干什么？她还想干什么？

张素心生病的这三天，林青都来了，但只是在楼下和操场边转悠，没有上楼。张素心生病的第一天，林青看到姚小蔓在张素心家里待了一天。姚小蔓走后，林青也离开了东园，那时已是晚上8点多。林青刚出东园就看到一辆大红色的马自达停在路边，看到车牌号，她犹豫片刻，还是走了过去。

林青打开车门坐了进去，车里烟味浓厚，林青皱皱眉，问："你一定要监视我吗？"

"你一定要来找她吗？"艾虎说。

"她病了。"

"那你为什么不上楼？"

林青没有说话，她要开门下车，艾虎拉住了她："对不起……陪我去吃点东西吧，我一天没吃东西了。"艾虎说，"我想你也是。"

林青的眼睛有些湿润，她侧头看艾虎，发现他更是疲惫不堪，两眼红红，头发蓬乱。林青忍不住伸手挠挠他的头发，艾虎摆动着脑袋，微闭着眼睛，享受着这难得的抚爱。

张素心生病的第二天，早晨，林青又来了，她依旧只是在楼下和操场边转悠。但直到中午姚小蔓都没有来，林青就想，那张素心吃什么？她家里有吃的吗？

下午1点的时候，林青在附近的餐厅里打包了饭菜准备送给张素心，但是走到那座通往张素心家门的楼梯时，她站住了，她还是没有勇气上去。

林青拿着餐盒在楼梯边坐着，她想把饭菜放在张素心的家门口，然后敲门离开。或者找个人送上去。林青正犹豫时，付强骑车过来。

林青欣喜地站了起来："嗨——"

突然看到林青，付强吃了一惊，随后很冷漠地径直将自行车骑进了院子。

很显然，付强已经知道了林青和张素心的事。林青想，坏消息传得真快。

付强在院子里停好车，走到楼梯处，准备越过林青上楼去。

"付强……"林青叫住他，"能帮我把饭菜带上去吗？"

付强停下了，回头看看林青手里的塑料袋。

"你就说……是你买的好了。"

林青刚说完，付强过来从林青手中拿过饭菜，都没等林青反应过来，付强快步走到垃圾桶前将那个塑料袋扔了进去。

"你——怎么可以这样？"林青有些生气还有些委屈，"那是给——她的饭。"

"我会给她做的。"付强说着又要上楼。

林青拽住付强："你凭什么这样对我？"

付强挣脱林青的手猛地推开她，林青向后趔趄，"扑通"坐在了地上。

付强觉得自己过分了点，忙上前去扶林青起来。林青不起来，坐在地上看着付强："你凭什么这样对我？"

一个人影快速地跑了过来，上前扶起林青，然后冲上去要打付强，付强伸手挡住他："不要在这里捣乱，要打架，我们去操场。"

林青也拉住来人："艾虎，你走吧，不要老跟着我。"

"你们夫妻俩真逗，一个明处，一个暗处，你们要干什么？"

付强怒视着林青和艾虎，"你们还想对张教授干什么？"

"我只是想给张教授送点吃的。"林青委屈地说。

"她跟你已经没有关系了。"付强说。

"那跟你有什么关系？"艾虎怒视着付强。

"当然有！"付强说，"我爱她。"付强看着林青大声说，"我比你更爱她。请你不要再来纠缠她。"

林青和艾虎都惊住了。

林青还想说什么，艾虎拉着她离开了。

张素心在卧室的躺椅上坐了很久，才听到敲门的声音。张素心坐着没动，今天是她生病的第三天，林青来干什么？敲门声断断续续，张素心静静地听着，她不想开门，她想让林青自己离开。但敲门声稍停片刻后，突然加大了力度，接着听到叫门的声音："素心，素心，在家吧？是我……小蔓……"

姚小蔓?！张素心从躺椅上站起，过去打开了大门。

"怎么这么长时间，我敲了半天的门。"姚小蔓说。

"你怎么来了？"张素心看看门外，确定只有姚小蔓这才让她进来。

"怎么了？你不希望我来吗？"姚小蔓将手里的包和纸袋放在沙发上，然后去看张素心，"嗯——你看上去好多了。"

张素心点头，准备给姚小蔓冲咖啡。

姚小蔓却拿起那个纸袋，掏出两个盒子："刚上市的 iPhone3，我买了两部，你要黑色的还是白色的？"

"黑色的吧，"张素心说，"又让你破费了。"

"哪里。"姚小蔓凑近张素心，"今天天气真好，我们去逛商场吧，我把你好好打扮一下，"姚小蔓摸着张素心的脸，"看你这两天病的。"

张素心躲开姚小蔓的手，眼睛无意识地左右看看："我一会儿要去父母那里。我妈出院了。"张素心拨弄着手机，"你不用老来看我，也不要再给我买东西了。"

姚小蔓看着张素心，突然笑了，她搂住张素心的脖子："我想干什么，你管不着。从现在开始，你是我的，你得听我的。"

张素心生病的第三天，林青还是来了，但她依旧没有上楼。她坐在操场上，今天天气很好，太阳暖暖地照在身上。操场这个位置也很好，所有要去张素心家的人都要经过操场旁的那条小路。

林青再次看到了姚小蔓的那辆黑色保时捷，接着她看到付强骑着自行车过来，自行车后座上捆着一大包菜。林青就笑了，看来张素心的生活又将精彩起来，有人照顾她就好。林青站了起来，向东园外走去。

付强停好自行车拎着菜要上楼时，正碰到张素心和姚小蔓下楼来。付强一惊，他认识姚小蔓，知道她是谁，但他万万没想到她会从张素心家里出来。以前，付强一直以为姚小蔓和张素心只是工作关系，现在细想想没那么简单。

"付强啊——"张素心的精神还是有些差，她看着付强拎着的菜，"我都说了，不用来帮我做饭，不用照顾我。"

"您——您应该多休息两天。"付强说，"等身体彻底恢复了再出门。"

"你把菜搁门口吧，我回来自己做。"张素心随意地摆摆手，和姚小蔓下了楼。

姚小蔓的车在楼下，张素心的车停在院子里。

"那我先走了，素心，电话联系。"

姚小蔓开车走了，张素心去院子里开车。

"您一定要辞职吗？很多同学都不希望您离开。"付强追上去说。

张素心看着他没有说话。

"那以后，我还能来找您吗？"付强乞求地看着张素心。

张素心依旧没有说话。

"我想来找您，可以吗？"付强鼓起勇气说。

"我不再是你的教授了，"张素心叹了口气，"付强，你会成为一名好教授的。"

张素心开车离开了院子，付强泄气地看着她的车离去，然后将手里的菜放在了楼梯处。

张素心的黑色宝马车离开东园时，她清楚地看到东园的马路边停着一辆大红色的马自达，张素心"哼"了一声，冷笑着加速开了过去。

马自达车内，艾虎看着张素心的车远去，他递给林青一支烟，替她点燃，然后自己也点燃了一支烟。

"放心了吧？"艾虎说，"她不会真辞职的，她的父母也不会答应。只是做做样子哄哄我们。不信你看，过不了两个月，她又会出现在大学讲堂上。"

林青没有说话，她希望是这样。但以她对张素心的了解，她不会再回头了。

"你爱她吗？"艾虎突然问。

林青吸着烟。

"你爱女人吗？"

"不爱。"

艾虎笑了："我就知道你不会爱女人。"

艾虎吸完了那支烟，拿出一个盒子，取出那枚戒指，看了看。似乎也下定了决心："嫁给我吧，我们好好过日子，重新开始。"艾虎拿起林青的左手，将戒指戴在了她的无名指上。

"还挺漂亮。正合适。"艾虎看着那只戴戒指的手，又看看林青，将手放了回去，而自己又点燃了一支烟。

张素心到达昆湖别墅的时候，哥哥张钢和嫂子林莉莉已做好了饭菜。张数看到女儿，心痛地揉揉她的肩："妈妈在房间里躺着，她是病人，还没有全好。"

张素心点头表示知道了。

吃饭的时候，方心坚持下床和大家一起吃。因有哥哥嫂子在，方心没有说什么，只是偶尔会给张素心夹菜。

哥哥嫂子午饭后就离开了。张素心随着方心、张数在院子里晒了会儿太阳。天气很好，没有风，大家都很享受阳光的滋润。

"要不要搬回来住？"方心突然说，"我和你爸爸年龄都大了，养儿防老……我是个传统的女人。"

张数喝着茶，时不时看看母女俩的神情，以便必要时做个和事佬。但今天张素心丝毫没有要反驳妈妈的意思，她只是静静地听着。

"马上放寒假了，课时应该不多吧……昨天严校长到医院来看我，说你的事学校都处理好了。"方心说，"严校长和我、你爸爸是多年的老朋友，教育局副局长也是你爸爸力荐的……"

张素心还是默默地听着。

"你是我唯一的女儿，不要被这一时意气毁了大好前途……你知道我对你的期望……"方心说着闭上眼睛，她累了。张数便劝她回屋睡会儿。方心就回屋了。

张素心在院子里又晒了会儿太阳，直到妈妈午睡后醒来，她来到了妈妈的房间。

"妈，晚上我不在家里吃饭了。"张素心说着帮方心掖掖被角，又将了将方心的头发，妈妈的头上又增添了好些白发。

"不吃就早点回去，好好休息。你可以找个地方去旅行，"方心说，"回来重新开始。"

张素心咬咬嘴唇，站了起来，她向卧室外走着，但在门口停住了。

张素心转身看着妈妈，然后跪了下来："妈，我想请您原谅。我知道我让您伤心了……我知道我让您失望了……"

方心有些吃惊地看着张素心，示意张数扶她起来，但张素心坚持跪着。

"妈妈，"张素心低着头，"这些年您对我的苦心栽培，我都明白。您对我的期望很高，您不仅仅希望我做一名教授，您甚至希望我像您一样当一名校长……我也一直是按照您的要求做的。"张素心抬头看看妈妈，"但妈妈想过没有，一名校长，如果有一天人们发现她是个同性恋，她还能在这里当校长吗？……这里不会允许一名校长是个同性恋的。"

方心坐了起来，张数忙过去扶她："慢慢说，不要着急。"

方心也努力让自己冷静，这几天她想了很多，张数也劝了她很多。

"素心，你还年轻，你还看不到很多事情，你还不了解这个社会有多复杂……这些天我也试着在理解你。"方心难过地看着张素心，"……这个社会，没有人在意过程，大家都在看结果。你要知道，这个……权力可以保护你，'学校'可以保护你……婚姻可以保护你……你要相信妈妈所做的一切都是为你好……人们最终在乎的不是你做了什么，而是你坐在什么位置上……你懂妈妈的意思吗，素心？"

"妈妈，我懂，我成年了。可不可以让自己做主一次？"张素心看看母亲又看看父亲，"……妈妈，我不想永远在一种惊吓中生存。我真的做不了教授了，我没有勇气再去教育别人……对不起妈妈。"

"你想和这个社会作对吗？！"方心直视着张素心，"你以为你能赢吗？！"

"妈，爸——"张素心站了起来，"我从没有想过要跟谁作对，这也不是输赢的战争，我只是想做自己想做的事，过自己想要的生活……爱——我想爱的那个人！"

"这就是战争！"方心还想说什么，张数阻止了她。

"让素心再想想吧。"张数说着示意张素心先离开房间。

张素心点头："妈妈，您好好养病。爸爸，我先走了。"

张素心告别父母向别墅外走去，她大口喘息着，说不出的轻松和解脱，终于说出了自己想说的话……张素心几乎是跑到车前。

"素心——"追出来的是爸爸张数。

张数走到张素心的身边，看着她，抿抿嘴："爸爸出来是想告诉你，素心，无论你做出什么决定，爸爸都支持你。无论你怎样，你都有爸爸，还有这个家。"张数捧着张素心的脸，替她擦掉眼睛的泪痕，"你妈妈她爱你。她和爸爸一样爱你。都希望你幸福快乐……"

"嗯——"张素心搂住张数，"谢谢爸爸，帮我照顾好妈妈。"

44/ 拒绝姚小蔓

张素心将燕北大学所有的工作交接完，已是第二年的春天，张素心辞职有两个月了。戴全刚做了中文系副主任，何主任返聘继续做中文系主任。

张素心将办公室自己最后的东西装进一个小纸箱里，办公桌前戴全刚一副小人得志的表情，他对张素心的辞职装作很想不通的样子，但又仍不忘去挖苦她。

"真没想到，真没想到……其实教授们都想和自己的学生上床，只是您这么优秀的人怎么也会犯这样的错误？"戴全刚说，"还是个女学生。"

张素心不想跟他多说，抱着小纸箱就准备离开，戴全刚却拦住了她。

"张教授，同事一场，给你个机会报复这位叫林青的学生。"

戴全刚拿出一张述评表，"校委会为了保全学校的名誉，把这件事压下了。只要林青不说，就留校给她安排工作。但这张述评表，只要评写她不合格，她就留不了校。王副校长让我来填这个述评表，我把这个机会让给你。"

戴全刚将述评表递给张素心。

"我填行吗？我们笔迹不同。"张素心说。

"没关系，我签字。"戴全刚说，"有我的签名就行。"

"好。"张素心毫不犹豫地拿起笔填着：**该生语感强，有责任心，成绩优秀。建议留校。**

戴全刚看着张素心的评语，叹了口气："爱情啊……你真爱她？"

"签名吧。"张素心说。

戴全刚就签了名。张素心离开办公室的时候，戴全刚似乎还想挖苦她。

"哎，你说同性恋会是什么感觉？跟女人做爱和跟男人有什么区别？"戴全刚问张素心。

张素心站住，看着戴全刚，戴全刚冲张素心抬抬下巴，等她回答。

"你小弟弟掉出来了。"张素心突然指着戴全刚的裤裆说。

戴全刚惊得低头看时，张素心转身走了。

楼梯口，张素心被王副校长看到后迎进了办公室。

"对于你的离开全校上下无不惋惜，"王副校长抓着张素心的手说，"你可以不用辞职的，再说两个女人能怎样？"

张素心几次要抽出自己的手，王副校长却拉着她坐在了沙发上。

"素心啊，最近做什么？有决定去哪里工作吗？"王副校长问。

"还没有。"张素心说。

"作为老领导不想看你就这样离开了。"王副校长说，"燕北大学在昌平成立了一家文学院，我是院长，我想推荐你去做副院长。

每年有1000万的资金供你使用，比在燕北大学好得多……"王副校长说着凑近张素心，"干吗和女人纠结，和我一起，我可以给你想要的。"

王副校长的嘴凑到了张素心的嘴边，张素心无法忍耐地推开他站了起来。

"谢谢您的好意，您忘了我是为什么辞职的。"张素心说。

"和女人一起，不就是饥渴吗？我可以满足你的。"王副校长一把抱住张素心，企图亲吻她。

张素心再次推开了王副校长："你真让人恶心。"

张素心准备离开，身后，王副校长气急败坏地说："不识抬举，是我帮你把事情压下来的……怪物，同性恋都是怪物。"

张素心离开了王副校长的办公室。

在研究院大楼前，张素心看到了车边站着的付强。付强一直在哽咽，他竟然在流泪，他舍不得她走。

"我能去找您吗？"付强说。

张素心打开车门："没什么事不要来找我。我早已不是你的博导了。"

张素心坐进车里，付强突然冲着她的车大喊了一句："林青要结婚了！她要结婚了。"

张素心没有发动车子，她停住了。

付强走到车前，扶在车窗上："我写了部小说，我能拿给您看吗？"

张素心看着付强："她什么时候结婚？"

"我听她宿舍的人说的，'三·八'妇女节那天。"付强说。

张素心发动汽车，离开了这座大学。从此她和这里没有关系了，她就这样走了。

付强一直看着车离去，他很想说让他来照顾她，但他没有说出来，因为他觉得自己还不够好，还配不上她。

王阿姨又给张素心介绍了一位男士，41岁，离异，有一个7岁的儿子。

方心说这个男士条件不是很好，自己开了一家外贸小公司，但据说人很本分。方心劝张素心，现在失业了，有个家庭有个婚姻是个保护，有时婚姻是做给别人看的。

"妈，我去，把电话给我，我来约他。您就等着结果吧。"张素心从方心手中接过照片，她想：或许结婚也不是什么坏事，不是很多女人，心里爱着一个人，却将身体给了另一个人吗？婚姻更多的时候，是一种身份，是一个保护伞。

林青不是也要结婚了吗？

张素心虽然这么想着，但她仍不服气，坚持了这么多年，这么容易就妥协吗？

张素心回到东园的家里，意外地看到了姚小蔓。她很有耐心，张素心不在家，她就在门口等着，她又给张素心买了一堆东西。

"都说了不要再给我买东西。"张素心看着纸袋里的西装、皮鞋，"我不需要这些东西了，我已不是教授，我不需要装了。"

"我知道你不需要装了，"姚小蔓轻松地说，"我现在也不想装了，我想像你一样做自己。"

张素心泡了壶茶，和姚小蔓坐在阳台上晒着太阳，喝着茶。

"以后有什么打算？"姚小蔓问。

"找工作呗。"

"想跟我去旅行吗？"姚小蔓握着张素心的手，"我一直想找个旅伴。我们一起去散散心吧。"

张素心抽出手："我父母年龄大了，希望我有一个安定的家。"

"让我来照顾你吧，"姚小蔓突然说，"你知道我爱你。"

张素心站了起来，从阳台外望向远方，"我从小就在这里长大的。"张素心指着右侧的燕北大学说，"那里就是我的花园、公园、体育场、图书馆、游乐场……我一直以为我会一辈子待在那里。"

"素心……"姚小蔓走到张素心身后，抱住她，"我理解你现在的心情。"姚小蔓拉过张素心的身体，看着她，"生活你不用担心，我可以让你过得比以前还好。"姚小蔓拉开包，"这是5万元钱，我给你带来的。你需要什么告诉我。"

姚小蔓说着要将5万元钱拿出来，张素心抓住了她的手。

"你要包养我？"张素心笑了，"你怕我养活不了自己？"

"不是的，"姚小蔓说，"我想和你在一起。"

张素心放好姚小蔓的包，又指着燕北大学说："从那里离开后，我不打算再回到过去的生活，我要重新计划我的人生。"

"不要把我划出你的计划之外，"姚小蔓抓住张素心的手，"只要和你一起，我甚至可以离婚。"

张素心吃了一惊，她看着姚小蔓："你想怎么跟你丈夫说？你不爱他了？你一直爱的是女人，以前都是骗他的？"

"我——"姚小蔓正要说话，张素心制止了她。

"坚持你的谎言，到死为止。你可以做到的！"

"我——"

"我们是不可能的。我不爱你，你不是我想要的人。"张素心说。

"张素心，"临走前，姚小蔓说，"我真讨厌你，一点点地把我拉进你的情网，现在却跟我说我不是你想要的人。"

张素心主动约会王阿姨介绍的男士，这一次她表现得很积极。男士姓周。周先生是个很普通的男人，他对张素心很满意，年龄、身高、品貌、学历……只是奇怪张素心为何辞去了燕北大学教授的工作。

张素心的解释是她累了，想换种生活方式。

张素心和周先生第一次见面是在国贸的一家日本料理店，吃完饭经过一家橱窗时，一件黑色的晚礼服式的长裙引起了张素心的注意。长裙很漂亮，张素心很多年没有穿裙子了。

长裙标价 18000 元。张素心问周先生是否能将这条裙子送给她。

周先生有些犹豫，一是第一次见面，二是长裙价格不菲。但周先生又不想惹张素心不高兴，他想或许张素心想以这条裙子确定他们的关系，毕竟她 38 岁了，大概也急于嫁人。

于是，周先生就给张素心买了。穿上黑色长裙的张素心光彩夺目，艳丽照人。周先生看了又感觉自己钱花得很值。

"真漂亮，可惜没有什么场合能穿这样的长裙。"周先生说。

"有，跟我一起去参加一个朋友的婚礼吧。"张素心看着镜子里穿着黑色长裙的自己说。

45／林青的婚礼

3 月的夜晚，略有些凉意。

林青和方小园在艾虎的租住房里聊天到很晚。明天是林青结婚的日子，艾虎和魏强在艾虎买的新房里，等着第二天一早来接新娘。

林青半躺在沙发上吸着一支烟，方小园蜷腿坐在一边也吸着一支烟。前面的茶几上堆放着啤酒和各类零食。电视机里音乐台正放着港台流行音乐。

"一晃我们都结婚了，真快！"方小园吸着烟，"那个时候我们还在校园里，一脸稚气，为抢一个座位、为早晨谁先上卫生间、为省 3 元钱的洗衣费喋喋不休……"

林青看着她笑了。

"再以后我们该谈孩子了。"说到孩子，方小园立刻掐灭了手中的烟，"不吸了，前几天，魏强还说我们是不是要个孩子。"

"孩子？"林青慢慢地吸着一支烟。她想起有一天中午，她和张素心躺在床上聊天。

林青说："心心，你喜欢孩子吗？"

张素心沉思许久，中途还深吸了口气，才说："哎，你说，要是生孩子，咱俩谁生？"

林青就过去趴在张素心的身上："如果你乖一点，我就给你生个孩子。"

林青记得她说完这句话后，张素心想了想突然笑了："不，我要自己生。"

"你还能生吗？"林青胳肢着张素心。

张素心反击着，但林青死死地压着她："必须我生，我年轻生的孩子健康。"

"谁说年纪大生的孩子就不健康了。"张素心还在反抗。

林青手脚并用，终于张素心不动了。"我竟然没有你的力气大，"张素心喘着气，"好吧，就你生吧。多生几个，男孩两个，女孩两个。"

"你乖我才生，"林青说，"你说你乖吗？"

林青将手伸进张素心的腋下，张素心尖叫着躲闪，她怕胳肢。

"我乖，我一定乖。"张素心求饶了。

"你和艾虎考虑过生孩子的问题吗？"方小园又问。

"我不是很喜欢小孩子。"林青说着拿起桌上的啤酒，喝了一大口，然后又躺下继续吸烟。她的眼睛茫然地望着电视机，泛起浅浅泪光。

"那个……"方小园犹豫着，"张素心知道你结婚吗？"

林青没有说话。电视机里，张震岳正在唱着一首歌：《抱着你》。

　　如果明天看不见太阳

　　整个世界会变成怎样

在最后这一刻

让我紧紧抱你

抱着你

抱着你

我抱着你

……

林青记得，在厦门鼓浪屿的那个下午，日光岩旁，张素心抱着她等日落。当时，夕阳正一点点退去，晚霞映红了半边天空。张素心抱着林青，她的嘴在林青的耳边和腮边徘徊。她一直亲着林青，一直抱着她，直到夕阳落尽。

"天要黑了。"林青轻轻地说。

张素心似乎没有听见，依旧抱着林青，她的嘴唇依旧在林青的耳边和腮边吻来吻去。

林青手向后抚摸着张素心的脸："不想走吗？"

"不想，这样一直抱着多好。"张素心说。

"降温了，"林青轻轻地说，"还不走吗？"

"不走。"

林青一使劲将张素心背了起来，张素心笑着跳了下来："走、走、走了……"

"她有时就像个孩子。"林青说。

"谁？你说谁像个孩子？"方小园问。

林青意识到自己走神了，方小园也立刻明白林青说的是谁了。她怜惜地抓抓林青的腿："不要再想她了，明天你就嫁给艾虎了。"

"不想。想也不可能再找回她了。"林青说着皱皱眉头，"她总是说她会伤害我，我总是说我不怕受伤。到最后，伤她最多的那个人却是我。"

"你还爱她是吗？"方小园问。

林青看着方小园，有半晌的工夫，才说："我一直都爱她……真希望世上有后悔药……有时，希望是场梦，醒来发现什么都没有发生。有时，希望时间停留在那个早晨，我拼着命也要制止艾虎……"

"你当时估计是吓坏了。"方小园安慰林青。

林青摇摇头："也不全是，我当时只是害怕让人知道自己是同性恋，我只想保护自己，我不想被开除……"林青看着方小园，"我很自私对不对，我没有想到张素心怎么办。"

"她没事的，"方小园安慰林青，"她……会好起来的。"

林青看着方小园，点点头："她必须好起来。"林青捂着嘴，控制自己不哭、不流泪。

方小园过去搂住了林青："不想她了，明天你就要结婚了。"

"一个人没有能力弄砸别人的生活，但却有能力弄砸自己的生活。"林青说。

林青的婚礼在一家五星级酒店的花园里举行。

看得出，为这个婚礼艾虎花了不少的钱。

绿色的草坪，鲜花扎的门廊，红色的地毯，白色的婚纱，黑色的礼服。人不算多，都是亲朋好友。

六张餐桌在花园的草坪上围了一圈，中间的空地上，有个女子正在一架钢琴上弹奏着。艾虎和林青在钢琴的伴奏下翩翩起舞，婚礼正在进行中。

张素心突然的出现让林青和艾虎都吃了一惊，她穿着一袭黑色的长裙，黑色的高跟鞋。她真美。

"我不请自来，"张素心挽着周先生走近林青和艾虎，"你们的婚礼怎能少了我的祝福。"

"你来干什么？"艾虎没好气地说。

林青阻止了艾虎："你好——"她说。

张素心不再理会他们，而是和周先生径直走进草坪，随着钢琴声，他们跳了起来。

"她要干什么？"艾虎问。

林青也想知道。

张素心的华尔兹跳得不错，加上长裙的摆动很有型。跳到高潮，餐桌旁的人都鼓起了掌。

一曲终了的时候，张素心双手搂着周先生的脖子，吻在了他的唇上。这意外的举动，让周先生惊喜交加，先一愣，随后很激动，甚至有种冲动。张素心的嘴唇如此柔软而轻盈，她的吻那么小心而细腻，周先生瞬间陷进了张素心的唇中。还有她的舌头，那简直就是一道开关，带着浅浅的唾液，湿润着周先生的双唇，在他的齿间缠绵。周先生不知道人间竟然有如此美妙的热吻，刹那间打开了他的情欲，他愿意为怀里的这个女人做任何事情。

被张素心美妙的吻打开情欲的还有另外一个人。林青看着张素心和周先生亲吻着，她能想象张素心的吻，就像和她接吻一样，让她冲动，有种欲望想上前，和她搂在一起。她嫉妒那个被吻的男人。

"赶他们走，这是我的婚礼。"林青终于忍不住了，冲艾虎嚷着。

艾虎毫不客气地上前请张素心和周先生离开。

"怎么了？不欢迎你的教授来参加你的婚礼？"张素心说。

"你已经不是我的教授了，请你马上离开。"

张素心笑了："你比我想象的要自私得多。"

林青也笑了："原来你是可以和男人在一起的。"

离开林青的婚礼，张素心有种说不出的兴奋，同时也有种莫名的难过。

周先生依旧很激动，他紧紧搂着张素心的腰，仍然想继续吻她。

"去我家好吗？离这里不远。"周先生说。

"啊——"张素心想离开周先生的怀抱，但他抱得更紧了。

"哇，被小女生甩了就开始找男人了。"迎面走过来的是姚小蔓和一个女人。

周先生松开了张素心。姚小蔓慢慢走近他们。

"她是同性恋你知道吗？"姚小蔓对周先生说，"她喜欢女人你知道吗？"

周先生一愣的工夫，姚小蔓得意地离开了。

周先生不相信地看着张素心："你真是同性恋？"

"是。"

"噢。我想我们是场误会，我是想找一个能和我一起生活的女人。"

"抱歉，"张素心说，"我把裙子钱还给你。"

"好。"

46／我要的不多

我要的不多

无非是一点点温柔感受

我要的真的不多

无非是体贴的问候

亲切的微笑

真实的拥有

告诉我

哦告诉我

你也懂得一个人的寂寞

……

张素心站在舞池中央一句句深情唱歌的时候，一个染着金发的女子走到吧台前："老板，能换个歌手吗？"

钱惠头也没抬："没有换的。"

"那能换首歌吗，这首歌她都唱三遍了。"

钱惠看了看舞池里的张素心："不想听先去院子里玩会儿，她唱累了就会停的。"

"靠，怎么这么做生意？"金发女子有些生气了。

钱惠看了看金发女子："多难得的机会啊，平时你给钱她都不会唱的……"

金发女子摇摇头到院子里去了。

钱惠边调酒边随着张素心的歌声哼着。突然，一个人影从吧台外闪进，钱惠惊得停住了手，看着来人。

"你找谁？"钱惠问。

林青没有说话，走进酒吧，她看到了舞池中央唱歌的张素心。她想过去，走了两步又停住了。钱惠从吧台出来走到她面前："你应该明白这里不欢迎你。"

林青目不转睛地看着舞池中的张素心，静静地听她唱歌。

"你不能再骚扰她了。"钱惠说，"你是个有丈夫的女人。"

林青点点头："我不是来骚扰她的。我只是想谢谢她打开了我的世界，让我明白我最终需要的是什么。"

林青说完转身离开了 FOOL 酒吧。

林青突然来到 FOOL 酒吧，是因为刚刚和艾虎商量好第二天去办离婚手续。

关于离婚这个想法，其实早在一个月前，两个人就有了。

一个月前，林青和艾虎的婚礼上，张素心突然带着一个男人来了，他们跳舞、亲吻，随后，艾虎将张素心从婚礼上赶走。

张素心走后，林青就进了卫生间，很久没有出来。

那个时候，艾虎突然意识到，自己的生活已完全偏离了轨道。他以为，婚姻会改变林青，但他错了。

"你一直都知道，是吗？"那天，艾虎问方小园。

"嗯？"方小园装作不清楚艾虎说什么，但还是有些不好意思，因为她知道艾虎在说什么。

"你一直都知道她和张素心的事，对吗？"艾虎又问了一遍。

"我、我是林青的朋友，我们大学就认识了。"方小园虽然答非所问，但似乎也解释了为什么她知道林青的秘密。

"难怪女人要找闺蜜。闺蜜闺蜜就是帮你隐藏秘密的女性朋友。"艾虎苦笑着。

方小园很同情艾虎，又很心痛林青："艾虎，我不是有意的。"

艾虎点头。

"林青爱你，给她点时间，"方小园说，"她真的爱你，她也非常痛苦。"

艾虎再次点头。

和林青结婚一个月了，艾虎和林青都在试图给对方一个温馨的家，但越装越累。开始，艾虎单纯地以为，女人同性恋不是事儿，男人主动点，将来生了孩子，孩子就是女人的一切了……所以，艾虎一直很主动，偶尔林青也很主动，艾虎感觉林青也一直在积极维护着他们的婚姻。

但是有一天晚上，两个人躺下有两分钟的样子。林青的手过来摸了摸艾虎，只是手过来了，她的身体并没有过来。艾虎还是有些热情，他主动趴在了林青的身上，整个过程不到两分钟，就一个动作，然后就完了。艾虎感觉那真的就是在"做——爱"。

从那以后，俩人都没有再主动，都觉得别扭。他们睡得越来越远……

这天是周五，下午，艾虎想好久没有和林青一起出去吃饭了，或许出门逛街购物会缓和俩人的关系。但在商场里，一个女人从身边经过时，艾虎惊了一下，她长得太像张素心了，头发、背影、走路的姿势……但她肯定不是张素心。艾虎虚惊一场时，却突然发现林青的目光里满是失望和落寞。随后，林青就一直在走神，再也没有心思逛街、吃饭了。

回家的路上，艾虎开着车。

"青青，你对我们的婚姻满意吗？"艾虎问。

林青想了想："你什么意思？"

"我……我们离婚吧。"艾虎说。

"为什么？"林青的眼睛依旧望着前方。

"我不觉得你爱我。"艾虎说。

"你还要我怎么爱你，"林青笑了，"你说出门就出门，你说逛街就逛街，你说睡觉就睡觉……还要我怎样？"

"你爱她吗？"艾虎问。

"谁？"

"张素心。"

"不爱。"林青两眼一直望着前方。

"别骗自己了，我不想你生活在谎言中。"艾虎说，"我也不想生活在谎言中。"

"你有病吧。"林青说，"想吵架是吗？"

汽车开过一个立交桥，艾虎将车开出了主路，停在了路边。

"那你实话告诉我，你爱女人吗？"艾虎问。

"不爱。"林青果断地说。

"你撒谎，"艾虎说，"你不要骗我。"

"你想干什么？"林青大声说，"你说过给我一个家，可以保护我。现在你又要和我离婚。"

"青青，你爱张素心，对不对？你并不想嫁给我，"艾虎说，"你为什么不承认呢？如果你爱她，我不会再阻碍你，我觉得我做错了，我就不该逼着你一定要嫁给我。"

提到这件事，林青一下子激动起来："你现在说这些干什么？你现在说你做错了……你跟踪我的时候怎么没觉得自己做错了？你去学校投诉张素心的时候，怎么没觉得自己做错了？你逼着我承认张素心性骚扰我的时候，怎么没觉得自己做错了？……"

艾虎惊呆了："原来，你一直恨我……"

"是的，我恨你——"林青不再隐瞒，"我恨你拆散了我们，我恨你逼得张素心辞职，我恨你让我失去了我最爱的人……"

艾虎点点头，他似乎全明白了。

俩人沉默了许久后，艾虎说："对不起，我当时是迷了心窍，就是想查出谁是我的情敌，就想整死她！……青青……我不是你们想象的那种卑鄙小人。对不起……我要怎么帮你呢？我愿意弥补。"

林青摇摇头，然后又点点头："我们离婚吧。"

"什么时候？"

"明天吧，越早越好。"林青喘口气打开车门，她似乎有着说不出的解脱。

"你去哪里？"艾虎问，"这么晚了。"

林青下了车，透过车窗看着艾虎。

"谢谢你，艾虎。我也要向你道歉，"林青说，"对不起。"

"我们还是朋友，青青。"艾虎说，"你会去找她吗？"

林青摇摇头，笑了："这已不重要了。重要的是，我知道自己喜欢女人，需要的是女人。"

林青说着拦住了后面的一辆出租车……

张素心终于唱累了。她从舞池走到吧台。

"给口水喝。"

钱惠递给张素心一瓶纯净水。

"刚才那是谁？"张素心边喝着水边问。

"这里的客人太多，人来人往的，"钱惠说，"什么样的人都有！"

"我是问林青来干什么。"张素心问。

钱惠停顿片刻，看着张素心说："忘了她，就当她死了！你是张素心，你是乐乐。你要重新开始你自己的生活。"

"明白。"张素心说着无所谓地耸耸肩。

"当然，你愿意可以去找她，"钱惠说，"我希望你幸福。"

张素心笑了，拍拍钱惠的肩："其实我今天是来告辞的。"

钱惠一愣："你要去哪里？"

"英国，伦敦。"张素心说，"那里有一份工作给我。"

钱惠突然有些舍不得，但随即又吁了口气："离开这里也好，我们会想你的。"

张素心点点头。

FOOL 酒吧外，张素心站在台阶上，望着这条浅浅的小巷子，无数的回忆如潮水般涌现，她叹了口气，往台阶下走去。

"你也一个人吗？"一个有些年龄的女人，手里夹着一支烟，目光漠然而空洞。

张素心望过去，女人约 50 岁上下。

"第一次来吧？"张素心问。

女人说："很久没有人吻过我了，我已经忘记了接吻的滋味。"

张素心看着那女人，走过去，吻住了她的嘴。

"你的吻真让人动心。"女人说。

"Byebye。"张素心说。

47/ 两年之后

北京国际机场 T3 航空楼，张素心推着行李车从出口出来，她略站了会儿，看着人流涌动的机场，深呼了口气：回家了！

一旁的电视大屏幕上正在转播新闻：

冰岛女总理约翰娜·西于尔扎多蒂将于 4 月 15—18 日偕夫人约尼娜·莱兹多蒂正式访问中国。访华期间，国家主席习近平和李克强总理将分别与她会见和会谈……

听到这个新闻，张素心停下了，抬头将这个新闻看完了才离开。

张素心坐上出租车后，给张数打电话："爸爸，我上出租车了。"

出租车在机场高速上行驶着，张素心看着两边的建筑，她不过出去两年，北京变化真大。

昆湖别墅里，方心和张数在厨房里忙碌着。方心小心地将锅里的烧排骨盛到一个大碗里，然后递给张数。张数端着烧排骨出了厨房放在客厅的餐桌上。

鱼、虾、排骨、鸡汤都摆上了桌子，方心擦擦手："刚才是说上出租车了吗？"

"是的。我听得很清楚，"张数想了想又说，"我们好好吃饭，不提个人隐私。"

方心看了张数一眼，有些悲伤，更多是无奈，她点点头："放心吧，你都叮嘱几天了。"方心突然很难过，她吸了吸鼻子，"不提了，只要她好就行。"方心的眼里瞬间泛出了泪花。

"哎，哎，"张数忙搂搂她的肩，"这个也不要有，一家人开心吃饭啊。"

方心点点头。

出租车终于来到门前，张数快速地冲出别墅，方心犹豫着还是跟了出去。

"爸——"张素心叫着张数。

张数一把抱住女儿，拍拍她，又仔细看看她："瘦了，真瘦了。"

"哪是瘦了，是老了，"张素心看到方心，"妈——"

"进屋吧，换鞋。"方心刚说一句又想哭，她干脆进屋了。

餐桌上，方心说话不多，并且很小心地在说话。大多数时候都是张数在说，方心只是一筷子一筷子给张素心夹菜，只想让她多吃点。

"做版权交易还挺适合你的，"张数说，"作家和他们的作品你都很熟悉，这工作应该得心应手。"

"是，"张素心说，"老板很满意，这两年去过很多国家，见过很多作家。以前只是看他们的作品，因为这个工作也认识了他们。"

"挺好的。那这次回来具体是要做什么？"张数问。

"宁佳倍版权代理公司要在北京设个办事处，我回来就是做这个的，"张素心说，"以后，我主要在北京工作。"

"真的？"张数听了很高兴，看看方心，又看看张素心，"对了，我们把你的房间收拾好了。你看看还需要什么。"

"噢——东园——"张素心是想说东园的房子。

"东园已经交回燕北大学了，燕北大学将那块地转让给开发商了。"方心说，"你回来正好，这几天抽空去清清你的东西，那房子马上要拆了。"

"拆了？"张素心想那以后就得和父母住了，"那房子挺好的，真不该拆。"

方心似乎明白张素心想什么，忙说："那边房子盖起来，会返还我们一套200多平米的房子，到时，你可以把它装修成你喜欢的样子。"

张素心看了看妈妈，没想到她现在这么理解自己。

"我的车……"

"噢，"张数说，"按你的意思你哥哥把北京吉普给卖了，那辆黑色宝马已经去4S做好了保养，现在就停在车库里，你随时可以用。"

"谢谢爸爸妈妈，你们想得太周到了，"张素心说，"我一会儿去东园看看。"

"倒倒时差嘛，睡会儿。"

"晚上回来睡吧。"张素心说。

东园，曾经的燕北大学校职员区到处是搬家的人和车，这里要拆迁了。张素心将车停在了二层小洋楼前，院子里多了好些杂草。

楼梯上的灰尘很厚，张素心踏上去时，留下了深深的脚印。

房间倒是很干净，妈妈说爸爸经常过来打扫。

张素心将衣服一件件放在床上，突然一件白色的羽绒服出现在衣柜的底部，张素心拿了出来，这是林青的羽绒服。

张素心将羽绒服放在鼻间轻吸着，闭上眼睛，仿佛依然可以嗅到林青的气息。

衣柜的抽屉里有一块 Swatch 手表，张素心拿起。

"给你。"林青说。

"什么？"张素心打开看到一块 Swatch 的手表，"送给我的？"

"嗯，生日快乐！"

……

"希望每年都可以一起过'双子座生日'。"林青说。

马上又到生日了。40 岁了。张素心将那块 Swatch 手表戴在手上，在镜子前站直了：我还年轻，我还很健康，我要好好活着。

张素心取下手表装进盒里，又将衣物一一装进旅行箱里。离开时，她将那件白色羽绒服仍留在了衣柜里。

张素心开车沿着北三环慢慢行驶，前面不远是德胜门，德胜门过去是鼓楼大街，那里有个老朋友。

二货胡同还和过去一样。白天静悄悄的，很难有人想要拐进这个小胡同。

FOOL 酒吧里，钱惠正坐在吧台旁看着电脑，一旁，李薇薇和两岁的儿子玩着 iPad。张素心推门进来，缓慢地说："我以为白天这里没有人。"

钱惠听到声音抬起头，张着嘴，突然大叫了一声："老天啊，你回来了！"

钱惠冲出吧台一把抱住了张素心。

张素心笑了，冲李薇薇张开双臂："想死我了，薇薇——"

李薇薇抱住张素心："你还记得我们呀。"

院子里，桌上已泡好了茶，钱惠说："什么时候回来的？"

"刚到，"张素心说，"就来看你们，够意思吧。"

"还会离开吗？"薇薇问。

"暂时不会。"张素心说着抱起钱惠和李薇薇的儿子，"'钱大壮'，这名字你们谁起的？"

李薇薇说："我起的，不好吗？"

"好，太壮了！"张素心在钱大壮的头上亲了一下，不由得感叹，"你们做到了，你们都做到了。责任、家、孩子……"

"你也可以做到，如果你想做，会比我们做得更好。"李薇薇说。

"还是一个人？"钱惠问。

"嗯，"张素心笑了，"一个人挺好的。"

"有空多来酒吧坐坐吧，"钱惠说，"有你们这些老朋友，感觉这里还有点生气。"

"当然会来，这是我的地盘。"张素心说。

"不过，"钱惠犹豫着，但还是说，"'乐乐'这个名字你不能再叫了。"

"为什么呀？"张素心不解。

钱惠看看李薇薇，说："你的已经过期了，你得重新叫号。"

张素心依旧不解。

李薇薇想了想说："两年前，你去伦敦的一周后，有一天晚上，林青来了……"

"林青？"张素心疑惑地看着李薇薇，等着她说下去。

两年前的一个晚上。林青来到了 FOOL 酒吧，她看上去疲惫不堪。进门后，林青在吧台前坐下，拿出 100 元钱递给钱惠："来杯威士忌。"

"这里不欢迎你，知道吗？"钱惠说。

"我离婚了。"林青轻轻地说。

钱惠看了林青和那张百元钞票许久，才收起那 100 元钱，给林青倒了一杯酒。

林青一口口喝着威士忌，在一杯酒快喝完时，她问："知道她去哪里了吗？"

钱惠没有理她，继续忙着自己的事。

"你一定知道她在哪里。"林青说。

"如果你想找点乐子可以留下。"钱惠淡淡地说。

"她好吗？"林青说，"告诉我这个就可以了。"

"她很好。"钱惠想了想说，"她去了伦敦。"

林青就不再问了，她深深地吸了口气，一口喝干净杯中的酒。

一个短发女子跑过来："老板，来瓶青岛啤酒，要凉的……"短发女子说着看看林青，"美女，一个人？"

林青看着短发女子，她有一头很漂亮的短发，林青看着有些发呆。

"你叫什么？"短发女子问。

　　林青一愣，想了想说："乐乐。我叫乐乐。"林青说着和钱惠对望了一眼。钱惠递给短发女子一瓶啤酒。

　　"再来一瓶，老板，给这位乐乐美女。"短发女子冲乐乐眨眨眼睛，"那边卡座上有我好几个朋友，一起聊会儿？"

　　钱惠递给林青一瓶啤酒，林青拿着啤酒，片刻，随短发女子往卡座而去……

　　"她离婚了？"张素心笑了起来，"北京变化真大。"

　　"你有什么打算吗？"钱惠问。

　　"打工、挣钱、吃饭、睡觉……孝敬父母，做个乖女儿。"张素心说着又笑了。

　　钱惠和李薇薇也笑了。

48／林青和付强

　　周日下午的西单大街人来车往，林青开着一辆白色本田车在一个红绿灯前停下，前方车太多，绿灯后没过几辆车又红灯了。人行道上，行人快速穿过。一辆黑色宝马缓慢地停在了林青的右侧，驾驶座上一个短发、穿着黑白小格子衬衣的女子，边等红绿灯边看着手机。女子虽然戴着墨镜，但林青一眼认出了她，随即激动不已。

　　是她，她回来了……林青不相信自己的眼睛，再仔细看看这个女人。就是她，张素心，她回来了。林青靠在座位上，似乎怕张素心看到了自己。很快绿灯了，张素心开车直行，林青直到后面的车按喇叭才想起来她也要直行。

　　西单图书大厦是全国最大的综合性书店，张素心抱着一摞书在收银台结好账，正准备离开时，突然看到旁边竖着一块易拉宝广告，上写着：**畅销书作家付强新书《读博》媒体见面会，下午2点，一层北厅。**

张素心看看时间快3点了，她抱着书向一层北厅而去。还未到北厅，就看到长龙般的队伍，每个人手中都拿着一本《读博》，而最前方的一张桌子旁，付强正埋头一本本地签着书。

张素心饶有兴趣地看着，禁不住也买了本书排在了队伍里。

终于轮到张素心了，付强拿过书就写上了自己的名字，这时，他听到一个声音说："给我写几句话吧。"

付强立刻抬头，惊喜地站起："张教授……是您，真的是您！"

张素心笑了："快签，很多人排队呢。"

付强又坐了下来："写什么？"

"赠张素心。"

在一家咖啡厅靠窗的位置上，张素心喝着一杯咖啡看着窗外，很快，付强背着包跑了进来："太多人了，真难脱身。"

付强坐下，张素心给他点了一杯咖啡。

"看到张教授真开心，您没变什么，还是那么漂亮。"付强打量着张素心。

"不要叫我教授了，我早已不是你的教授。"

付强笑了，想了想说："我留校了，刚聘为副教授。林青去了燕北大学出版社……"付强说着又看看张素心，"我第一部长篇小说叫《大学四年》，去年出版的，当年就卖了60多万册，影视版权也卖了，所以今年就又写了一部《读博》……"

"你现在是畅销书作家了，真厉害。"张素心说。

"我好像在跟您炫耀，"付强看着张素心，"您好吗？我给您写过邮件……都退了回来。"付强说着低下了头。

"我很好，现在做版权代理，你的书我也可以代理。"张素心说。

"好呀！"付强说着，又有些犹豫，"您还是一个人吗？"

张素心一愣。

"我能去看您吗？"付强问。

"为什么不能？"张素心笑了。

　　两年前的一个下午，付强在燕北大学荷花池边找到了林青。

　　"你知道她去哪儿了吗？"付强急切地问林青。

　　"谁？"林青皱着眉。

　　"张素心！她去哪儿了？"

　　"她去哪儿了，我怎么知道？"

　　"我刚去她家了，院子锁了起来，她的两辆车都用车衣包着，"付强说，"你知道她去哪里了？"

　　"车衣？包了起来？"林青也一惊，"怎么会？她、她不开车……"林青张大了嘴巴，"她走了？她去哪里了？"

　　从林青的表情，付强看出她也不知道张素心去了哪里："你怎么会不知道？你不是每天去找她吗？"

　　"你不是比我更爱她吗？你把她弄丢了，问我？"林青也大声说着，掉头就走。

　　付强跟在她身后说："你要去哪里？"

　　"有个地方或许可以打听到她去了哪里。"

　　"什么地方？我和你一起去。"

　　林青站住了，看着付强："你是想和我一起去拉拉酒吧吗？欢迎！"

　　付强站住了："那、那你打听到了会告诉我吗？"

　　林青看了付强一眼，走了。

　　付强心情很好，他和张素心约好了明天去昆湖别墅看她和她的父母，他知道张素心还是单身，他想这一次，自己要好好把握。

付强越想越开心，他哼着小曲拎着一个纸袋刚走进燕北大学东门，就看到林青站在她的白色本田车前，似乎就在等他。

"春风得意啊！"林青说。

"有什么事吗？"付强问。

"为什么不告诉我张素心回来了？"林青说，"当年我可是告诉你她去伦敦了。"

"我，"付强本不想承认，又知道骗不过林青，"我也是刚见到她。"

"你们见面了？"林青吃了一惊。

"是，刚才我签售的时候……"

"啊……"林青明显有些吃醋，"她现在住哪里？"

"嗯……"付强犹豫着。

"她也是我的教授。"林青说，"我有权利知道。"

付强叹了口气："昆湖别墅。"

林青听了转身上了车。

"林青，"付强叫住她，"不要去找她，不要打扰她……"

"好让你安静地追她是吗？"林青反问。

"我可以保护她，给她一个家。"付强问，"你能给她什么？除了伤害。"

林青看了付强一眼，还是开车走了。

夜里，FOOL 酒吧就是藏身的地方，窝在这里，可以把自己置于世间之外。

林青满脸醉意，一下下吻着一个短发女孩："你得学会做个同性恋，你得学会保护自己。"

短发女孩抚摸着林青的脸："你怎么知道自己是拉拉的？"

"我曾经有一个男朋友，我很爱他。但后来，我和一个女人一夜情后，我们相爱了……随后这事被我男朋友知道了，他告这个女人骚扰引诱我……"

"后来呢？"

"后来，这个女人因这件事辞职了……"

"……真的？"

"真的，"林青喃喃地说，"我永远都不会原谅自己。"

"你还爱她？"

林青凑近短发女孩，在她的耳边说："她回来了——"

"什么？"短发女孩没听清，"你爱她吗？"

钱惠走了过来："很奇怪，乐乐，你为什么每次都找短发女孩，不喜欢长头发的吗？"

"老板，我是来找乐子的，你管我找长发短发。"林青说。

"因为张素心是短发吗？"钱惠问。

林青没有说话。

"她回来了，"钱惠又问，"你应该知道了吧？"

"这和我有什么关系？"

"靠！又一个乐乐。"钱惠说完走开了。

"你不去找她吗？"短发女孩问林青。

林青摇摇头："我跟她两年前就分手了。"

49／付强求婚

付强的心中一直有个愿望就是娶张素心为妻。

求婚是在那天晚饭后。在张素心的房间里。

经过小半年的忙碌，"宁佳倍联合国际有限公司北京代表处"终于成立。在北三环的一座写字楼里，张素心看着装饰一新的办公室，信心满满。

一个穿西装的男子过来，递给张素心一盒名片："张总，您的名片印好了。"

张素心接过点点头："法兰克福书展的事都安排好了吗？"

"安排好了。书展10月9日至13日，您的机票是7号的，8日晚上7点是法兰克福书展官方酒会……您的回程机票是14日下午。"

"请柬都寄出去了吧？"张素心问。

"都寄出去了。"

"好，辛苦了。我先走了，保持电话畅通。"张素心说着离开了写字楼。

昆湖别墅小区里，付强将车停在路边，然后从车上抱出一大束玫瑰，正准备去张素心的家里，就看到林青的车停在马路的另一边。

"你老跟着我干什么？"付强问走过来的林青。

"关心你啊。"林青看着他手中的花，"嘀，这么多的花，你要求婚啊？"

付强稍愣了一下："你怎么知道？"

林青一惊，她是瞎猜的。

"你还认真了。"

"是的，我爱她，"付强说，"我会让她幸福的。"

"你？"林青笑了，"她对你来说太老了。"

"她对你来说才是太老了。"付强刚说完，林青生气地从他手上夺过了花。

"还给我。"付强想抢回花。

"她不喜欢花。"林青扭动着身子，边躲着付强边扯着那束玫瑰。

"没有女人不喜欢花的。"付强追着林青，但已来不及了，林青已跑到旁边的垃圾桶前，将揉烂的玫瑰花扔进了垃圾桶。

"但有女人不喜欢男人。"林青得意地拍拍手，向自己的车走去。

"你——你神经病。"付强追上林青。

别墅的大门突然打开，方心出现在门口。

"付强来了……"

"方阿姨……"付强叫着。

看见方心，林青一下子惶恐不安。她想走开，已来不及。

"你是……"方心打量着林青。

林青有些退缩："方阿姨好，我……"

"你是林青，"方心说，"我怎么可能不记得你。"

林青一下子很窘。

"付强，你进去吧，张叔叔在院子里等着你呢。"方心说。

"哎。"付强换上拖鞋进屋了。

林青很尴尬，走也不是，站也不是。

"林青，我想跟你说两句话。"方心下了楼梯，走近林青。

"你今年多大了？"方心问。

"28岁。"

"你还年轻，林青。"方心说，"素心40岁了，她折腾不起了，她需要一个稳定的家，你懂吗？"

林青点点头。

"那好，我不送你。"方心说完上楼梯，进屋，关上了大门。

林青默默地转身回到了车里，望着那扇紧闭着的别墅大门，然后开车离去。车离开昆湖别墅小区大门时，林青看见一辆黑色的宝马车从进口处开了进来。

张素心刚将车停进昆湖别墅的车库，就听到院子里好热闹。

"那个柿子熟了，连树枝一起剪下来。"张数说。

"张叔叔，你让开，我就要下来了。"付强说。

"老张，你不要站在树底下。"这是妈妈方心的声音。

张素心走进院子，付强站在一个梯子上摘柿子，树下捧着一个水盆的是爸爸张数，院子台阶上看着他们的是妈妈。张素心停车这么大的动静，他们都没有感觉到。张素心干脆坐在了旁边的椅子上看着他们。

终于，摘好了柿子，准备进屋时，三个人才看到张素心。

"你什么时候回来的，就等你回来吃饭了。"张数和方心进屋准备饭菜了，付强走了过来。

"今年的柿子长得真好。"付强说。

"明年的会更好，"张素心看着付强说，"你怎么又来了？我们家菜园子里的菜都被你吃光了。"

付强就笑了。

吃饭的时候，方心看看坐在张素心身边的付强，又看看张素心，突然觉得很舒心。这似乎一直是她想要的场景。

"付强你多大了？"方心问。

"32岁，方阿姨。单身未婚。"付强突然觉得自己说多了，瞟了张素心一眼，低下头，又不禁笑了起来。

"笑什么，小屁孩。"张素心说，"单身未婚还不忙着去谈恋爱，要不要我给你介绍一个。"

"好呀。"付强开着玩笑说，"我对女方的要求，双博士学位，牛津大学毕业……"付强说着看看张素心又瞟了方心一眼，方心明白地笑了，她看看张数，三个人又都笑了。

张素心摇摇头，也笑了。

付强向张素心求婚就是在这个晚饭后。

吃过晚饭，张素心回房间了，付强跟上了楼。

在张素心的房间里，付强说："我今年运气特别好，《读博》的影视版权也卖出去了，并且我亲自来做编剧，一集8万元，要写30集。"

"不错啊，有这样的成绩很棒，你会成为一个好作家的。"张素心说。

"我还可以成为一个好丈夫，"付强说，"跟我结婚吧，素心。"

张素心听到付强的求婚一点也不意外。

"你应该知道我为什么辞职的。"张素心说。

"知道。"

"那你还向我求婚？"

"我想保护你，我想给你一个家。"付强说。

"这不公平，知道吗？"张素心看着付强，"我可能永远都不会和你——上床。"

"但这是我唯一能保护你的方式。"付强说。

付强下楼的时候，方心端着一盘草莓过来，她特别想知道结果。

"她拒绝我了，"付强很落寞地说，"她拒绝了我的求婚。"

"啊——"方心也很失望，她在餐桌旁坐了下来。

"我不会放弃的。"付强也坐了下来。

张数走过来，拍拍付强的肩，在他身边坐了下来："你是个好小伙子，但素心比你大 8 岁。"

"是，是大了一点儿。"方心说。

"我爱她。爱情连性别都可以跨越，更何况年龄？"付强说着又觉得不妥看了看方心和张数，"我肯定不会放弃的。"

三个人坐在餐桌旁，很失败地望着向上的楼梯。

50／相遇在法兰克福

法兰克福的秋天气候温和。忙碌的工作可以让人忽略掉生活中的一些不快乐。

一连三天，张素心忙着谈版权，接待各地出版商，参加酒会。

10 月 10 日晚上 6 点是"宁佳倍联合国际有限公司北京代表处"宴请来自中国的出版社和出版商。

宴会上，张素心意外地看到了林青，她是代表燕北大学出版社来的。但是，很明显，林青知道今天是张素心代表宁佳倍联合国际有限公司宴请大家。

张素心并不想见到林青，特别是在自己的宴会上。她想到林青对自己的种种伤害，她不想再和她有瓜葛。

"乐乐小朋友，这地方好像不是你该来的，"张素心调笑着，"这里可不是 FOOL 酒吧，你找乐子的地方。这里是生意场所。"

"有点修养行吗？张总，我是接到请柬来的。"林青挥了挥手中的请柬。

张素心拿过请柬："好像不是给你的。是给贵社版权部主任的。"

林青又甩出一张名片给张素心："睁开你的眼睛看清楚。"

张素心接过名片：**燕北大学出版社版权部主任　林青**

"真的？你升得好快，"张素心说，"谁又倒霉了？"

林青听出张素心的挖苦："找不到比你更傻的了。"

林青说着走向一边，张素心忍不住跟了过去："我怎么傻了？是被你睡了还是睡了你？"

林青站住，狠狠地瞪了张素心一眼："别跟着我，你以后要跟我谈买卖的。所以，也别得罪我。"

"哈——"张素心笑了，"燕北大学出版社的生意我不做好了。"

"我可以让所有的出版社抵制你，看你怎么做生意！"林青说着很轻微地撞了张素心一下，又用手指戳戳她的腰，张素心缩了下身子，林青得意地笑了，"你还是这么怕痒。"

张素心咬咬牙忍住了。

宴会快完了的时候，终于看不到林青了。张素心的心里仍旧很窝火。宴会一完，她就准备回房间，在酒店大堂，又碰到了林青。

"阴魂不散。"张素心没好气地说。

张素心往电梯处走，林青跟着她。

"你跟着我干什么？你又想干什么？"张素心说。

林青不理张素心。电梯开了，张素心走进去，但不想让林青进去。

"几年不见，你怎么变得如此没有教养，酒店是你家吗？"林青说。

"我就是没教养，不要你跟着我。"

"谁跟着你了，"林青推开张素心，"我回房间。"

"你也住这里？"

"你以为呢？"

电梯到了6层，张素心到了，但她没出电梯，看着林青。林青不理她，自己出了电梯。张素心跟在林青的身后："难道你也住这一层？"

林青摇摇头，觉得张素心不可理喻。但这个动作让张素心更生气了，她突然拉住了林青："你为什么住这里？你什么意思？"

"你觉得我什么意思？"林青抓过张素心的衣领吻住了她。

这动作完全出乎张素心的意料，她的大脑有片刻空白，但随即她比林青更娴熟地占了上风，将林青拖到了自己的房门边，打开了房门，将她拽了进去。

林青的身子像猫一样柔软，张素心边吻着她边将手伸向她的裙内，但林青挡住了她的手，张素心再伸，林青抓住了："你已不是教授了，我也早毕业了。"

林青将张素心按倒在床上："今天我说了算。"林青在张素心的耳边亲吻着。

落地窗帘紧闭，遮挡住了屋外的阳光，白色的被褥下，两个相拥裸露的身体。

"你知道我会来这里，是吗？"张素心问。

林青不说话，只是将张素心的手向前，让她更紧地搂着自己。

"你知道我回来了？"

"我一直在跟踪你。"林青轻轻地说。

张素心笑了："你想怎样？"

林青转身窝进张素心的怀里："我想和你做爱，不停地做下去，"林青吻着张素心，"我就想和你做爱……"

"几点了？"张素心抬头找着手机，有好多未接来电，她回了个电话，告知自己不舒服。

林青微睁开眼睛，也看看时间。

"不起床了吗？"张素心问。

林青摇摇头："你老了吗？"

"我正当年，"张素心说，"不过，倒是饿了。我来叫些吃的吧。"张素心拿起电话。

俩人穿着睡衣坐在床上，旁边的餐车上一片狼藉。地上，几个空酒瓶。

"三天没出门了，"张素心说，"明天就要回去了。"

"是啊，"林青说，"一点收获也没有。"

"你来买版权的，买了几个？"张素心问。

"要不你便宜卖我几个？我买你公司的。"

张素心笑了："咱们这算是床上交易吗？"

"呵呵……就是的。"林青笑着抱住张素心。张素心却挣脱她跳下床，脱下睡衣，赤身裸体跳到窗前，大张开手臂，大喊了一声："啊——"

林青惊得走过去："你疯了！别人会看到你的。"

"谁想看就让他看个够吧，"张素心喘着气，大声说，"我，张素心，41岁，未婚，喜欢女人，来看我吧——这就是我，真实的我，真正的我！"张素心看着林青，"我老吗？我不够出色吗？我没有前途吗？我不该爱一个女人吗？我不应该得到爱吗？"

林青发现自己是这样爱着面前的这个女人，她脱下睡衣走近张素心。

"你不老，你很出色，你有前途，你当然可以爱一个女人，你应该得到爱……"林青吻着张素心，一刻也不想放开她。

夜里，张素心抱着林青睡在床上，张素心在身后，林青在前。张素心的胸贴着林青的背，肚子贴着她的腰，膝盖贴着她的腿窝。明天就要回去了，明天……

"想什么呢？"张素心问。

"要不我们结婚吧？"林青说。

"什么？"

"你会和付强结婚吗？"林青问。

"什么？"

"没什么。就想你这么抱着我，一直抱下去。"林青说。

早晨，张素心醒来的时候，林青已整理好了自己。

"这就要走了吗？"张素心问。

"是的。"林青说。

"我送你。"张素心下了床，将林青送到门口。

"这三天我很愉快，我们——"林青没有往下说。

"这三天我也很愉快，"张素心说，"但是，法兰克福书展结束了，我们……"

"明白，"林青打断张素心的话，"书展结束了，回去各人有各人的生活和工作，大家都很忙。"

张素心点点头："这样最好，谁也不会伤害谁。"

"那再见。"

"Byebye。"

林青走了，张素心停顿片刻，突然强大的压抑感控制着她："结束了。书展结束了……"张素心飞快地洗漱完，穿好衣服，"该回家了，结束了。"

张素心清好行李出了房间。

林青坐在出租车后座上，法兰克福还沉静在书展的热闹中，街上还有未卸去的各国书展的宣传条幅。林青突然很伤感，就这么离开张素心了，就这么走了，就这么回去了，就这么又一次失去她了。林青看着前方的马路，她决定回酒店去找张素心，这一次，她要告诉她，她一直爱她，她想和她在一起。

林青赶回酒店时，张素心已退房离开了。呆坐在大堂里，林青想或许这就是她和张素心之间的缘分。

"我们还是不能相互拥有。"林青喃喃地说。

51/ 张素心要结婚了

"或许只有在离得最远的时候，才能把曾经走过的那段日子，看得最正确最清楚。"张素心对钱惠说，"我要结婚了，和一个男人。"

"为什么？"钱惠问，"那么多坎坷都过来了，现在妥协。"

"我从法兰克福回到家，知道我妈又病了，我去医院看她。她躺在病床上，我爸爸在一旁躺椅上守着她。"张素心说，"他们俩一个77岁，一个65岁了。两个老人相互依存，而他们的女儿，却不能给他们安慰。"

"你确定你结婚就是给他们一个安慰吗？"钱惠问。

"至少，这是我妈妈希望我去做的。至少，结婚对象不是一个让我讨厌的人。"张素心说。

"那就去做吧。只要你觉得是对的。"钱惠说。

那天天气很好，天很蓝，张素心给付强发了条短信：**我愿意嫁**

给你。你还想娶我吗？

　　张素心没有收到付强的回复，她有些失落和不安。她开车从医院接妈妈回家，爸爸和妈妈坐在后座上，爸爸紧紧握着妈妈的手，一副怕失去的样子。张素心想，或许生活就是这样，相濡以沫，时间长了就是亲人了。

　　那是初秋的下午，树叶开始泛黄，昆湖别墅小区的马路上片片黄叶席卷着车轮，车快到家门前时，突然一阵刺眼的火红映入眼帘，一个巨大的心形红玫瑰花圃竖立在大门口。花圃旁，付强拿着一枚钻戒走近张素心。

　　"我愿意娶你，永不后悔。"付强说。

　　张素心接过钻戒，将它拿到妈妈眼前："妈、爸，我打算和付强结婚，可以吗？"

　　方心被这突如其来的惊喜冲击着，她使劲地点头："好、好，你们好好的。"

　　张数也点头，但同时，他也皱起眉头，他看着张素心，希望能从她眼里看到真实的想法。但张素心避开了爸爸的眼睛，和付强一起扶着妈妈进屋了。

　　张素心和付强要结婚的消息传得飞快，毕竟燕北大学校园就那么大。

　　林青在燕北大学的荷花池边坐了很久，她是从发行部的一个同事那里知道的。然后林青就出了编辑部，不知不觉走到了荷花池边。

　　秋天的太阳很暖，荷花池里早已没有了荷花，只有一池清水衬出湛蓝的天空。林青看着池水，仿佛回到了几年前的那个下午，她第一次知道和她一夜情的女人是燕北大学中文系教授张素心。

　　两个男生迎面而来，一个男生说："房东真缺德，东园的房子要拆了还租给我。收了我两个月的租金，现在连人影都找不着。"

另一个男生说:"你们没签合同吗?"

"签了。"

"等等,"林青叫住那两个男生,"哪里房子要拆了?"

"东园啊! "一个男生说,"你不知道吗? 都拆了好几天了。"

林青一惊,扭头冲东园而去。

曾经张素心住的那栋小二层,房子已拆得七零八落。林青缓慢地拾级而上,一步步走上楼梯,仿佛正一点点地走回到过去。

> 推开那扇门,张素心歪着嘴笑了,问:"你喝橙
> 汁? ……你是洗了再做,还是做了再洗?"

那些往事就像昨天发生的一样。

> 张素心赤身裸体地跳到窗前:"我老吗? 我不够出色
> 吗? 我没有前途吗? 我不该爱一个女人吗? 我不应该得
> 到爱吗?"

"你值得有一个人好好爱你。"林青轻轻地说。突然,她看到堆满砖头的房间里,一件已看不出白色的羽绒服裹在其中。林青用脚踩了踩那件羽绒服,"或许,我又有点自作多情,"林青笑着,"我就是自作多情,我偏要自作多情……你是我的……你是我的,张素心,我不允许你嫁给别人……"

林青离开了那间屋子。

方心绝对想不到林青会来家里找张素心。

早晨,吃完早餐后,付强就来接张素心,他们要去民政局办结婚证。他们走后,张数突然说:"我希望我们是对的,真的能让

素心幸福。"

方心疑惑地看着张数："她当然会幸福。"

"但愿，"张数说，"孩子为了让我们开心牺牲了很多，真的希望她幸福。"

方心听到张数的话皱皱眉头，本还想说什么。这时，有人敲门，林青来了。

看见林青来找张素心，方心有些生气。

"素心不在家，"方心的声音都有些颤抖，"她要结婚了，请你不要再来打扰她。"

林青一听就有些着急了："方阿姨，我就说一句话。您有没有试过一生都活在谎言中？"

方心没有说话。

林青接着说："您愿意您唯一的女儿一辈子不快乐，一生都活在谎言中吗？"

"你想说什么？"方心问。

"你想想，她不爱这个人，却要和这个人睡在一起，任他抚摸，与他做爱。那是个怎样的无奈。她是个人。她或许会逐渐麻木，对生活和爱不再抱有希望……枯萎直到慢慢死去，"林青说，"方阿姨，她做这些，只是为了让她妈妈开心……但以后，她的生命中不再有爱！您希望这样吗？"

"你怎么知道她的生活中没有爱？"

"因为她爱我！"林青说，"我也爱她。"

"你想怎样？"方心问。

"我想和她在一起，我想好好地照顾她。"

"能多久？"

林青被问住了。

"我不想撒谎，我不知道多久，但至少我现在爱她。我不会让她违背自己的情感和意愿。"林青说完这句话突然感觉心里一阵痛。为什么想到失去张素心就会心痛呢？

"是的，我非常爱她，方阿姨。我希望每天早晨睁开眼睛时看到的是她，我希望每天晚上睡在身边的那个人是她。"

"不要说了！"方心沉思着，取下自己的项链，"帮我做件事。本来准备晚些给素心的，现在你替我去交给她。"

方心将项链递给林青："帮我传一句话给素心：妈妈爱她，永远爱她。告诉她，她爱上谁并不重要，妈妈希望她生命中有爱！"

"好，一定的。"林青接过项链。

"还有，我不期望你一辈子待在她身边，但请不要伤害她。"方心说。

林青点点头："那她现在在哪里？"

"在民政局和付强办结婚登记呢。"张数说。

林青刚准备走，方心又叫住她："等等，我也希望每天能看到她。"

"好，"林青答应着，"我会说服她住在这里。"

林青刚要出别墅，张数又叫住了她，他递给林青一把车钥匙："骑我的电瓶车去会快些。不堵车。"

52/ 结局

秋风中，林青长发飘扬，骑着电瓶车穿行在马路上。两旁泛着金黄色叶子的梧桐树被她纷纷地甩在身后。

民政局里，付强和张素心坐在大厅里等着叫号。来登记结婚的人不少。

"还是有点紧张。"付强冲张素心笑着。

"不用紧张，不过登记而已。"张素心拍拍付强的肩，她的手指上戴着一枚钻戒。

"不紧张。"付强试探着想握住张素心的手，她躲开了。

林青喘着粗气进来，弯腰歇了会儿，走近他们。

"嗨——"林青叫了一声。

张素心和付强都吃惊地看着她。

"你有事吗？"付强站起拦住林青。

"有！"林青走近张素心，"张素心，我爱你。"

张素心笑了。

"真的，"林青拿起张素心的手，取下了那枚钻戒，"张素心，我想和你一起面对所有的困难……您愿意和我结婚吗？"

有人在看他们，张素心向林青伸出手："开什么玩笑，别闹了，把戒指还给我。"

"你是张素心吗？你是那个带我回家的张素心吗？你是法兰克福裸身站在窗前的那个张素心吗？"林青大声说，"你是张素心，你要做你自己！"

张素心站了起来，林青再次走近张素心："我想嫁给你，你愿意娶我吗？"

"你认真的？"

"嗯，"林青点点头，"我们结婚吧。"

张素心从林青手中拿过那枚戒指，将它还给了付强。

"对不起，付强。"张素心说，"很抱歉，付强，我不能嫁给你，我们的婚姻对你不公平……你一定会找到属于你的幸福。"

张素心说完抓住林青的手向外跑去。

在民政局外的一个墙边，张素心和林青跑到了这里。喘息片刻，张素心看着林青突然笑了起来："你知道自己在干什么吗？"

林青没有说话，而是拿出方心给她的那条项链："这是方阿姨让我给你的，她让我告诉你，你爱上谁并不重要，她希望你生命中有爱！"

张素心看着那条项链，咬咬嘴唇。她接过项链，将它戴在了林青的脖子上："那以后，这就是你的责任了。"

"我会对你负责的。"林青说。

张素心将林青拉进怀里："我爱你，林青。"张素心说，"我愿意和你拥有一个家。"

张素心亲吻着林青。

昆湖别墅的院子里，张素心和林青相对坐在躺椅上晒着太阳。

"那个，生孩子的约定还有效吗？"张素心问。

"什么约定？有协议吗？"林青故意地说。

"不是说，你要替我生孩子吗？"

"你自己不会生啊？"

"不是你年轻嘛。"

"你也不老嘛。"

张素心站起，过去搂着林青的脖子抓住了她的下巴："到底是谁承诺要替我生个孩子的？"

"生、生，我生。"林青说着，张素心松开手。

"你乖我才生。你乖吗？"林青问。

"我当然乖啊。"张素心说。

"你刚才那样算乖吗？"

"那怎样才算乖？"张素心问。

林青扶着张素心站起："你要锻炼身体，要保持这个胸，和这个紧紧的小屁屁，我才替你生孩子。"

林青说着在张素心的屁股上掐了一下。

"敢耍我！"张素心一下子将林青按倒在躺椅上，"生不生？生不生？生不生？"

"生——"林青说，"我昨天就告诉方妈妈了，我要给你生个孩子。"

"真的？"

"真的。"

"你真好，"张素心轻轻地吻着林青，"有你真好。"

"当然。"

天空异常的蓝。

北京的秋天是最美的。

什么是"情"？张素心+林青＝情。

1995年的夏天，在武汉的一间14平米的小房间里，我完成了我的第一部长篇小说。

1996年的夏天，我抱着这部长达40万字的作品兴冲冲地来到北京。

2006年的夏天，我出版了这部作品《总有些鸟儿你关不住》（现修订版更名《飞》）。我从不认为这是一部关于同性题材的作品，但一拨拨的网友自动将她归类于同性题材。为此，我决定不再去触碰此类题材的作品。

2013年底，有一种奇怪的温暖和柔情撞击到我，决定写这样一部小说来纪念这段调笑的情感。

我始终相信，创作是一次性的激情迸发。

其实对于创作者来说，很多灵感都是幻觉，是想象，是空间思维。所以，有时，我更愿意相信有这样一段情愫存在着。这样，可以逼迫我去完成这部作品。

这就是《情》。

"素心"加"青"就是情。

当然，有些事情可以一笑而过。

另：在《情》即将出版之际，想感谢在这本书上帮助过我的所有朋友，特别感谢洪晃老师，感谢晃姐在《情》创作和出版过程中一路不求任何回报的支持，并为《情》写了序。

感谢作家出版社。感谢汉睿。

2014年11月5日

于北京家中

图书在版编目（CIP）数据

情/朱燕著. —北京：作家出版社，2015. 7

ISBN 978 – 7 – 5063 – 8031 – 7

Ⅰ.①情…Ⅱ.①朱…Ⅲ.①长篇小说 – 中国 – 当代　Ⅳ.
①I247.5

中国版本图书馆 CIP 数据核字（2015）第 112268 号

情

作　　者：	朱　燕
出版统筹：	文　建
责任编辑：	汉　睿
特约策划：	花花文化
装帧设计：	视觉共振设计工作室
出版发行：	作家出版社
社　　址：	北京农展馆南里 10 号　　邮编：100125
电话传真：	86 – 10 – 65930756（出版发行部）
	86 – 10 – 65004079（总编室）
	86 – 10 – 65015116（邮购部）

E – mail：zuojia@ zuojia. net. cn

http://www. haozuojia. com（作家在线）

印　　刷：	北京中科印刷有限公司
成品尺寸：	142 ×210
字　　数：	220 千
印　　张：	10. 875
版　　次：	2015 年 7 月第 1 版
印　　次：	2015 年 7 月第 1 次印刷
ISBN	978 – 7 – 5063 – 8031 – 7
定　　价：	42. 00 元

花花文化策划

"两个人的情爱小说"书系
致力打造中国最好看的爱情小说

新书推荐

《飞》(精装) 朱燕 著

天使之爱，越界之爱，咫尺之恨，天地遥念。在性别符号之间偷越的都市爱恋。沉陷、纠结、深陷其中又无力自拔的少女情怀。

"无论你是什么人，你都生活在一个无形的圈中，这个圈包围着你，直到窒息。"

一个并不纯情的四季故事，一曲纯到极致的凄美夜歌。

有人说：一个人的一生其实只有两天，一天用来出生，一天用来死亡。

孙波是一个我行我素到了极点的女孩，其实什么事情到了极点也就物极必反，所以孙波又是一个很矛盾的女孩。

小浪是一个和孙波同龄的、像湖水一样柔顺、像花一样漂亮的女孩。

研究生是一个高大英俊的男孩，他这一生最幸运和最不幸的事，就是爱上了孙波和小浪。

画家是一个有妻儿的男人，也是一个深爱着孙波的男人。

故事围绕着这四个年轻人展开……

爱情永远是一个伤害人的东西。

网友留言：

1. 第一次有让我流泪的小说，会联想起自己的很多过往。

2. 这是一本让你看的时候会流泪，看过之后想起来还会为之动情的小说。比起现在社会上、电视中的各种爱情叫嚣誓言，书中的爱情让人更加为之动容。至少我为此小说哭过，为书中之人痛过！

花花文化策划

"一个人去旅行"书系
做中国最好看最有趣的旅行故事

新书预告

《开车带狗去西藏 27 天》 朱燕 / 图 + 文

内容推荐:

★ 这貌似是一次"自杀"式的旅行。

★ 一个有着一颗需要动手术的心脏的女人,却开车带着一条狗,买了一堆零食,独自穿越西藏。

★ 在左贡,高原反应时害怕独自一人死在客栈里,慌乱地丢了满地的药……

★ 在没有手机信号的、极其封闭的墨脱原始森林里,独自一人穿水沟过山洞经悬崖走峭壁横穿墨脱……

★ 在被自驾西藏的旅行客称为"死亡之路"的通麦天险,一个女人带着狗开着车,14 公里的临江悬崖险道竟然开了两个多小时。

★ 这是怎样的一次冒险,这是拿生命在赌博的旅行。《开车带狗去西藏 27 天》,川藏进青藏出,一个人的艰辛和困难无法想象……

★ 原以为穿过可可西里无人区,离开西藏后就安全了,却没想到,旅途中,最大的事故发生在风景如画的青海湖……

编辑推荐:

★ 一本直击你内心的日记体旅行随笔。

★ 从上万张图片中精选出近 300 张真实图片,有图有真相,值得纪念和收藏。

★ 一次旅行,完成我的心愿。一本书,开始你的梦想。

★ 27 天,8629 公里,北京 - 平遥 - 汉中 - 雅安 - 雅江 - 巴塘 - 左贡 - 然乌湖 - 墨脱 - 鲁朗 - 拉萨 - 日喀则 - 拉萨 - 纳木错 - 那曲 - 格尔木 - 青海湖 - 西宁 - 兰州 - 五台山 - 北京。

新书预告

《开车带狗去云南 28 天》 朱燕 / 图 + 文

内容推荐:

★ 有一天,一个女人突然决定旅行,就带着一条狗开着一辆车上路了……

★ 从北京出发,开车到泸沽湖,又从泸沽湖到丽江、大理、腾冲、瑞丽、西双版纳、昆明,再回到北京,8770 公里。

★ 第一天,忐忑不安地上路,不敢随便与人搭讪,在陕西高速错走了近300 公里。

★ 第一晚,夜宿高速服务区的胆怯,将车窗遮盖得严严实实……而在归途中却大胆露宿高速服务区并与陌生人热切攀谈。

★ 一个女人一条狗一辆车,北京自驾云南 28 天。一路上,没有攻略,没有当地的风土人情,没有旅游景点的推介……有的只是一个女人关于天气、关于心情、关于路况、关于车况的絮絮叨叨。

★ 一段旅行打开了一段人生。从不确定到坚定,从出发到回归,从未知到找回自己。

★ 旅途中有快乐与悲伤,有感动与疲惫,有偶遇与落寞……

编辑推荐:

★ 一次人生思考的心灵旅行,一本扣人心弦的日记体旅行随笔。

★ 从上千张图片中精心挑选出的近百张真实图片,有图有真相,值得纪念和收藏。

★ 一次旅行,完成我的心愿。一本书,开始你的梦想。

★ 一个女人,一条狗,一辆车,需要何等的坚强和毅力去完成这样一次非凡的"心灵之旅"。

★ 28 天,8770 公里,北京 - 泸沽湖 - 束河古镇 - 丽江古镇 - 大理 - 腾冲 - 瑞丽 - 大理 - 西双版纳 - 昆明 - 北京。

花花文化订阅号：
zyhuahua1226

新浪微博：
@ 花花文化

新浪微博：
@ 朱燕 – 独行客